# 鈍色《にびいろ》の空、ひかりさす青

崎谷はるひ

幻冬舎ルチル文庫

CONTENTS ✦目次✦

鈍色の空、ひかりさす青



✦カバーデザイン＝齊藤陽子（CoCo.Design）
✦ブックデザイン＝まるか工房

イラスト・冬乃郁也✦

# 鈍色の空、ひかりさす青

うつろな目で見あげた空は、いまにもどろりと腐り落ちそうな色をしていた。

繁華街《はんかがい》の路地裏、雑居ビルの狭間には、饐《す》えたような生ゴミと汚泥のにおいがする。足もとを走り抜けていったのは、猫と見まがうような大きさの鼠。カラスがそのあとを追いまわしている。

深津基《ふかつもとき》は、その汚れた場所にへたりこんだまま、歪んだ眼鏡を痛む鼻先に押しあげた。ひび割れたレンズのおかげで、視界がいくつかに分断されて映るけれど、とりあえず目も見えるし腕も動く。

「まだ、生きてたか」

ざらつき、冷えきった声で基はつぶやいた。

数分か、数十分か。逃げまどったあげく、しばらく意識を失っていたようだ。眩暈《めまい》のする頭を軽く振った基は、軋《きし》む身体《からだ》をどうにか起こし、制服のシャツとボトムの汚れを払う。

ポリバケツの向こう側からはばさばさという羽音に耳障りなカラスの威嚇《いかく》の鳴声。続いて濁った悲鳴が聞こえたけれど、いまは鼠の生死を気にする余裕はない。

基の住む街は東京都内でも有数の歓楽街の近くだ。夜になれば、街にはネオンが輝く。だが一本脇にずれただけの通りにはよどんで暗いなにかだけがわだかまっている。

舞台裏というのはどこでもそうだ。汚くて暗くて狭い。そして、こうした饐えくさい場所に、基はすっかり慣れてしまっている。

周囲を見まわすと、奪われ放り捨てられた鞄と、その中身が散乱している。肩のあたりを払うと、ひどい痛みを覚えた。たしかめれば靴跡がしっかり残っていた。制服のしたには、同じ形の痣《あざ》がついていることだろう。

「金なんか、ないっていうのに」

恐喝《きょうかつ》という犯罪を、レクリエーションの名で繰り返す連中には、無意味なことはよしてくれと言いたい。

――あしたまでに三万だからな、持って来いよな？

――トモダチじゃーん、深津くーん。

彼らはクラスメイトで、暴力的で、頭が悪いが力は強い。なぜ、暴力をふるいながらけらけら笑うという器用なことができるのだろうかと、基はいつでも不思議に思う。

きょうは、殴られたのは腹だけにとどまらなかった。目につく場所は問題になりやすいと避けていた連中も、逆らわないが言いなりにもならない基にいらだち、エスカレートしてきたらしい。早晩、基は『すかしている』と言われる顔を、暴力でもって〝整形〟されるに違いない。彼らはただ金銭を巻きあげたいだけではなく、他人に対して自分の力を誇示したいのだ。ぼろぼろになった獲物の姿を周囲に見せつけ、畏怖《いふ》を覚えさせようとする。

学校関係者も、暴力の事実をまえにしてもなにも言わない。いちど基を助けようとした若い教師は、基の代わりに右腕を折られて高校を去った。

（まだ、折れてはいないかな）

痛む身体をさすり、基は他人事《ひとごと》のように考えた。いたぶって遊ぶための手かげんをされているのは知っている。だがいずれ基も、あの若い教師と同じ道をたどるのだろう。

基はあきらめの息をつき、踏みつけられた教科書を拾って皺《しわ》を伸ばす。もはや読めないページもあって、ため息が出た。彼らに軍資金をカンパするどころか、教科書を買いなおすような余裕すら、基にはないのだ。

とりあえずすべてを鞄につめこみ、基は壁のひび割れをぼんやりと見あげる。追われて闇雲に走ったあと、いつもこの逃げ場所にたどりつく。

とうにつぶれた飲食店の裏口、汚れのたまった階段。再開発にも取り残された、誰のものともわからない行き止まりの土地。通りとここを隔てる、穴の空いた金網のフェンスとの間は、子どもの身体で通り抜けるのがやっとのサイズだ。基は身長こそ一七〇センチ台だが、体重は五〇キロを切ることもままある細さのおかげで、この『安息の地』を手にいれた。

お世辞にも居心地のいい場所ではない。いつまでも回収されないポリバケツや、不法投棄なのだろう、壊れた自転車やテレビが放置されたここに寄りつくのは、鼠やカラスなどの動物だけだ。とはいえ、基の送る日常のなかでは、ずいぶんマシな空間と言える。

（すくなくとも、ここにいれば殴られない）

茫洋《ぼうよう》としたまなざしで自嘲の笑みを浮かべた基は、ふとなにかに思いあたって、割れた眼鏡をずらす。のろのろと起きあがり、壁に近づいて目をこらすと、放射状に走るひび割れの中心点が、深くえぐれていた。

それが銃弾の痕であると教えられたのは、この街に越してきた中学生のときのことだ。アジア系の組織と日本の暴力団とで、なにやらもめごとがあったらしいことは、数年まえにテレビのニュースでも報じられていた。

かつての同級生が、偶然現場の付近をうろついていたと語っていたことを思いだす。

――最初、誰かBB弾でも鳴らしてんのかって思ったんだ。あとからニュースで、鳥飼組《とりかい》のヒトがやらかしたらしいって聞いて、腰抜けちゃった。

ちょっとした冒険談に興奮を隠せないでいたのは、当時同じクラスだった少年だ。中学生らしからぬ物騒な内容に、基は苦笑を禁じ得ない。

飲み屋や風俗店の連なる繁華街は、むろん中学生が近づいていい場所ではない。だが、店と住居を同じくする家庭などもないわけではなく、裏通りが『通学路』になってしまっている児童も現実には存在する。

同級生だった彼は、単なる近道としてこの場所を通っただけのことだろうが――。

（あのころはまだ、誰かと話す時間もあったな）

転校生の世話をするよう命じられた彼は、たしか学級委員長だった気がする。かすみのかかったような思い出をよみがえらせつつ、基は汚れた壁をじっと見つめた。

（発射速度はどれくらいだろう。火薬の量は？　その衝撃度は？）

壁をえぐる銃弾。この程度の破壊力の場合、口径はどれほどのものか。そして、銃で撃たれた痛みは、弾丸が貫通した疵よりも、火薬が体内で破裂したときの火傷のほうがひどいという話を、なにかで読んだことがある。

（ひとにはあたったのか？　破壊力はどのくらいだったんだろう？）

血痕らしきものは見あたらないから、威嚇だけですんだのだろうか。それとも、数年経つうちに、壁をも溶かす酸性雨が、その痕跡《こんせき》すら洗い流したのか。

じっと弾痕を睨《にら》みつけていた基は、自分の口角があがり、目が異様なまでに興奮をあらわにしていることに気づいて意味もなくかぶりを振る。

みずからの熱に火照《ほて》った頬へ、まるまると太った鼠のように重そうな雲からひと粒の雨が落ちた。

雨の最初のひとしずくがあたった人間は願いが叶って幸福になれる。そんなおとぎ話を、やさしい誰かの声で聞かされたような気もする。

遠い昔の話だ。そして、願うなにかさえ持たない基には、意味のない話だ。

感傷を振り払うように息をつくと、腹の奥が鈍く痛んだ。こめかみと頬骨のあたりがちりちりとひきつる。頭が重い。発熱を感じるのは、殴られただけでなく、逃げきったことに安堵してしばらく昏倒《こんとう》してしまったせいもあるだろう。

梅雨にはいって、東京の気温は異様にさがった。にも関わらず衣替えだけは日程どおりで、薄い化繊の半袖シャツ一枚では、体温を奪う雨を防ぎきれない。

「帰らなきゃ、な」

聞くものもいないのに声を出したのは、自分を鼓舞《こぶ》するためでしかない。家に帰るのも気鬱《きうつ》だが、父親である竣《しゅん》が帰宅するまでに掃除をすませ、食事の支度をしておかねばならない。

立ちあがると目がくらんだ。震える脚を踏みだすと、いつもよりも腹の痛みがひどい。きょうはかなり容赦なく、靴先で何度もやられた。吐かなかっただけましだろう。

路地の隙間から通りをうかがえば、クラスメイトらの姿はなかった。この界隈は暴力的な学生でもさすがに避けてとおる。無意識のまま逃げ場に選んだのはそのせいだろうが、基にしても、いつまでもいたい場所ではない。

呼吸するだけで肺が苦しい。火のような息を小刻みに漏らしつつ、基は壁づたいに歩く。

細い路地から出て、道路に面した通りへと出るころ、雨はさらに激しくなった。視界が暗いのは眩暈のせいかと思っていたが、ヘッドライトをつけた車が走ってくるのが映ったことで、日が暮れかかっていたことを知った。

（まえが、よく見えない）

あしたからはこの眼鏡ですごすことを思うと、うんざりした。竣に知れれば、眼鏡を壊したことで折檻《せっかん》されるだろう。だが基の乱視と近眼はかなりひどく、眼鏡なしではまっすぐ歩くこともむずかしい。

壊れたことは内緒にして、食費を切りつめれば、費用は捻出《ねんしゅつ》できるだろうか。

（修理ですむか、買ったほうが安いか……いや、でも）

いま、基がどうしてもほしいもののために、金は必要だ。

考えこんでいたせいで、近づいてきた車に気づくのが遅れた。ばしゃんと、派手なしぶきをあげて車が基の真横をとおりすぎる。

「……やっぱりこの眼鏡じゃ、だめだな」

頭から泥水をかぶった基は、いっそ笑えると唇をひきつらせ、吐き捨てる。

歪んだ視界で目算を誤った。ほこりくさい都会の雨は酸が強くて、泥まみれの身体を洗ってもくれない。足を引きずる基は、自分の靴だけを睨んでいた。

痛い。寒い。熱い。つらい。履き古した革靴の隙間からも、どろどろとした水は染みてきた。ふやけた足指を感じながら、激しい雨に濁った街を、ひとりふらふらと歩く。

雨のせいか、ひとの姿はほとんどなかった。この街がにぎわう時間までは、まだいくらか早いせいもあったのだろう。

誰もいない。平和だ。そして孤独だ。

倒れても迷惑はかけない。けれど誰にも、助けてはもらえない――。

「あっ」

「おっと」

ぼうっと歩くうち、質のよさそうなスーツの男にぶつかった。とっさに身をよじったが、もう足に力がはいらず、水たまりに倒れこむ羽目になった。

(本当に、最悪だ)

じっとりと冷たい水が下着にまで染みて、基は顔を歪める。相手もすぐに立ち去るだろうと思ったのに、頭上からの穏やかであまい声に驚いた。

「だいじょうぶか？」

「すみません。平気で、……あれ？」

見あげた男の顔は、ほとんど見えなかった。泥まみれの手で顔をさぐれば、いつもそこで指先を阻《はば》むレンズがなく、擦過傷のひどい頬に泥水が塗られただけだった。倒れた衝撃で眼鏡が飛んだようだ。気づくのが遅れたのは、もともと目がくらんでいたせいだろう。

呆然としていると、頭上からは困惑を帯びた声が降ってきた。

「探しているのは、もしかして、これか」

相変わらず顔の判別がつかない、ひどく背の高い男を、基はぼんやり見あげた。焦点を結ばない視界のなか、ぬっと表れた大きな手のひらには、つぶれた眼鏡が載せられている。

「うっかり踏みつけたらしい。すまない」

用をなさない眼鏡を見つめていると、ふっと雨がとぎれる。目のまえの彼が、傘を差しかけてくれたのだと知って、基は驚いた。傘をたたく雨音は激しく、この角度では男のほうが濡れてしまう。基はあわてて手を振り、立ちあがった。

「いいです。どうせ壊れてたから、気にしないでください」

泥まみれで、怪我をした不審な学生など、関わりあいになりたいはずがない。

「怪我してるだろう。転んだせいじゃないのか」

自分に対して悪感情を持っていないひとの声を聞くのは、いったいどれくらいぶりだろう。たったそれだけで心がぐらりと揺れ、基は顔を逸らした。

「いえ、これは、違……」

言葉の途中で、あきらかにホワイトカラーとわかる男の白い手が泥まみれの頬に触れ、基はびくりとした。目の前に差しだされた手は、ひどくうつくしかった。長いまっすぐな指に、健康そうな爪の色。

「すりむけてるな」

申し訳なさそうな低い声にどきりとした。淡々と抑揚はないが情のある、そんな声をかけられたこと自体がひさしぶりすぎて、舞いあがっている自分が見苦しいと思った。

清潔で、親切で、やさしい。ごくふつうに、すれ違いぶつかっただけの少年を気遣う、そんな人間は基の周囲にはまったくいない。転げれば踏みつけられるばかりの生活を送っていた基にとって、彼の行動はいっそ衝撃だった。

「これを使って。せめて顔を拭いたほうがいい」

ハンカチを手に押しつけられる。プレスされたシャツの袖口に、これも品のいい高価そうな時計が濡れているのが見えた。ふわりと清涼なフレグランスが漂う。

(このひとは、とてもきれいだ)

あまく涼しいその香りに、基は強烈な恥ずかしさを覚えた。

(俺、きたない)

彼とは対照的に、さきほどまでうずくまっていた路地裏の饐えたにおいが、自分には染みついているはずだ。清潔そうな男との対比がみじめで、基はまるで身を護るように鞄を胸に抱え、じりじりとあとじさった。

「どうした？　遠慮しないで、これを――」

「あの、ぶつかってすみませんでした！」

叫ぶように告げると、深く一礼して背を向け、走りだした。

「おい⁉」

驚いたような声が聞こえたけれど、振り向かず、基はひたすら走った。這いつくばるようにして逃げるうち、ふたたびさきほどの路地に舞い戻っていた。

薄暗い路地を駆け抜けながら、自分はなにをしているのかと思った。

（ばかじゃないのか）

見ず知らずの人間に、ほんのちょっと気遣われただけで、驚いて、喜んで。そんなにやさしくされたがっていたのかと思うと、どうしようもなく惨《みじ》めだった。

力のはいらない身体では走るにも限界があった。弾痕の残る壁を手のひらでこすりながら、基は進む。寒さはもう感じなかった。すぎるほどの冷えが体感を麻痺させたのだろう。

濡れ鼠、という言葉がよぎって、基は苦く笑った。まさにいまの自分だ。鼠のように薄汚れ、地べたを這いまわるしかない。ひどく滑稽《こっけい》だ。

狭く薄汚れた路地裏、ひかりなどどこにも見つけられない。かすむ目をこらして、基はただ歩き続けた。

＊　＊　＊

まろぶようにして走っていく、細い身体を見送った那智正吾《なちしょうご》は、なにも逃げることはないだろうと、啞然とした。その手には、壊れたままの眼鏡が載っている。雨と泥水に濡れたそれは、レンズも割れ、フレームから歪んでしまっていて使いものになりそうにない。

転んだだけだと言い張っていたが、誰かに殴られたのは間違いがない。那智は顔をしかめ、少年が消えた方向をじっと眺めた。そして視線を手のひらに落とす。

「那智さん！」

「……ああ」

考えこんでいる那智の背後から、アシスタントを務める木村大《きむらまさる》が駆けよってきた。派手な金髪に一九〇センチ近い長身の男は、傘からはみでそうな広い肩をすくめ、「遅れてすみません」と頭をさげる。

「さっきケータイにメールあったんすけど、島田《しまだ》が、あとで『会社』に電話してくれって言って――どうしました？」

マサルは、壊れた眼鏡の残骸をじっと見つめる那智の様子に気づき、言葉を切った。怪訝そうな顔をする彼に、那智は青灰色にひかる目を向ける。

「例の件のたまり場は、さっきのあの店で間違いないんだな？」

「あ、はい。さっき島田とも確認しましたけど、『JOY』で決まりみたいっす」

わかったとうなずきながら、那智はさきほどの少年のことを考えた。壊れた眼鏡のレンズは分厚く、視力は悪いようだが、驚いたように見あげてきた目に薬物などの濁りはなかった。

目鼻立ちの整った、中性的で非常にきれいな少年だった。だがその頬は不健康に痩《こ》け、眼窩《がんか》も落ちくぼんでいるおかげで、ひかりのない目の印象ばかりが強烈に残る。

慢性的に暴力をふるわれている、絶望した人間特有の、のっぺりとした無表情。指を伸べた瞬間には、全身が総毛立つような思いがした。

那智の生い立ちと仕事柄、見慣れたはずのそれが、妙に気がかりなのはなぜだろうか。

「マサル。島田があたりをつけてるのは藤二高《ふじにこう》だったな？」

「そうっす」

藤代《ふじしろ》第二工業高校はこの地域にある公立の工業高校で、不良少年が多いことでも有名だ。

「ところで、その眼鏡、なんなんすか？」

「……さあな」

いったいなにが気がかりなのかもわからないまま、那智は黒く塗りつぶされたような目の、鈍い輝きを思いだしていた。

線の細い少年の制服は、あの高校のものだった。ただの偶然か、なにかの符丁《ふちょう》か。傘を打つ雨音を耳にしながら、那智は雨にけぶる通りを、じっと眺めた。

＊　＊　＊

眼鏡をなくした基が、どうにか家にたどりつくころには、すでに夜の八時をまわっていた。家には明かりがともっている。父親の竣が帰宅していることを知り、基はぐっと息を呑んだ。

「ただい――」

「こんな時間までなにをしていたんだ」

覚悟を決めてはいたものの、玄関の扉を開けるなりすさまじい形相の竣が仁王立ちしていたことにはぎょっとした。帰宅の挨拶を遮られ、基は唇を嚙みしめる。

「すみません。学校で、用事が」

「言い訳はいい！」

怒鳴りつけられたと同時に、張り手が飛んでくる。一瞬、くらりと脳が揺れた。

理由を訊《き》いたのは自分のくせに――と、妙にしらけた気分になったが、なにを言っても詮《せん》無《な》いことだと知っている。

「すみませんでした」

いつものことだとあきらめ、目を伏せた基をおいて、竣はきびすを返す。そうっと靴を脱ぎ、三和土《たたき》をあがろうとした瞬間にはまた怒声が飛んできた。

「そのままあがるな、汚らしい！」

基はため息まじりに「はい」と答えた。息子が眼鏡をなくし、派手な傷を負っていても、父には部屋が汚れることしか頭にないようだ。玄関でシャツを脱ぎ、硬く絞って身体を拭う。

下着姿になった息子を、竣はじっとりとした目で見つめている。

寒気のせいだけではなく、鳥肌がたった。けれど基は気づかぬふりで機械的に身体を拭い、汚れた服をまるめながら「なんですか」と抑揚《よくよう》のない声で言った。

「なんでもない」

こちらも感情の見えない声で答え、竣はふたたび背中を向ける。

蛍光灯の切れかかった薄暗い廊下のさきには、きのう掃除をしておいたはずなのに、もう雑然とした居間と台所が見えた。脱ぎ散らかした服、ペットボトルや弁当の汚れた容器。干してあったはずの洗濯物は床にばらばらに落ちている。

（一日で、どうやってここまで散らかすんだか）

これもかたづけるのは基の役目だ。うんざりしていると、居間からは複数のものが倒れる音と破砕音が聞こえた。竣が、あちこちのものを手にとってはいらいらと放り投げ、怒声を響かせる。

「どうしてこんなに散らかっているんだ！」

「……いま、かたづけます」

自分で散らかして自分で怒るのだから、世話はない。冷えた身体にシャワーを浴びる間もなく浴室を出た基は、階段を駆けあがった。二階の自室の引きだしから、中学のころ使っていた眼鏡を探しだす。そして着替えるまえにかけるのではなかったと、内心で舌打ちした。

（すごい色だな）

度のあわない眼鏡でも、腹のあたりが紫や黄色に変色しているのが見えた。緑がかって見える部分もあって、人の身体とは思えない状態になっている。肋骨のあたりに広がる熱は、尋常ではなかった。ただの打撲傷ではない気はするが、身体のダメージについては考えないことに決めている。

引きだしから大判の湿布を出して貼りつけた。湿布のストックはもうこれで終わりだ。また保健室から、何枚かもらってこよう。養護教諭の備品管理がずさんで助かった。

（とりあえず、これでしのごう）

基は病院にはいけない。保険証は竣が管理しているし、そもそも管理どころかなくした可能性が高い。実費で医療費など払う余裕も、薬局で薬を買う金もない。湿布を貼って寝ているしかできない以上、悪い想像はしないほうがましだ。

皮肉な嗤《わら》いが浮かぶ頰から、固まった血が泥といっしょに剝《は》がれ、ざらざらと落ちた。また掃除しなければ、とため息をついたところで階下からの怒鳴り声が聞こえる。

「基っ、いつまでぐずぐずしてるんだ！　さっさとこい！」

「いま、いきます」

疲労を感じつつ、泥水を吸って汚れた下着を穿き替えた。血がついている気がしたが、これも見ないことにするしかないとシャツをかぶり、ボトムを身につける。

のろのろと動いて部屋を出る途中、どこからか入りこんだごくちいさな虫が基のやつれた手に止まった。無感動な目でつまみあげ、ぷつりと指で押しつぶす。命をつぶした感触が残る手のひらをボトムにこすりつけ、基は階段をおりた。

ひと足踏みだすごとに振動が腹に響く。このうえ、また折檻を受ける自分の境遇に関して、考えることはとうに放棄している。

数分後の居間からは、奇妙な音が響いていた。べちん、べちんと肉をたたくそれを、基の聴覚は他人事のような顔のまま、素通りさせていく。

閉めそこなったカーテンの隙間、ガラスの窓に映る光景は異様なものだった。居間のソファに座った父が、年々たるんでくる腹の近くに基を抱え、その剝きだしの尻をたたいている。

「まったく、どうしてかたづけひとつ、まともにできないんだ」

息を切らした竣の声がするたび、べちん、べちん、と続く。

基はすでに十七歳になる。叱るのならば言葉で充分通じる年齢だ。手をあげるのなら頬を張るか拳でやればいい。なのに、竣は下着までおろして尻をたたく。

「どうしてなんだ基。父さんは、おとうさんは、おまえがかわいいのに」

また、べちん、と平手がぶつけられた。痛みはさほどない。むしろ、同級生らにやられた腹部のほうがひどく、腹這いの体勢のせいで吐き気がする。

父のたるんだ腹の肉が、生ぬるくて不快だ。腹に触れる父親の股間、竣のそれが奇妙な形に膨らんでいる。年齢があがるとともに、その意味を悟った基にとっては、直接的な打擲《ちょうちゃく》よりも、よほどきつい折檻だった。

竣は、日に日に壊れていくようだと、基は無感動に考えた。微妙に腰を揺らしながら尻をたたく竣の手が、基の丸く小さな肉をたまに摑《つか》む。屈辱と生理的な悪寒は募ったが、少女でなくて本当によかったと思う程度だ。

「可哀想に、基……可哀想に、お母さんに捨てられて、それでこんなだめな子になって」

つぶやいては洟《はな》をすすり、尻をたたき揉む竣は、見苦しく泣いていた。捨てられたのは誰でもない、竣だろうに、と基はあきれていた。

異常な行動に、恐怖はもはや感じない。とうに麻痺してしまったのだろう。

父、竣の精神状態が尋常でないと気づいたのは、母が出ていくすこしまえ、基が中学にあがる直前のことだった。両親は物心つくまえから、あまりうまくいっていなかったらしい。そのなかで竣の虐待《ぎゃくたい》じみた行動がひどくなったのは、彼が仕事で失敗をし、左遷されたことがきっかけだった。一流大学を出て一流会社に入った竣は、ありがちなことにエリート意識が高く、他人の人格を認められないタイプだった。当然、和を重んずる会社組織のなかでは浮いた。

都内の一等地にあった家のローンが払えなくなり、借家であるここに引っ越してきてからは、以前にも増して暴力的な行動が増えた。

一方的に打擲されるのは母のほうだった。子どもにもうつくしく見えた彼女が、日をおってやつれていくのも、息子を守るというよりすがるかのように抱きかかえていた腕が、しだいに自分をつねり、たたくように変わったことも、基は黙って受けいれるほかなかった。

いまは、母ではなく父が基をたたく。とはいえ、基を殴るのは肉親だけでもないから、いまさら傷つくような気分にもならない。ぶたないで、などと言ったり抵抗したりすると、さらに回数が増すことは知っていた。だから基はぼうっと意識を散らす。

(早く終わらないかな)

不毛な時間をやりすごし、さっさと自分の部屋に戻りたいと、それだけを考える。

かつて、母に対してもこの男は同じような折檻をおこなっていた。スカートを捲《まく》りあげ、さんざんに尻をたたかれた母が泣きだす声を聞いたのは、一度や二度ではない。

恐怖に震える幼い基は、居間から母の悲鳴がしたときには、いつも子ども部屋の隅で布団をかぶり、声が聞こえなくなるまで震えていた。

だが、基が十二歳になったある日、あまりにすさまじい母の悲鳴にたまらなくなり、うっかり居間を覗いてしまった。

布のしたでおこなわれていることは基にはよくわからなかったけれども、異常なことなのだとは理解していた。打擲の合間に男の手は尻の狭間《はざま》をこするような手つきをみせ――そして母の顔は、屈辱と、基の知らないなにかにまみれていた。

笑っているように歪んだ唇から、ああ、と声がこぼれたとき、竣の指先はその母の白い尻の間でなぜか、出入りするように動いていた。

見てはいけないものだった。その瞬間、目があった母は——あれがおそらくは、絶望の表情というのだろう、笑うような、泣くような、とても不思議な、奇妙な顔を見せた。

——あっちに、いきなさい。

唇だけでそう語った母の、無音の訴えを認めた基は、その場を走って逃げた。

呻《うめ》く声と、粘ついたものをかきまぜるような音とが、基の脳に染みついて離れず、その夜はひと晩じゅう震えていた。何度か部屋のごみ箱に吐いた。階下のトイレにいくことさえ、怖くてできなかった。

翌日、学校から家に戻るともう母がいなかった。どこにいったのかも、いまどうしているのかも、基は知らない。母は基になにも言わなかったし、竣に訊けるわけもなかった。

ただ、近所の噂で『男と逃げた』という言葉を聞いた。そういえば、彼女が消える数日まえに、大学時代の友人と名乗る男から何度か電話があったことをうっすら覚えている。

ともあれ、詮索《せんさく》しても意味はない。基は、ああそうか、捨てられたのだと思っただけだ。

父母ともに、その両親はすでに他界していて、ほかの親戚もいないらしいことだけは知っている。あとには、十二歳の少年と、落ちぶれた男だけが残された。

潔癖症で癇性《かんしょう》な竣は、他人の手で調理されたものを食べるのが苦手だった。また自宅に他人をいれることも拒むから、家事のいっさいは基の仕事になった。

竣は非協力的で、威圧的であり、失敗すれば容赦なく尻をたたく。

母の代わりに膝に乗せられ、尻を腫《は》れあがるまでたたかれながら、幼かった基はひたすら謝罪の言葉を述べた。そして謝れば謝るほど、抵抗すればするほど、エスカレートするのだと学んだころには、いっさいの抵抗をやめ、すこしでも折檻の材料を減らすべく努力した。

十四の年になるころにはいっぱしの主婦なみに家庭のことを切り盛りするようになった。最低限の生活費と小遣いしか渡されないために、基はいつまでも細身であったが、竣はそれと対照的に、しだいに醜悪に太っていった。家計費を切りつめるために作り置きしておいた料理は、ひと晩で竣が食べつくしてしまう。ストレス性の過食症なのだろうと、そんなことが理解できるころには、対処のしようがなくなっていた。

「どうして、こんな、ひどいことをさせるんだ。悪い子だ。わるいこ」

現実問題として、基がなにをしようとしまいと、父親の折檻はいつまでも続いた。部屋をきれいにしても自分で散らかして、「だらしない」と怒るのだから、終わるわけがない。

尻の感覚がなくなってきた。もうそろそろか、と思っていると、案の定、竣が洟をすすりはじめる。腰のあたりが湿ってびくついているから、たぶん射精したのだろう。

「恵津子《えつこ》……なんでなんだぁ、えつこぉ……」

これも毎度のパターンだ。基がぐったりとなるまでいたぶり、自分が散々たたいた子どものことなど忘れたように、出ていった妻の名前を呼んではひとりで泣くのだ。

めそめそとすすり泣く竣の膝をそっと抜けだし、自室に戻る。

階段をのぼり、ドアを閉めたとたん、どっと力が抜けてその場にうずくまった。

二階なら、安全だ。竣はけっして、ここへは追ってこない。基の隣の部屋は、母の部屋だったからだ。

母が出ていったその日から、残された衣服も化粧道具も、脱ぎ捨てていったパジャマまでもがそのまま、五年分のほこりをかぶっている。その状態を確認するのが、あの男は怖いのだろう。

ひどく疲れていて、なにも考えたいとは思わなかった。黄褐色《おうかっしょく》に変色した肌のおかげで、勃起《ぼっき》した性器の感触よりも痛みが強いだけ、きょうはましなほうだ。

十七にもなった息子を折檻しながら勃起し、いなくなった妻を——それが本当に必要でもないくせに——恋うるように呼びながら射精する。サディストの変態が父親であることを、いまさら嘆いてもどうにもならない。醜悪な男を、もう父として認めることはできなくとも、あれが基の唯一の肉親だ。

ここで基が逃げだせば、完全にあの男は壊れるだろう。べつにそれはそれでかまわない気がしたけれど、よしんば逃げだせたとしても、いったいどこへいけばいいのか、基にはわからなかった。疲れすぎていて、対策を考える精神力も、具体的な行動をおこす気力もない。ただ身をひそめて、一日が終わることだけを待つ日々は、基からあらゆるものを奪った。

「痛……」

座りこんでいるうちに、尻の痛みがひどくなったことに気づく。放っておくとつらいのは自分なので、しかたなく立ちあがり、慣れた手つきで尻に軟膏《なんこう》を塗りつけた。これも、保健室から拝借《はいしゃく》してきたものだ。

薄い皮膚が切れそうなほどにじんじんした。きょうは、狭間に指を滑らされた。

(もうすぐ犯されるかもしれないな)

他人事のように基は思った。息子と妻さえも混同しているような状態だ。少女であれ少年であれ、もうあの男には見極めもつかないだろう。

「あれで、会社でどうしてんだか」

竣のスーツやワイシャツのプレスはクリーニングに定期的に出しているけれども、なぜか最近の彼はそれらに手を通さず、襟元の黒ずんだ服を着ている。風呂にもろくにはいらないようで、脂っぽい髪にふけをまつわらせていることも増えた。

もとは、美貌が評判だった母に似合いの、非常にハンサムな父だった。それだけに、いまの落ちぶれたさまは、はたから見ればおそらく哀れなものだろう。けれども誰かを哀れむとか、哀しいと感じる感情そのものが、最近の基にはわからなくなってきている。

なにもかも、どうでもいい。その場しのぎが精一杯で、これからさきがよくなるなどと、思ったこともない。

階下からは長いこと、獣のような竣の泣き声が聞こえていた。また隣の家から苦情を言われるかもしれないとぼんやり考えるうち、数十分もしてようやくとぎれた。アルコールのにおいもひどかったから、酔って気を失うように眠ったのだろう。

そして深夜に吐いて、その吐瀉物《としゃ》にまみれた衣服と、精液が乾いてこびりついた下着も、基が洗うのだ。

小学生のころ買い与えられた学習机の椅子に座る。肘をついて、組んだ両手に額を載せた。

「頭が痛い」

呻いて深呼吸したとたん、ふわりと、あまい香りが漂った。この饐えたにおいが充満する家のなかに、異質なくらい清涼なそれに、はっとする。

どこから、と視線をめぐらせたとき、着替えたあとに放置していた制服のボトムのポケットから、きれいなハンカチが覗いていることに気づいた。

湿って汚れかけてはいたけれど、香りは残っていたらしい。手にとって見ると、ブランドもののハンカチからのあざやかな香りが鼻腔をくすぐった。

(親切なひと、だった)

この数年で一度もなかった、助けようと差し伸べられた手。清潔な袖口から伸びた端正な指に、すがりたいと感じたあの一瞬を、憎悪に近い感情でもって基は握りつぶす。彼そのもののようなハンカチを一度ぎゅっと握りしめ、引きだしの奥深くへとしまいこんだ。

すがるさきなどあるわけもなく、ましてあんな、きれいな指に触れられるわけもない。

あり得ない望みは持つだけ苦痛を増すことを、基はすでに知っている。

(考えるな)

思考は止めろ、悩むな、希望を持つな。自分に言い聞かせ、基はパソコンを立ちあげる。秋葉原のジャンク屋で見つけた筐体《きょうたい》と基盤で組みあげたパソコンは、食費からすこしずつ節約して購入したものだ。マニアの店員と交渉し、二万円強で手にいれたそれは、基のなけなしの財産だった。

ネットオークションで、格安で手にいれたヘッドフォンをつけ、重低音のきいた音楽をかける。無料サイトからダウンロードしたものだ。最近は素人バンドがユーチューブやマイスペースなどで楽曲を発表しているから、金を使わずとも耳の栄養だけはふんだんに得られるのがありがたい。

基は激しい音楽が好きだ。エモ、ニュースクール・ハードコア、スクリーモ、なんでもいいけれど、一般にハードロックと呼ばれるそれで聴覚をふさいでいると、ひどく落ちつく。脳のなかの、どんより濁った感覚を押し流してくれる錯覚が、たまらないからかもしれない。

鍵つきの机の引きだしには、古びた菓子の箱がはいっていた。蓋《ふた》を開ける瞬間、鳥肌が立つような気分になる。

基は油紙に丁寧にくるまれたモノを取りだした。うっとりと吐息して、黒光りするボディを撫でると、「ああ」という恍惚《こうこつ》とした声が漏れた。

手のなかにあるのは、セミオートマティックのシグ・ザウエルP226。むろんモデルガンだが、実弾発射ができるよう、改造を繰り返しているものだ。

先週完成させたばかりの、ひんやりとした金属の感触に、痛みもなにもかもが遠のいていくような感覚を味わった。

「ほんとに、できたんだ」

無意識のつぶやきは、重低音にまぎれて基自身の耳には届かない。目は爛々《らんらん》と輝き、首筋はちりちりと粟《あわ》立っている。隙間なく接合された細い金属の筒は、鈍くうつくしくひかって、基の繊細なちいさな顔を歪めて映しだしている。

基が改造銃の存在を知ったのは、ちょっとした偶然だ。幼いころからプラモデルなどの改造をするのが趣味だった基は、パソコンでモデルガンの検索をしているうち、擬装ノットファウンドの表示がなされたサイトを見つけた。

インターネットは、あっけないほどにアンダーグラウンドな世界へ通じている。

親フォルダを興味本位でさらってみると、会員制のサイト案内が現れた。『.htaccess』でディレクトリごとパスワードがかけられていたが、冗談まじりで「guest」と打ちこんでみるとあっさり閲覧できて、管理のずさんさに驚いた。

会員制のそこは、マニアのためのサイトだった。けっして犯罪目的ではなく、あくまで趣味的にカスタマイズした改造銃と、そのパーツを販売するためのものだとうたわれていた。

じっさい当時の基自身、ただの興味本位だった。だが会員サイトをくまなくめぐるうち、ニューナンブなどのおもちゃより、もっと本物の手応えがほしくなっただけのことだ。

五年まえに母が出ていってから、誰も踏みこむことのなくなった自室には、ハンダゴテからバーナーにリューター、買い集めた各種の金属や火薬の類が集められている。

未成年の基がそれらのものを入手するには、金銭的にもほかの理由からでも厳しい。とはいえ見とがめられたところで、ひとつひとつは大したことのないものたちだ。

値の張る工具関係は、学校の教材としてそろえられたのも幸いした。あの学校は風紀のだらしなさに見あってすべての管理状況もあまく、値の張る工具が消えていたところでとがめるものもいない。これもある種の犯罪だとは思いつつ、卒業するころには返せばいいと、基は罪悪感に目をつぶった。

市販のモデルガンやエアガンの材質は、改造銃に関する規制により、主に硬質プラスティックや亜鉛ダイキャストなどのやわらかい素材が使用されている。

しかし、過去にはスチールなどの全金属製で、なおかつつまっているはずの銃身が刳《く》り抜いてあるモデル、つまりカスタマイズによっては充分に実弾装着も可能なものも存在した。

発売禁止になったエアガンなどは、薬莢《やっきょう》にガスを充塡《じゅうてん》し、それによってプラスチック弾を発射する仕組みになっており、ガスの代わりに火薬をつめると金属弾も連続発射可能となるというものだった。危険性の高い商品だけに、当然すぐに販売禁止が言い渡され、警察によって回収もされている。

だがすべての品が回収されきったわけではなく、各種のご禁制品と同様に、マニアの間で地下販売がおこなわれている。

ネットオークションなどで自分の『作品』を売る人間も多いが、基には手の出ないような価格に跳ねあがるか、摘発によって出展を取り消されてしまうのが常だったし、特段興味を動かされることもなかった。

基は、既成の改造銃がほしいわけではなかった。自分の手で作りあげた、自分だけの銃がほしかったのだ。

だからこそ偶然に見つけたページは、基にとっては天国に思えた。しかも、改造銃指南のサイトや掲示板は、ネットに無数に存在した。簡単なものでは、パーツの発射コイルの強度をあげるだけのものもあったり、ボディから手作りする『本物志向』もむろんいた。基は舐めるようにそれらの情報を読み、頭にたたきこんでいった。

基が見つけた会員制サイトは、現在ではどこかへ消えてしまったけれど、必要な情報はすべてダウンロードして保存してある。

あとは工学的な知識と、手先の器用さ、そして根気があればすむことだった。

数年ごしでためた小遣いをつぎこんだ『本体』を手にいれてから、もう二年が経とうとしている。むろん、何度も失敗した。火薬で指のさきを吹っ飛ばしそうになったり、部屋の壁が焦げたこともあったが、あきらめなかった。

ただ、ひたすらに抑圧された生活を送る日々のなかで、黒い銃身を『本物』に近づけていく作業は、基にひとときの安寧《あんねい》と、そしてややうしろ暗い興奮をくれた。

なにに対しても燃えあがることさえできないまま、首をすくめて生きるだけの少年には、そうしたものが必要だった。

くろぐろと濡れたようなボディを磨きあげ、その銃口に見あい、そして耐久性のある砲身のパーツを考えているときだけは、幸福感に似たものさえも覚えることができた。

石綿の固められた小さな作業台のうえで、じりじりと円形に整えた金属を炙《あぶ》り台板を貼りあわせ、その隙間をきっちりと磨きあげる作業は、基にとってなによりも楽しい時間だった。

「来週、試せるかな」

まだ試射はおこなっていない。高校のすこし向こうに、高速道路の高架がある。今度の週明けには、そこでやってみるつもりだった。

これを竣や、あのクラスメイトたちに向ける気になれば、すべてがあっさり終わることはわかっている。だが心血を注いで作りあげたその『作品』を、薄汚い彼らの身体に使ってやる気には到底ならない。

銃の威力や殺傷能力を高めるのが最終目的ではなかった。誰かを傷つけるためであれば、包丁ひとつ持てばそれで充分な話だ。心血を注いだ銃、その銃口を誰かに向けることなど、基は考えたこともなかった。

トリガーに指をかけて、傷に熱を帯びた頬へとそれを押しあてた。基の細すぎる指にはそれはすこし持てあますようだった。この指では、きっと反動を受けとめきれない。もっとしっかりした骨格や、筋肉が必要になるはずだ。

(あのひとには、ちょうどいいんだろうか)

無意識に、あのうつくしい指を想像した自分に気づき、基ははっと目を瞠《みは》る。

ホワイトカラーであることが爪の形にまで表れていたあの男に、なぜかこの金属の塊は似合うような気がした。ひととなりどころか、顔もろくに知らない相手になぜそんなことを感じるのかわからず、うろたえた。

「なに、考えてるんだか」

基は、あわてて改造銃をしまいこむ。ふっと息をついたとたん、忘れていた悪寒に、身体が震えた。手のひらを見ると、そこも小刻みに震えていて、膨張したように赤らんでいる。

熱を出したのだと気づくころには、雨に濡れた身体はすっかり、乾いていた。

＊　＊　＊

翌日も、そのさらに次の日もまた、同じように雨は降り続き、基の生活も変わることはなかった。

熱はさがらなかったし、学校にいくにも億劫《おっくう》ではあったけれども、家にいればさらに父親からいたぶられるだけだ。殴られるのは閉口するが、性的な部分を見せつけられるよりも、便所の水を頭からかけられるほうが基には数倍ましだった。

英語の授業中、基は作業実習室にこもっていた。弾丸を作るのに、旋盤が必要だったからだ。それに授業にまともに出たところで、本来の意味での学習は不可能だ。教師はぼそぼそと教科書を読みあげるばかり。ほとんどの生徒は席についてすらおらず、大声で雑談をするか漫画を読んでいるなどまだましで、喫煙や賭け麻雀などを堂々教室でやる者もいる。当然ながら問題視されているが、止めるような教師はもはやこの高校に存在しない。

基は現在通っている公立の工業高校へ、いきたくていったわけではない。父親が授業料を出し渋ったのと、徒歩圏内という絶対条件があったので、ほかに選択の余地がなかった。

――深津なら、もっとレベルの高い高校だって楽に狙えるんだぞ。工業系がいいなら、せめて高専はどうなんだ？

学力的に見合わない、もったいないと嘆いた中学時代の担任の言葉は痛かったが、職業訓練的な実地授業が多く、就職率も高いといううたい文句だけが頼りだった。ひとりで生きていくための技術と資格がほしかったのだ。

だが、完全に失敗だったといまでは悟っている。いざ入ってみた高校は、『就職率が高い』

のではなく、『進学率が低い』のだった。

校内には、人生のレールに乗り損なった連中が吹き溜まっていた。まともな学習意欲があるのはごく一部の生徒でしかなく、それも朱に交われればなんとやらで、徐々にやる気を殺《そ》がれてゆくのが現状だ。

なにがしたい？　と問われても、なにもしたくない、と安易に答える、思考停止した脳と感性。けれど生きるには――遊ぶには、金がいる。だから搾取《さくしゅ》する。暴力で、盗みで、そのほかのあらゆる、卑劣な方法で。

（脅せば金が出てくると思ってるんだから、めでたいな）

皮肉に考える基自身、なんの目的があるわけでもない。というよりも、その場限りの対処を考えるので精一杯の日常しか送れないと言ったほうがいい。

いつもどうすれば殴られずに一日がすぎるだろうと、それだけで頭はいっぱいだ。できるかぎり目立たないよう頭を低くしても、回避する方法などなにもなく、殴られ蹴られるとき、最低限のダメージですむよう身を固めるのが関の山だ。

だが、どれほどひっそり影をひそめていようとも、捕食者の連中は鼻が利く。

クラスメイトの秋山晃《あきやまひかる》は、その日もエスケープした基を捜しあてた。

「深津ちゃん、みーっけ」

にやにやしながら、取り巻きをひきつれた秋山があせた長い金髪を揺らしながら実習室にはいってきたとき、基はすでに旋盤のスイッチを切っていた。作業途中の銃弾は、すぐにポケットに押しこむ。

「勝手に工具使っちゃいけないんじゃねえの」

ドアを閉めたのは、取り巻きのひとりである小島《こじま》だ。目をあわせないように、必死にうつむいている姿は、基よりよほど怯えているように見えた。

「先生には許可もらってる。課題、終わってないから」

「あれえ、優等生の深津ちゃんなのに、めっずらしいなあ」

誰かに見咎められたときのカムフラージュのために、やりかけの課題は机のうえに置いてあった。ねじ切り加工の未完成品を秋山はつまみあげ、鼻で笑って机に転がす。

「だからって、授業中じゃん。なあ？」

自分のことを棚上げにして、秋山はヤニくさい顔を近づけ、手を突きだしてきた。

「で、ほら。出しなよ」

「金はないよ」

にやにやと笑みを浮かべていた秋山は、基が答えたとたんに表情を一変させる。

靴さきが基の腹にのめりこんだ。呻いた基は身体をふたつに折り、くずおれる。

「おまえ、たいがい強情だな。いいもん売ってやるから、金持ってこいって言っただろ？」

どうせトルエンかシンナー、もしくは自分らが酒を飲むための、パーティー券のことだろう。基は冷めた気分で考えた。

「べつに、ほしく、もないし、いらない」

基は激しく咳きこんだまま、とぎれとぎれに答えた。背中を数回蹴りつけられたとたん、ぴしりと体内で音がして、背中に激痛が走る。肋骨にひびがはいったかもしれないと、基はうずくまりながら思った。

「痛そうだなあ、冷やしてやるよ」

髪を摑まれ、作業室から引きずりだされる。毎度のごとく、連れこまれたのは男子便所だ。きょうは水道に頭を突っこまれ、水をかぶせられた。先日のように便器に突っこまれるよりマシだと思いながら息苦しさに耐える基のうしろ髪を、秋山がまた摑んで引く。

「なあ、ほんと、言うこと聞いて、お金持ってきてよ、深津ちゃん。約束したろ?」

「そんな覚え、ない」

よしんば了承したにせよ、言いつけられたとおりの金を用意することなど不可能だ。突っぱねれば、先日蹴られて変色したあたりをさらにしつこくやられた。

(ああ、頭が、ぐらぐらする)

なにをされているのか、途中からわからなくなった。ひたすらうずくまり、腹と顔だけはどうにか護ってやりすごした時間は、数分か、数十分か、それすらわからない。

「……なあ、やばい。先生、きたかも」

小島の震える声がした。数人が「だからなんだよ」などと吠えた気がしたけれども、一応それで気が殺がれたようだった。

「とにかく、金。五万な？　約束したからな。また、帰りに話、しような？」

一方的に言い置いた秋山がその場を去ったとき、耳鳴りの合間にチャイムが聞こえた気がした。さっさと消えたあたりからして、たぶん、昼休みになったのだろう。

「だいじょうぶかよ」

秋山らがいなくなったあと、便所でへたりこんでいる基にそっと声をかけてきたのは小島だった。答えるのも億劫で、度数のあわないレンズごし、ぼんやりとした視線を投げれば、小島はひどく気まずそうなものを浮かべて目を逸らした。

「なにか用？」

ずきずきと腹が痛んで、発した声はかすれきっていた。色のない基の声に、小島は罪悪感と不快さをまぜたような声で吐き捨てる。

「そうやってすかしてっから、いつまでもやられんだぞ。ちょっとはうまくやれよ」

基のまえには彼がターゲットにされていて、長いこといじめられていた。小柄な彼は、秋山におもねることで無事を確保している。代わりに、裕福な親から過度の小遣いをせびる羽目になり、現状の被害者は小島の母親だという話だ。

「すかしてって言われても。これが俺だよ」

基はいたぶられても絡まれても、苦痛に顔が歪む以外、基本的には無表情だった。秋山らの暴力は歓迎していないけれど、父に較べれば幼稚で単純だ。毎度毎度よく飽きないものだとあきれがさきにたち、おかげで反応がますます薄くなる。それが彼らをよけい、いらだたせるのも知っていたが、ばかばかしくて相手にする気にもなれない。

「小島も、トモダチんとこ、早くいけば。やっといじめられなくなったんだろ」

「……っ、うるせえよっ」

小島は吐き捨て、やつあたりをするように基へとモップを投げつけ、走り去った。誰に言われなくとも、現状のばからしさに気づいているのだろう。

マイナスのエネルギーは、ヒエラルキーの弱者へと向かう。リンクをどこで断ち切るかによって、最終的な被害者は決定する。

「すかしてる、か」

基はべつに、強がっているわけではない。自分以外のスケープゴートを探す気力もなく、抗うのも面倒でいるだけだ。

のろのろと立ちあがり、汚水で汚れたシャツをとりあえず洗った。最近毎日洗っても追いつかないので、シャツの替えは更衣室に常備しておいてある。

裸の腹に水が跳ねて、尿意を催した。便器のまえで——その正しい使用法は、けっして基の顔を洗うためではない——用を足すと、赤く濁った小便が力なく流れていった。

「……まあ、これくらいなら」

血尿にもすっかり慣れた。薄い色を見た限り、死ぬことはないだろう。いつぞや、真っ赤な尿だったときには、さすがに救急車で運ばれた。だからたぶん、これはまだ平気だ。

そんなことを判断できる自分がおかしいのか、そうではないのかについては、もはや基には判断がつかない。

殴られれば痛む。ダメージが内臓にまで達したところで、とりあえずまだ生きている。

なぜ生きているのかなどと考えることは、すでに、やめてひさしい。

ただため息をついて、基はべっとりと濡れたシャツを肌にまとった。異様に火照った肌の熱で、シャツが乾かないだろうかと、思うのはそれだけだった。

放課後には、家から持ってきた傘がなくなっていた。

ご丁寧に骨を折って、ただの残骸になった傘を昇降口脇のゴミ箱に突っこんだらしいことを確認した基は、秋山たちは非常にまめだとしみじみ思った。この執拗さを学習意欲に向ければ、どれだけの成績を残せるだろうと思うと、おかしくなる。

やっと乾いたシャツがまた濡れる。あきらめのため息をつき、昇降口から出たところで、予告どおり彼らが待ちかまえていた。

「ちょっと、つきあえよ」

今度は、小島は見あたらない。もしかすると、やつあたりに殴られたのかもしれない。

四人ほどに取り囲まれて、腕をとって引きずられる。よろけた基は、きょうは念のためにさきに眼鏡を鞄にしまうことにした。

「言っただろ、金はないよ」

「聞いてねーよ」

連れていかれたのは人気《ひとけ》のない、繁華街近くの駐車場だった。毎度のリンチ場だ。

逃げる気はない。体力的にかなり弱っている自覚もあったし、走りまわって疲れたあげくに暴力を受けるよりは、受け身をとれる余裕を残したかったからだ。

「あにやってんだよ、殴られる気満々ってか？」

「いやーん深津ちゃん、マゾっぽい」

奇妙なハイトーンに声を作って笑う彼らの声は一様に嗄《か》れている。トルエンなどいまどき流行《はや》らないと思うが、じっさいに需要はあるらしく、揮発性の薬剤で成長期の少年は自分の喉を焼く。

たぶん秋山が基のように殴られたなら、溶剤に弱った脳味噌は豆腐のようにつぶれるのだろう。ぼんやりとその映像を思い描く基の口の端には笑みがのぼり、周囲が殺気だった。

「なに笑ってんだ！」

降ってきた拳は基の腹をまた殴った。ここ数日、連続しての暴行で、彼の拳もけっこう痛んでいるのではないかと思うのだが、痛覚の鈍くなった脳には届かないものらしい。

身をかたくして、拳や靴のさきが肉にめりこむ感触を黙って耐えた。呻く声は聞かせたくなかった。面白がらせ、つけあがらせるだけだからだ。

けれど、いつものように基はやりすごすことができなくなった。

「なん……っ」

ボトムのベルトに手をかけられた。いたぶるために踏まれていた足が、いつの間にかふたりがかりで押さえこまれている。ぎょっとして顔をあげると、興奮したような秋山の顔が、異様に近くにあった。

「なあなあ。深津ちゃんって、オンナみてーだよな」

「は……？」

ボトムを引きずりおろされそうになり、あわてて基は身をよじる。見やった秋山の股間は、たしかに隆起を増していた。

(なんで。なんだこれ)

どうもこの数日しつこいとは思っていたが、もしやトルエンだけでなく、やばい薬でも手にいれたのだろうか。若者向けのドラッグの大半は、性的興奮を伴うものが多いらしい。

「ほんとはオンナなんじゃねえの？」

「調べようぜぇ」

口調こそ、幼稚ないじめを装っているが、彼らが本気で欲情しているのはすぐにわかった。父——竣と同じ、濁った色を浮かべた視線に射抜かれて、基はそれだけはいやだと思った。

「チンコついてんの？　ってか、毛ぇ生えてんの？」

言われたとたん、とっさに手のなかに握りこんだ泥水を、秋山の目に向かって投げつける。

「……っぷあ！」

「てめ、このっ……うわ！」

同じように取り囲んだ残りふたりにも、顔をめがけてそれをたたきつけ、基は立ちあがった。とっさに摑んだ鞄を胸に抱き、雨のなかを駆けだす。逃げだすさきは、この街でいちばん危険な場所で、基にとってはもっとも安全な、あの裏町しかない。

（なんだよ。なんで、どいつもこいつも）

息を切らして走りながら、秋山のいやらしい膨らみを思いだし、総毛立った。

——ってか、毛ぇ生えてんの？

あの言葉に逆上したのは、図星だったからだ。基の身体は、まだ未熟だ。単にきゃしゃで女顔なだけではなく、第二次性徴の兆《きざ》しが身体にほとんど現れていない。

声変わりだけは訪れていたものの、喉仏も目立たない。体毛はひどく薄く、性器の周辺に関しても同様だ。

なにより、基は勃起したことがない。精通は一応あったような気がしているが、なにしろすでに虐待を受け、血尿も出はじめたころなので、ただの分泌液かどうか、判別もついていなかった。

性欲というものは、基にとって不気味な、未知の領域だった。そしてなぜか自分の身体が、加虐《かぎゃく》心の強い連中にとって妙な刺激をもたらすらしいことだけは、実体験で理解していた。

（いやだ、いやだ、いやだ！）

犬のようにのしかかられ、犯されていた母の、奇妙な笑顔が瞼《まぶた》に浮かんだ。あの瞬間、基はひとが壊れるときの表情を知った。

顔の右半分は笑って、左半分は泣いていた。そのアシンメトリーな表情は、あれほどうつくしいと評判だった母の顔を、どうしようもなく醜くしていた。

壊されるのはいやだ。それだけはいやだ。あんなふうにしろじろと、思考をなくした人間のように微笑《ほほえ》むことだけは、絶対にいやだった。

薄汚れた路地を走り抜ける。いつものつぶれた飲食店裏の階段が、基の唯一の安息の地だ。しかし、そこにたどりつく金網を抜ける手前で、基の食道からなにかが飛びだした。

「つう、ぶ――！」

黄色い胃液が雨水のなかにほとばしった。派手な音が鳴って、自分の身体が奏でるその汚い大きな音階に驚きつつ、吐瀉は止まらない。

金網に手をかけ、基はひたすら吐き続ける。その背後から、濁った怒声が聞こえた。

「おい、てめえ、なんだ」

声の迫力は秋山たちの比ではない。反射的にびくりとすれば、大きな手が基の胸ぐらを摑んだ。げぼげぼと、吐く途中で止められた喉が、異様な音をたてた。

「なにしてんだてめえ、こんなとこで」

「な、なにも」

相手の顔がわからない。ぼんやりとかすむ視界に、自分が眼鏡をはずしたままだったことに気づいた。あわててあたりに視線をめぐらせたが、それが相手の神経をさらに尖らせたようだった。

「なに、きょろきょろしてんだよ。ガキがなにしにきた」

逃げてきた、ただそれだけだと言うつもりだった。だがそれより早く、男はじろじろと基を見定めるように眺め、制服のネクタイにある校章に目を止めると、威圧的な声で問いかけてきた。

「おまえ、藤二の生徒か」

「そうですけど」

身を護るように身体をまるめた基は、落ちたままの鞄の蓋が緩んでいることに気づいてはっとした。弾丸が装塡《そうてん》できるか確認するため、きょうは、基の『作品』をあのなかに忍ばせてあったのだ。

（まずい）

改造銃は、見た目には本物と変わらないくらいの仕上がりになっている。こんな場所で、こんな怪しげな男に見つかれば、いらぬ疑問を持たれかねない。

あわてて鞄に飛びつき、抱えこんだ基の行動は、いっそうの不審を招いたようだった。

「てめえ、鞄の中身、見せろ」

「い、いやです」

「いやです、じゃねえよ。なに隠してる？」

なんでもない、とかぶりを振る。吐いたせいで、声もろくに出ない。なにより、本能的な危機感が、基の身をすくませていた。

ふだん基を殴る親や同級生などよりも、よほど強烈な暴力のにおいを身にまとわせている。目のまえの男は、ひとを痛めつけるための、もっとも効率のいい方法を知っている——おそらく、ひとの息の根を止める方法も。

「やっぱそうかよ。ガキがいらねえ真似しやがって。なに嗅ぎまわってる？」

「な、なんのことで——」

「しらばっくれんな。ショバ荒らしてんじゃねえっつってんだよ！　誰からここのこと聞いた？　言え、早く！」

なにも知らない、と答えるよりさきに、首を締めあげられた。容赦のないそれに、嘔吐感がまた高まるが、首を押さえられているために吐くことも叶わない。

「聞いてんのかてめえっ。どこで、なに聞いた？　なに見たんだ！」

ぐん、とさらに指の力が強くなり、基は自分の眼球がぐるりと動くのを知った。

なにかきっと、この男にとってまずいものでも見てしまったのだろう。じっさいには、なにも見てなどいないけれど、それを説明することもできない。

(死ぬのかな)

ぼんやりと思って、垂れさがった自分の手が痙攣《けいれん》するのを感じた。視界が明滅し、全身の苦痛が遠のいていく。基の思考そのものが濁りはじめたそのとき、雑居ビルの隙間から、べつの男の声がした。

「うるせえぞ、カズ。なにやって――」

基の首を締めあげていたカズは、主人に呼ばれた犬のように即時反応する。

「ああ、篠田《しのだ》さん。やばいっすよ、このガキが」

その直後、基の身体は投げだされた。カズが篠田に殴り飛ばされたからだった。

――ボケが、なにしてやがる。素人こんなとこでバラすつもりか！

――だってこいつ、藤二のガキじゃないすか。

――だからって、ものも言わせず締め落としてどうすんだ！

ぼそぼそと、遠くで声がする。だがなにを言っているのか判断することはできず、基は自分の吐瀉物と泥に汚れたコンクリートのうえで、指一本動かせないままに横たわっていた。

呼吸が止まった一瞬はとても楽だったのに、このままでは痛みがよみがえってしまう。

（早く、してくんないかな）

殺すのならばひと息にしてほしい。楽になる最短の方法に、ようやく基は気がついたのだ。

誰かに終わらせてもらえるなら、こんなにいいことはない。

だから、そっと肩にかけられた腕に、安堵さえ覚えた。これは際限のない痛みに終わりをくれる腕だと、そう思った。無意識に笑みが浮かび、ほっと基は息をついた。

――はやく、ころして。

だが、その手は基を殴りも痛めつけもしないまま、やさしく触れた。

ふわりと抱き起こされたとたん、吐瀉物と汚泥のにおいが染みついた鼻腔に、すうっと風がとおるような、あまく涼やかな香りがした。

（え……？）

その場に満ちた悪臭をすべて押し流すような清涼さを求めて胸を膨らました基は、喉奥の焼けるような痛みに咳きこむ。背中をさする手は、あくまでもやさしい。

「だいじょうぶか？」

近くで聞こえたなめらかな低音に、どくりと基の心臓が音をたてた。

（あのひと、だ）

数日前、ぶつかった基に白い端正な指を差しだした男がそこにいた。基はまったく状況が呑みこめず硬直する。

汚れた身体を抱え起こした男は、淡々と冷たい声を発した。

「篠田さん。いったい、なにごとですかこれは」

「な、那智先生こそ、どうなさいましたか」

那智と呼ばれた男は、基を護るように胸に引き寄せた。腕のやさしさとは対照的に、相手を叱責する声は鋭く厳しい。

「そちらはいつから、学生にこんな真似をするようになりました？」

基を支えるために膝をつき、篠田を見あげている状態なのに、その場を圧倒しているのは那智だった。篠田は黙りこみ、歯がみしたカズが吠える。

「クソ弁護士は引っこんでろよ。こっちの問題に首突っこむんじゃねえよ」

だみ声に、那智と基の背後で誰かが動いた。振り返らず、那智は彼の名を呼ぶ。

「マサル」

そのひとことは、怒鳴るよりよほど強い拘束力を持っていた。「はい」としぶしぶ答えたマサルは、カズを睨みつけたまま動かない。那智は重ねて言った。

「そこの通りまで、車をまわしてこい。それから、村瀬《むらせ》にも電話をいれておけ」

命じながら那智は、基の身体を自分の胸にもたれさせた。あまい香りがいっそう強くなり、そのなかに、煙草のにおいがかすかにまじっている。――待って、いけない、汚れる。

「……ま、っ、あ」

必死に腫れぼったい瞼をこじ開けると、彼の顔がひどく近く、基は息を呑んだ。

那智は、おそろしくきれいな男だった。彫刻家がノミで削いだような輪郭《りんかく》に、すっきりと高い鼻梁《びりょう》と薄く形よい唇が、品よく配置されている。栗色がかった髪と同じく色素の薄い睫《まつ》毛《げ》は長く、切れ長の目を縁取っていた。すべてがシンメトリックで、どこにも隙はない。

なにより、至近距離にあるその目は、不思議な色をしていた。灰のなかに青をまぜたような、ブルーグレー。日本人にはあり得ない色彩に驚くあまり、基の声は喉に引っこんだ。

(目、青いんだ。すごく、きれいだ)

雨のせいだろう、撫でつけた前髪がやや崩れている。髪のさきからしたたる雫が、都会の薄汚れた雨だとは思えなかった。細かい雨粒が、薄暗い雨の日だというのにひかりをはじく。きっと那智の身体に触れた雨水は、浄化されていくに違いないと基は思った。

それくらい、圧倒的に彼は、うつくしかった。

「痛むか？」

呆然と見惚《みと》れていた基は、低い声が自分に向けられていることもしばし気づけなかった。

それが那智に危険を感じさせたらしい。軽く頬をたたかれ、強めの声で問われた。

「おい、……おい、きみ。俺の言うことが聞こえるか？」

はっとして、基は必死になってうなずいた——つもりだった。じっさいにはゆっくりとしか顔を動かせず、ままならない身体にもどかしくなった。

「わかるか？　意識が混濁してるのか。それとも声が出ないだけか？」

前者の問いにはかぶりを振り、後者にうなずく。那智は「わかった」と短く告げたあと、基の身体を抱えなおし、濡れた服から透ける打撲や傷に渋面をつくった。

「ひどい状態だな。いったいどういう……」

言葉を途中で切った那智は、すっと、その目をカズに向ける。男は、体格的には那智より屈強そうに見えるが、なぜか怯えたように声を裏返す。

「お、俺じゃねえよっ」

必死の反論にはかすかに眉をひそめただけで、那智はまた基へと視線を戻した。

「とにかくいま、医者を手配するから。……ああ、しゃべらなくていい」

あくまで穏やかに語りかける那智は、軽々と基を横抱きに抱えあげた。驚きに息を呑むと、カズがいらだった声をあげた。

「おい、どこいく気だよ。勝手なことすんじゃねえよ！」

答えず歩きだそうとする那智に、「待て！」と吠えたカズを、篠田が「黙れ」と殴った。したたかに頬を張られても声もあげず、従順にカズは押し黙った。

篠田は怒鳴ることも、身体を摑むこともしない。ただ那智のまえに立ち、穏やかにすら響く声で言った。

「先生、そいつはこっちにいただけませんか。すこし事情を聞かないとなりませんので」

重い声はカズよりも言葉遣いは丁寧だった。それだけに、抗えないような威圧感はすさまじい。ぞっと腕のなかで震えた基をしっかりと抱きなおした那智は、篠田の威嚇など知らぬふりで、そっけなくかぶりを振った。

「この子はなにも見ていないし、関係ない」

「なぜわかります」

あきらかに脅迫的な篠田の声さえも、那智は薄く笑っていなした。

「目がかなり悪いし、いまも眼鏡をかけていない。俺が壊したからな。見えるはずがない。そうだろう？」

那智に覗きこまれ、青みがかったその虹彩に胸を騒がせながら、基は必死でうなずく。

「きみは、どの程度見える？　話せなければ、指でさせ」

問われて、おずおずと目のまえにある整った顔を示す。「わかった」と那智はうなずいた。

この程度でいいのかと驚いたのは基だけだ。

「そういうわけだ。このまま引き取らせてもらえれば、べつに面倒を起こす気はない。俺も、なにも、見ていない。それに俺は、壊した眼鏡のぶん、彼に借りがある」

だからそれ以上は追及するな。言外ににおわせた那智に、篠田は息をついた。

「わかった。わかりました。先生には逆らいたくはない」

「ご理解いただけたなら、これで」

「お気をつけて。ああ、そうだ、工藤《くどう》さんによろしくお伝えください」

一瞬、那智の肩がこわばったけれど、なにも答えることはなく、彼は足を進めた。

（工藤？　誰？　いまのは、なんだったんだ）

基には、そのやりとりの意味はわからなかった。ただ、那智という男の持つ、ただならない気配を、なぶられることに慣れた人間特有の嗅覚で、嗅ぎわけた。

那智の歩みは危なげなく、基を抱えているとは思えないほどだ。路地裏の切れ目が見えた。通りのあたりは、薄暗い路地裏から見ると、この雨天でもすこし明るく感じられる。

このひとは、ひかりのほうに歩いていくのだとぼんやり思い、瘧《おこり》のように身体を震わせる悪寒と戦いながら、基は胸にこみあげてきた問いを発した。

「俺は、殺されるんですか」

かすれた声に、那智は立ち止まった。腕のなかの基をじっと見おろし、彼は問いかけた。

「なぜ、そう思う」

「な、なにか、あなたにとって、ま、まずい、ことを、したんじゃないかと」

がちがちと、歯が音をたてる。見苦しく震える声の問いに那智は答えなかったが、言葉を

止めもしなかった。だから熱に浮かされた基の、独白めいた言葉は続いた。

「俺の、クラスメイトは、トモダチだからと言って、俺を殴ります。——父も、おまえがかわいいからと言って、言いながら」

なにをされるのか、おぞましくてそれ以上は口に出せなかった。

言葉と、与えられる暴力のギャップに、理不尽と思えた時期はもう遠い。それなのになぜ自分がそんなことをつぶやくのか、基にはわからない。

「毎日です。毎日。だ、だから、べつにそれはもう、慣れたので、いいんですけど」

喉から咳が飛びだし、何度かえずいた。那智は基の身体を抱えなおし、言った。

「わかった。もういい。しゃべるな」

淡々とした声からは、自虐的な告白をやめろと言っているのか、単に咳を止めさせたいのかわからなかった。そして基の言葉は止まらなかった。

「だから、な、な、なにかまずいことがあって、そ、それで、あなたが、お、俺を」

無性に、ただ無性に、あまえたかった。終わりをくれるならこの男がいい。骨張った指で目のまえにあるネクタイを摑み、あまい香りを吸いこんだ。

「あなたが、俺を、殺すのなら、それは、それは——」

それはとても正しいことなのだ。

迷惑をかけた涼やかな男に、罰として殺される、その想像はあまりにも甘美だった。

思いの丈《たけ》を、とぎれがちの言葉でどこまで訴えられただろうか。そして那智はそれに、なんと答えたのかも、基にはわからない。

身体が、意識ごと那智の腕のなかで重くなり、どろりとした闇のなかに溶けていった。

＊　＊　＊

皮膚が切れるような痛みが、身体中を覆っていた。目を閉じていても眩暈がひどく、身体中をぐるぐると回転させられているようだ。

（目が、まわる……ぐらぐらする）

不快さのあまり目を覚ました基はじっさいに自分の身体が揺れていることに気づいた。

「ねえ那智さん。こいつ病院連れてかんでいいんですか？」

「連れていける状況には思えない。だから村瀬を呼んだだろう」

ぼんやりと目を開けると、コンクリート打ちっ放しの壁が見えた。高級そうな車が何台か止まっている。駐車場のようだがさほど広くはない。月極のようなものではなく、個人のビルかなにかだろうと察しがついた。

「つうか、俺が背負いますよ？　ぐっちゃぐちゃじゃないすか、そいつ」

「それなら俺も同じだ。もうさっきから、三回吐かれた」

「いい歳なのに、腰痛くならんすか。……って、蹴ることはないっしょ、蹴ることは！」

「べらべらうるさい」

至近距離のはずなのに、熱に疼いて脈打つこめかみのせいで、水のなかで聞く音のように鈍い。基がどうにか顔をめぐらせれば、すぐそばに、金色の短い髪を逆立てた男が見えた。

「あ、目ぇ開いた。だいじょぶか？」

視線がかちあったとたん、にかっと笑う顔はずいぶん幼く映る。精悍《せいかん》な整った顔立ちをした男だったけれども、表情には愛嬌があった。肩は広く腕は逞《たくま》しく、かなり背は高いようだ。

（でも、なんで俺が見おろしてるんだ？）

ぼんやり思った基は、自分が誰かに背負われていると気づいた。誰かの広い肩ごしに眺める視界は新鮮だった。だが、こうなった状況もなにも思いだせない。

なにがどういうことだと混乱していた基に、熱を持った腹に触れる背中から、振動といっしょに声が響いた。

「マサル、だからうるさいと言ったんだ。怪我人を起こしてどうする」

「え……？」

「気がついたな。だいじょうぶか」

頬の触れそうな距離で、那智が振り向いた。至近距離の端整な顔に驚いた基が、あわてて身じろいだ。そのとたん、ぐらりと視界が揺れた。

「ちょっ、まっ、うわたたたたっ」

驚いたのは基よりも、横にいたマサルのほうだった。焦った様子で背後にまわりこみ、那智の背中から落ちかけた身体を支えてくれる。

「あっぶねえなもう。落ちたらどうすんだよ」

「ご、ごめんなさい」

「ごめんじゃねえって。これ以上怪我増えたら痛いのそっちだろ」

乱暴な口調ながら、やさしい言葉をかけたマサルは、基の羽織った上着をかけなおす。

「ありがとう」とちいさくつぶやくと、那智が問いかけてきた。

「意識ははっきりしたみたいだな。吐き気は?」

「あの、もうだいぶ、……っ」

いまだ状況が飲みこめないまま平気だと言いかけたが、基は喉からあがってくる悪心に青ざめ手で口を覆った。黙っていろ、というように、那智は基の身体を揺すりあげる。

「わかった、答えなくていい。マサル、氷とスポーツドリンク買ってこい」

「うぃーす」

言いつけられたマサルは、方向を変えて走っていく。

ふたりきりで取り残され、どうすればいいのかわからない基は広い背中にしがみつく。子どものように背負われているのが恥ずかしかったが、いまだに眩暈がする。意地を張ったところで、自力では立つことすらできないだろう。

背負われたまま、地下駐車場からエレベーターに乗った。予想どおり、たどりついたのは高級そうなマンションの一室。玄関先で、基を背負ったまま部屋にあがろうとする那智に驚き、さすがに声をあげた。

「あの、おろしてください」

「もう気分はいいのか？」

気遣うように問われ、基はそういう問題ではないとかぶりを振った。意識がはっきりしてくると、自分の発するすさまじいにおいに辟易《へきえき》する。このまま部屋にあがるのが申し訳ない。

「そうじゃなくて、俺、汚いですから」

「たしかにそうだな」

肯定され、羞恥に身がすくんだが、続く言葉は基の予想とはまるで違った。

「まだ顔色は悪いが、そのままでいるほうが気持ち悪いだろう。風呂を使うか？」

「いえ、あの、……え⁉」

那智はそのまま基をおろさず、すたすたと長い脚で部屋の奥へ向かった。「浴室はこっちだ」と告げられ、基はさらに面食らった。

基の戸惑いをよそに、那智はそっと基を浴室の脱衣所におろした。

「あの、ええと」

とっさに彼の腕につかまったのは、ここまでしてもらういわれはない、というつもりだったのだが、那智は誤解したようだった。

「まだ眩暈がするか？　手を貸したほうがいいのか」

「いえ、そうじゃなくて、なんで――」

なぜ助けてくれたのか、と問うつもりで顔をあげた基は、目のまえの那智の広い背中に、言葉を失った。

濡れて透けたシャツの向こうに、しだれ桜が咲いている。一瞬、派手なアンダーシャツかと思いそうになり、湿気でへばりついた肌の質感に、違うと悟った。

「刺青《いれずみ》……？」

はっと息を呑んだのは、意外すぎたからでも、刺青そのものに驚いたからでもない。

それが刺青というものに対しての、猥雑なイメージのすべてを覆すような、日本画のように繊細で、あまりにうつくしい絵だったからだ。

篝火《かがりび》の焚《た》かれた闇のなか、しだれ桜が流れる炎とまざりあう。ひとの肌に埋めこまれた青い墨。彼本来の肌の色なのだろう桜の花弁、それがあまく色づいた春爛漫《らんまん》の艶やかさを見せつける。男の広い背が動きを見せるたびに、桜はゆらゆらと風に揺らぐようだ。

基は知らず、感嘆の息をついた。だがそれは、那智には違う意味に受け取れたらしい。

「めずらしいか。そうだろうな」

低く重い声は、自嘲気味に響いた。彼にとって不快であることは間違いなく、じろじろと眺めたことを羞じて、基はうつむく。

「す、すみませ——」

「湯はすぐに使える。軽く流すだけにしておけ。じきに医者が来る。自分で思っているよりひどいだろうから、すぐにあがるように」

謝罪の言葉を遮り、背中を向けて那智は出ていく。

(失敗した)

礼を言って出ていくには、タイミングを逸した。残された基はどうすることもできず、ひろびろとした浴室を借りることにした。濡れた衣服を脱ぐと、あまりの汚さに眉をひそめる。車で運んでくれたようだから、きっとシートも汚してしまっただろう。

(マサルってひとにも面倒をかけたしな)

せめてそれらの詫びに、弁償くらいはしたい。車のシートと家の掃除は、実働で勘弁してもらうしかないが——と考えていた基は、脱衣所に残されていた那智の上着を手にとった。

さきほど肩にかけてくれていたものだ。濡れて泥に汚れた有様はひどいもので、たしかめるように裏地を見た瞬間、基の頭痛はさらにひどくなった。ありがちなブランドものならばまだしも、裏ポケットの縫い取りには『SHOGO NACHI』という刺繍タグがあったからだ。

「……フルオーダーかよ」

さほど服に詳しくはない基だが、名前いりのオーダーメイドスーツがとんでもない高額だということは、気取り屋だった父の話で知っている。

基にはおよそ弁償できまい。せいぜい、クリーニング代を払うのが関の山だ。いや、クリーニングでどうにかなるものなのだろうか。

「なち、しょうご」

青ざめる基が、どんな字を書くのだろうと考えた瞬間、目のまえがまた暗くなる。

(やばい。貧血)

シャワーを浴びてあたたまるつもりが、上着に気を取られてしまった。急激に冷える身体を自覚したと同時に、基は全裸でその場に倒れる。

(ああ、また、迷惑かける……)

どさりという音に驚いた那智が飛びこんできたところで、基の意識は完全にとぎれた。

＊　＊　＊

「――おまえはばかか。こんな弱った子ども、ひとりで風呂にいれるやつがあるか!」

わんわんと響く声に、どろりと溶けていた意識がすこしずつ浮上してくる。

「いれるまえに倒れた」

「同じだ、くそったれ。腹は打撲で腫れあがってるし、へたすれば内臓破裂で死ぬぞ！　脱水症状も起こしかけてた。何回吐いたって!?」

「そうわめくな。俺だって、まさかこんなだとは思ってなかったんだ」

基の頭上から降ってくる声は、那智と、知らない誰かだった。重い瞼をしばたたかせると、覗きこんでいたマサルが「あっ」と声をあげた。

「こいつ起きちゃったッスよ。村瀬センセが怒鳴るから」

「俺のせいかよ！」

口腔が異様に乾いている。唇は貼りついたように開かず、もどかしく口をもごつかせていると、マサルが濡れたガーゼを口元に押しあててくれた。

「ゆっくり水分吸って。焦ると唇の皮切れるから」

額に手をあてながら言ったのは、顎から口元までが濃い鬚で覆われた、筋骨隆々とした体軀をしている男だった。彼がおそらく村瀬だろうと基は思った。一見強面《こわもて》だが、目はやさしい。ひんやりとした指は太く節くれていて、消毒液のにおいがした。

「点滴は打ったが、水が飲めるようなら飲んだほうがいい。喉は渇くか？」

「は、はい」

朦朧《もうろう》としたまま、口を開けろと言われて従う。喉と舌の粘膜を検分されたあと、瞼も指で押すようにして開かれた。村瀬は那智と同じほどの体格で、そして彼よりも十歳ほど年上に見えた。肉体労働者のような逞しさだが、白衣を身につけているだけでなく、その手つきで、彼が医者であることは知れた。

「とりあえず、眼球に出血はないな。喉は、吐いたせいですこし荒れてるが。話せるか？」

問われてうなずくが、まだ眩暈はひどく、眼鏡もないので視界があやふやだ。

どこに焦点をあわせていいのかわからずにいると、那智のきれいな両手が基の顔を覆い、また静かに離れていった。そして、突然クリアになった視界に驚く。

まばたきをして視界をめぐらせると、どこかの部屋のようだった。広く、清潔で、壁にある書架にはむずかしそうな本や洋書がきっちり整頓されている。横たえられたベッドはかなり広く、那智の香りがした。それでここが彼の寝室らしいと気づいた。

「これ、どうして」

新しい眼鏡が基の顔にかけられている。目を瞠る基に、那智が淡々と答えた。

「この間、踏みつぶしただろう。割れたレンズから度数の見当をつけて作ってもらった。フレームは、同じとはいかなかったが、似たのを探した」

「そ、そんなの、……痛っ！」

こんなことをしてもらういわれはない。あわてて身体を起こした基は、腹部に強烈な痛みを感じてうずくまった。

「ああ、こら。まだ寝てろ」

舌打ちした村瀬は、ため息をついて基の身体を横たわらせた。

「いったいどういう状況だか知らないが、かなりの間、怪我を放っておいたな。しかも、そのうえから何度もやられて、……あ、そうだ。きみ、名前は？」

激痛に声も出ない基の額に脂汗が浮く。それを拭いながら、マサルが口を開いた。

「深津基だよ」

「なんでおまえが答えるよ、マサル」

基と同時に村瀬が驚く。マサルはけろりと答えた。

「服のポケット探したら生徒手帳があった」

「おい、ひとの荷物を勝手にあさるな」

村瀬は顔をしかめたが、基の驚愕はそんなものではなかった。探した？　見られた？　なにをだ。そういえば鞄はどこにいった。あのなかを見られたのか？

「か、鞄。鞄は？」

「ああ、鞄のなかは見てねえよ。ただ、一応、家に連絡しなきゃかもと思って――」

「家には、なにも言わないでくださいっ」

基の絶叫に、マサルが目を瞠り、村瀬が渋面《じゅうめん》を作る。

「連絡とか、しないでください。放っておいてください。なにもしなくていい！」

「いや、でもな」

医師はなにごとかを言いかけたが、那智の声がそれを制した。

「わかったから、もうすこし、寝ておけ」

クリアになった視界に、那智の怜悧《れいり》な顔立ちが映る。すがるまいと決めた心も、闇雲な恐怖のまえには脆《もろ》く崩れ、いま頼るものは彼以外にないと感じた基は、必死に訴えた。

「おねがい、します。家には連絡、しないで、ください」

怪我をして他人に迷惑をかけたなどと知れたら、父はどんなことをするかわからない。そもそも、基が学校以外の場所に寄りつくだけで、あの男は逆上するのだ。

きょうは無理だ。きょうはもう、なにもないふりでやりすごせない。那智になら殺されてもいいけれど、あの父親にとどめを刺されるのだけはいやだ。

「言わないから、落ちつけ」

がくがくと震えた指をそっととられて、冷たい感触にほっと息が抜けていった。そのまま、マサルの手からタオルを受け取った那智が静かに顔を拭いてくれる。

額に貼りつく汗に湿った髪をそっと払われる。那智の声に、興奮状態だった気持ちがすうっとおさまり、また瞼が重くなっていく。

「もう寝ろ」

眠りに落ちる間際、息を深く吸うと、那智の香りがした。

それがなによりの安堵をもたらして、基の意識は闇に落ちていった。

眠りについた基の小さな顔には、大きな絆創膏が貼られている。青白い顔、落ちくぼんだ眼窩にも年齢に見あわない疲労が滲んでいて、那智は静かに吐息した。

話はあっちだと顎で示すと、村瀬が腰をあげる。マサルを見れば、基についていると軽くうなずく。そっとドアを閉め、居間へとふたりは移動した。

「なんなんだ、ありゃあ。厄介ごとはごめんだぞ」

どさりと来客用のソファに腰かけた村瀬は、憤懣《ふんまん》やるかたないように声を荒らげた。那智はキャビネットから、彼の『専用ボトル』とマジックで書かれたヘネシーのボトルとグラスを用意し、向かいに座る。

「さっきも言ったが、打撲がひどい。とくに腹。狙って何度もやられてる、容赦なく」

酒を満たしたグラスをひったくり、村瀬はひと息に飲み干した。いらいらとした男のそれにはとりあわず、恬淡《てんたん》とした口調で那智は問う。

「見てわかった。それでどうすればいい」

「どうすれば、じゃねえよ。ありゃなんなんだって訊いてんだよ！　どこにあんな、ヒヨロヒョロなガキに、ひでえ怪我させるばかがいるんだ！」

「俺も知らん。ただ、トモダチにやられたとしか聞いてない」

どういう事情だと口を割らせようとする村瀬に、いまわかっているだけの事実を那智は告げた。村瀬の顔は苦虫でも嚙みつぶしたような表情に歪む。

「なにがトモダチだ。かげんもわからねえで、ひとの身体をぼろぼろにしやがって」

「あとは、どうやら父親も問題があるらしい」

「いじめと虐待のダブルコンボってか。最悪だ」

口では厄介ごとはごめんだなどと言うが、村瀬は那智の知るなかで、もっとも面倒見のいい男だ。情に厚く、口は堅い。だからこそ、今回も頼ってしまった。

表情にこそ出ないものの、甚の惨状に対してのやるせなさと憤りを那智も感じている。弱者へ向かう暴力は許せない。見た目や雰囲気は正反対だが、村瀬と那智はよく似ている。だからこそ、高校時代からの友情が続いているのだ。

「とりあえず、栄養剤と鎮痛剤の点滴は打った。アイスパックを脇のしたと股間に挟ませてある。熱がさがるまでそれ、取りかえろ。あしたになってもまだ熱がさがらないようなら、大手の病院に連れていって検査してもらえ。触診じゃ内臓までイっちまってるかどうか、わからん。第一、俺の専門は内科だ」

疲れたようにため息をついた村瀬は、よれた白衣から煙草を取りだした。

「まめに水分はとらせろ。それと、胃のなかが空になってるようだから、急に重いものは食わせるな」

「わかった。すまん」

「謝るくらいなら、町医者にこんな面倒な患者、診させんな。……つうか、なんだってあんなの拾ったんだ。職業倫理ってやつか？　センセイ」

揶揄するような口調に、那智はかすかに口角を歪める。紺色のボックスから煙草を取りだすと、村瀬が「まだそんなきついの吸ってんのか」とたしなめる。

「医者の不養生には言われたくない」

うそぶいた那智は煙草に火をつけながら、ことさら平坦な声で答えた。

「いきがかり上、しかたなくだ」

「しかたなく、ねえ。わざわざ眼鏡まで用意しておいて？」

村瀬は疑わしげに覗きこんでくるけれども、那智にしてもはっきりと理由は説明できない。

煙草をくゆらした那智が考えこんでいると、村瀬が笑いながらからかってくる。

「きれいな子だからな。惚れたか？」

「ばかを言え。男の子だぞ」

軽口にげんなりとした那智に、彼は表情をあらため「まじめな話だ」と言った。

「きょう日、男の子がどうとかって問題じゃねえ。念のため、直腸のほうも診た。ソッチは無事らしい」

「そうか」

「……藤二は、男子校だったな」

村瀬の重い口調に、那智はうなずく。ひとつの懸念が晴れたことだけはほっとしたが、村瀬の不穏な言葉は「これが終わりではない」と告げていた。

尋常ではない痩せかたや、ぎらついた目ばかりが印象に残るため、美少年だと評するものはめったにいないだろうが、基の顔立ち自体は中性的で整っていた。

傷と泥にまみれ、絶望的な表情を浮かべる基の表情は、ある種の加虐性を抑えきれない人間を吸い寄せるタイプだ。

それは那智のもっともよく知る女の姿に酷似していて、それだけに気がかりだった。なにより、彼が藤代第二工業高校の生徒であったことも、見すごせなかった原因のひとつだ。

「例の件、彼も関わってるのか」

「調査中だ」

村瀬の問いかけに、那智は端的に言った。それですますつもりかと睨みつけ、村瀬はさらに食いさがった。

「田川《たがわ》組の篠田がいたってな。あのへんは、鳥飼組のシマだろ。よその連中がなにしてたんだ、あんなとこで」

「いま、それを調べてるところだ。ある意味じゃ、彼のおかげで核心には近づいたかもしれないが、まだ断定はできない」

「弁護士トークはいらねえよ。おまえの私見でいいから、はっきり言え。ここまで巻きこんでおいて、守秘義務もクソもねえだろうが」

乱暴にグラスを置いてつめよる友人に、那智はため息をついた。

「……藤二の生徒の間で、違法な薬物が出まわってる」

那智が弁護を請け負ったのは、違法薬物の販売で逮捕された未成年が、途中から『だまされたのだ』と自供をひるがえした件だ。学生の薬物依存や販売は、近年めずらしくもない話だが、旧知の刑事である島田栄一郎《えいいちろう》が担当だったことから、那智に話がまわってきた。

「ブツは？」

「一時期出まわってたエクスタシー系の亜流だ。粗悪品なんで、副作用もひどいらしい」

今回捕まった高校生の親がスナックの経営者で、VIPルームと名づけた店の奥の部屋が少年たちのたまり場だった。

「ガキのひとりが適量もわからずにそのクスリを使って、過剰摂取《オーバードーズ》の発作起こした。救急車で運ばれたところでことは発覚したが、いまのところマスコミに情報が流れてないのは、根っこに田川と鳥飼の問題があるからだ」

新宿から池袋、渋谷あたりを根城にしたそのふたつの暴力団は、以前から対立している。古参の鳥飼組は、フロント企業のクリーン化を狙っているため薬物禁止のきつい縛りがある。

現在のメイン収益はパチンコとテキ屋、それから古くからのみかじめ料に、株だ。

「田川はアジア系の組織と組んで、一気に鳥飼の勢力を奪いたいらしい。手っ取り早いのはクスリだが、その元締めはあくまで田川が仕切りたいわけだ」

なるほど、と村瀬は肩をすくめ、ため息をついた。

「ガキ相手にルート作って、荒稼ぎするハラだったのが、勝手にガキのほうが店を開いちまったわけだ。最近は素人のほうが怖いな。躍起《やっき》になって止めてるのがやくざってのも、変な話だ」

「あるいは、田川の末端が横流しした可能性がある。そこを知りたいと、篠田あたりは躍起になってるらしい」

皮肉な顔で笑う村瀬は、グラスに酒を注ぎたした。

「正吾は、どういう情報がほしいんだ？」

「依頼人が今回のクスリの違法売買について、本当に潔白なのかどうか。その証拠固めがしたい」

彼の親が経営していたスナックは事件発覚後、閉店した。だが逃げのびた少年たちは似たような根城を作り、同じような『パーティー』を続けているらしい。その新しい根城が『JOY』というすでに閉店したクラブだということまでは調べがついている。

「べつの販売ルートがあるなら、首謀者もべつにいるという証拠になるんだが」

しかし一向に首謀者の姿が見えてはこず、調査はいきづまっていた。

「基くんにも、尋問するのか」

「そんなつもりはない。ただ、なにか知っているようなら聞きたいし、巻きこまれているなら相談してくれればいいと思う」

そこで得た情報を、島田がどう使うかは彼の自由だ。那智はそう続けて、言葉を切った。

村瀬はグラスを揺らしながら、那智に静かな目を向けた。

「鳥飼組か。……今回の仕事、請けたくなかったんじゃないか」

「依頼人ははめられたと言ってる。だったら事実と状況を確認しなきゃどうにもならん」

含みの多い言葉を、那智はあえて無視した。一般論で切り返すと、村瀬は深追いはせず、

「それにしても、無茶だろ」とあきれた声をわざと出す。

「調べんのは島田にまかせときゃいいだろう。おまえは弁護士で、刑事じゃねえんだからさ。捜査権だってないんだから、こんなのやぶ蛇になりかねない」

「だから、『調査』はマサルがやってるんだろう」

「マサルはただのアシスタントだろうが。いくらもとヤンで顔がきくったって、探偵の資格を持ってるわけでもねえ」

ますますまずいだろうと顔をしかめたあと、村瀬は渋い声をだした。

「そんなやつの弁護、正吾は気が乗らんだろう。クスリについてはシロでも、腐れ野郎なの

は事実だろ」

「だとしても、更生の道をつぶす必要はない。マサルにしたって、あそこで見捨てていたら、どうなってたかわからんだろう」

「そうやって、基くんも拾ってきたわけか。……いろいろ捨てられない男だな」

痛ましげな声に、那智は沈黙で答え、グラスの酒で唇を湿らせた。

「彼は痩せてるな。背は一応平均程度はあるが、あれじゃいいとこ、十三、四の成長度合いだ。栄養状態が悪すぎるのかもしれんが、アッチのほうも、子どもみたいだ」

ぶつぶつと言う村瀬の言葉になにか不穏なものを感じたが、彼がひとりごとを言いながら考えをまとめるのはいつものことだったので、那智は聞き流した。

「もしかすると、なにかブレーキがかかっているのかもしれないが。あれで十七歳か。証拠を見ても、信じられんな」

「……証拠？」

村瀬はマサルが勝手にあさった生徒手帳を、いつの間にか手にしていた。

「おい、勝手に見るな。個人情報だぞ」

医者らしい言葉をつぶやくものの、行動は褒められたものではない。那智はあきれて、それをひったくる。にやにやと笑った村瀬は、すっと表情をあらためた。

「十七か。おまえがもんもん背負った年だな。あんときの正吾とタメには思えねえよ」

含みのすぎる言葉を吐きながら、さもどうでもよさそうに、小指で耳をほじる。わざとらしい男だ、と那智はあきれた。こうしてあけすけに口に出してみせることで、本当にその事実を『さもどうでもいいこと』にしてしまうのが、村瀬一流の気遣いだ。

「昔のことで記憶が危ないんじゃないのか」

笑いながら、那智は自分の目を長い指で押さえた。

「俺とは違って当然だろう。こちらはあれこれべつのルーツがまじってるからな」

那智の母方の祖父はイギリス人と日本人の間に生まれ、祖母はロシア系アメリカ人だったそうだ。そして、その母を強引に手にいれた父は日本人だが、ある意味ではもっとも歪んだ血族の一員だった。

酷薄《こくはく》に笑んだ口元や高い鼻梁、骨格は、けっして人種としての日本人にはあり得ないラインを描いている。あらゆる人種の美点を選りすぐったような端麗な容姿は、そのまま那智の苦いコンプレックスのもとだ。

那智の灰青色の目から視線を逸らした村瀬は、煙草の煙を盛大に吐きだす。

「ややこしさで言えば、どっちもどっちだろ」

「やくざの妾腹と、あの子どもがか？　それはないだろう」

青い目のおかげで、いまだに血を重んじるあの世界の、くだらない跡目争いからは逃げられた。同時にそのせいで、無茶な父親に、滑稽《こっけい》な絵を無理矢理背中に負わされたのだ。

「ふつうの父親は、縁切りの条件に刺青をいれろとは言わないだろう」

それとて、完全に納得しての話ではなく、だまされたようなものだった。

――墨っていうても、そんな大仰《おおぎょう》なもんじゃない。ほんのかわいい……そうだなあ、桜の紋を、ちょいといれるくらいのもんだ。

そうすれば、母も息子もあきらめ、手放してくれると言われて、信じた那智は愚かだった。彫り師の家に連れこまれ、薬物で意識を混濁させられている間に、背中の全面に取り返しのつかない『絵』が刻まれていた。

これでもう、二度と、まともな生きかたはできなくなった。それこそが父の狙いだと気づいた那智は、半狂乱になった。

暴れに暴れたあげく、背中の皮膚を剝がそうと自分にナイフを突き立てた那智が担ぎこまれた病院が、村瀬の祖父の営む個人病院だった。おかげで家庭の事情も、背中のそれも村瀬は熟知している。

「ある意味じゃ、あいつの思いどおりかもしれないがな」

実父に反発し、法曹界に進んだところで、異端児としての悪名は高く、依頼されるのは暴力団絡みの話が多い。

皮肉に嗤うと、ぼりぼりと首を掻いた村瀬は、痛々しい自嘲を制した。

「やめとけ。おまえのソレはなんつうか、聞いててうぜえ」

正道を外れた生まれから、這いあがるようにして生きてきた那智のすべてを村瀬は知っている。揶揄めいた言葉で散らすのも限界と、彼は見極めたらしかった。

「いまはやくざが株やって、素人がクスリ売る時代だ。ふつうの家だからって、まっとうとは言いがたい。基くんのあの反応は、尋常じゃねえだろ」

「……そうだな」

「どっちが悪だか、俺にはもう、わかんねえな。泣く子どもがいるのは、いつの時代も変わらんと思うが」

言い置いて、重い腰をあげた彼は、暇を告げた。玄関まで見送ると、つぶれた革靴に足を入れた村瀬は、振り返らずに告げた。

「なにかあったら連絡しろ。夜中でも、容態が変わったら呼べ」

口は悪いが、けっきょくはひとのいい男だ。「悪い」と那智が目を伏せると、「そう思うなら今度おごれ」と肩を小突かれた。

「くそ、まだ降ってやがる」

「車を呼ぶか」

「いらねえよ。開業医なんざ儲かりゃしねんだ。お車なんかで帰れるか。歩いて帰る」

鼻で笑ったあと、村瀬はじっと那智を見あげた。

「なんだ」

「ひとのことばっか心配してるが、おまえ、背中はどうなんだ」

雨の日には痛むだろう、と眉をひそめた村瀬に、那智はうっすらと笑ってみせた。

「平気だ。問題ない」

「なくねぇよ。言っておくが古傷のせいで、おまえの心肺機能は弱ってる。煙草は控えろ」

十数年前、みずから突き立てたナイフの傷は、けっして軽傷ではなかった。そして背中の全面を覆う、丹念に彫られた刺青のせいで、皮膚呼吸がほとんどできない。

「中年になって、どんどん身体はしんどくなるんだ。悪いこと言わないから、養生しろ」

答えず、那智は笑みを深くする。表情の読めない美貌の主に、村瀬はあきれたようにかぶりを振って「じゃあな」と背中を向けた。

柄も人相も口も悪い、けれど誠実な医者は、雨のなかを去っていく。残された那智はその背中に、目礼で感謝を告げた。

寝室に足を向け、なかを覗くと、基はこんこんと眠り続けていた。横についていたマサルが顔をあげ、那智はかぶりを振って制すると、ちいさな声で問いかける。

「様子は？」

「さっきまでうなされてたけど、ちょっと落ちついたみたいっす」

「そうか。おまえも、もう帰っていいぞ」

那智の言葉に、マサルは「だいじょうぶですか」と口を尖らせた。

「俺、ついてますけど。那智さんこそ、寝たほうが」

「いや、かまわない。おまえはあしたも仕事だろう」

「そっちも同じじゃないすか」

マサルの子どもっぽい表情に、那智は苦笑してしまった。マサルは十九歳で、基よりふたつ年うえだ。体格も立派だし、顔立ちもマサルのほうが大人びているのに、印象はまるでその逆だ。

「だったら交代にするか。すこし休んでこい。どうせおまえの部屋は一階したなだけだろう」

「……ちゃんと代わってくださいよ。じゃあ失礼します」

わかったと手を振った那智に顔をしかめ、マサルは去った。ドアの閉まる音を背中に聞きながら基へと視線を向けた。湿った額に手をあてる。さきほどのような病的な熱さは感じられず、那智はほっと息をついた。

「う……」

傷が痛むのか、うなされながら身じろぐ基は、痛々しいほど細い指をシーツのうえでもがかせた。そのたび、汗を拭って肩をさすると、苦悶に歪む表情がやわらかにほどける。

こまめに気を遣う那智の脳裏に、村瀬の声がよみがえる。

――なんだってあんなの拾ったんだ。

理由はいくつかあった。現在、関わっている案件に非常に近い人物であったこと。そして本人は知ってか知らずか、事件の渦中にいる可能性もある。

だが、本音のところは、那智にもよくわからなかった。基をあの場から連れ去ったのは、ある意味衝動的な行動だ。ただ、弱っている子どもをそのままにすることができなかった。

——はやく、ころして。

声のない叫びは、たしかにこの耳に届いた。あんな言葉で見ず知らずの男にせがむまでに、基がどれほどの地獄を這いずってきたのか、目を見ただけで理解できた。

たまたま雨の日にぶつかった子どもの眼鏡を壊し、詫びた。そして、濡れたままの少年は逃げるように那智のまえから去っていった。たったそれだけのことなのに、ひどく胸に残ったのは、那智を見あげた基の目の色が、あまりにも暗くよどんでいたからだ。

精神のバランスがぎりぎりのラインにあると、一目でわかるほどに追いつめられ、助け起こそうと差し伸べた指にさえも怯えていた。

二度と会うことがあるかどうかもわからないままに、壊してしまった眼鏡の代わりまであつらえていた。あの付近を見まわっていたのは、いま那智が関わっている事件の調査のためでもあったが、基のことが気がかりだったのも否めない。

事情はまるでわからないが、基が傷ついて疲れていることはあきらかだ。そして楽になる方法を探しあぐねたあげくの叫びが、あの悲愴な言葉だとしたら、あまりにも哀しい。

そう考えて、那智は自嘲するように唇を歪めた。

「いまさら……」

もっと悲惨な目に遭った者たちを、那智は知っている。自分に、誰かを助けられるような力がないことも、仕事上も経験上も痛感している。ある意味、倦《う》んでいるような部分も多い。関わることの面倒や、徒労ともいえる無為な時間も理解していて――けれども。

「……い、やだ」

助けてくれと、すがるように伸ばされる基の手をなぜか、握りしめていた。そしていちど摑んでしまえば、この細い指を振り払うことが、ためらわれた。

いずれにしろもう、関わってしまった。知ってしまったものは、見捨てられない。

「まあ、いいさ」

うそぶいて、那智は基の髪を撫でた。無意識に動いた指が、どこまでもあまい慈愛に満ちていることには、気づけなかったけれど。

＊　＊　＊

基はけっきょく、那智のベッドを三日間占領した。

どうにか身体を起こせるようになって、基はいまさらながら、こんなに世話になっていてよかったのだろうかと心配になった。

あのとき、自分の首を締めあげた男はヤクザとしか思えなかった。強引に連れ去られた形になったが、那智に問題はなかったのだろうか。

あれこれと考えて不安になったあげく、わからないことは問うしかない、と開きなおる。

マサルを捕まえて問いただしたところ、あっさりと彼は言った。

「那智さんの仕事？　弁護士だよ」

意外なような納得なような職業に、基は目を瞠った。

「じゃあ、あの、あのときのことって、影響ないのか？」

「まあ、ソレモンの連中の間でも、名前は知れてっから。那智さんが『引き取る』っった以上、もっくんも心配しなくてい一と思うぜ」

「ていうか、もっくんって、なにそれ」

妙な呼び名をつけられたものだと苦笑いすると、マサルはけろりと言った。

「モトキくんだから、やっぱもっくんでしょ？」

「まあ、いいけどさ」

「じゃ、いいだろ。それより桃食って、桃。俺が切ったの」

「缶詰、開けただけじゃないか」

手のなかにあるガラスの器には、よく冷えた白桃のシロップ漬け。あまいものを食べるのもひさしぶりだ。熱のあとの身体に染みいるようなあまさを嚙みしめる。

つきっきりだったマサルとは、だいぶ打ち解けた関係になっていた。年うえで、顔立ちや体格はずいぶんと怖い印象なのに、マサルはどこか子どもめいた愛嬌がある。

あけっぴろげな笑顔を向けられ、なにくれと世話をされた三日間で、マサルは警戒心の強い基のガードをあっさりとくぐりぬけてしまった。

(不思議だな)

殴られも、揉めもせず、他人とふつうに会話をしている。ここ数年なかったことで、戸惑ってもいるのに、マサルの明るい雰囲気のおかげで違和感を覚えることもない。

いまの時間は、基の現実と乖離《かいり》している。妙に浮ついた気分のまま、基はふと問いかけた。

「そういえば、マサルくんは、なにしてんの？　学生？」

「俺は那智さんの手伝い」

「え、じゃあパラリーガルとか？」

正直に言って、マサルはそんな職についているようには見えない。目を瞠った基に「んなわけないじゃん」と金髪の青年は笑った。

「俺、高校もいってねーもん。押しかけアシスタント、兼、運転手。あと家事手伝い？」

そんなに適当でいいのかと思いつつ、基は「はあ」とあいまいな相づちを打つ。がぶりと白桃に嚙みついたマサルは、あっさりとディープな過去を打ち明けた。

「俺、中学のとき鑑別送りになって、那智さんに世話になったんだ」

反応をうかがうように、マサルは言葉を切った。基が静かなまなざしで続きをうながすと、彼はくすりと笑った。

「驚かねえの？」

「うちの高校じゃ、さしてめずらしい話でもないから」

さらりと答えた基に、藤二校の悪評を思いだしたらしく「それもそうか」とマサルはうなずいた。

「一応、更生したんだけど、親もいねえし、中卒でろくな仕事とかないし。で、このまんまじゃまたグレちゃうなーってふらついてたら、拾ってもらった」

飄々《ひょうひょう》と明るい声、けろりとした口調のマサルに、基は「そうか」と穏やかに言った。

「仕事って、どんなことするの」

「調査の下調べとか、事務所とこの部屋を掃除したりとか。あとは勉強しろって言われてる。夜学ならまだ高校いけっからって。けどそっちは、ぜんぜん進んでねえ」

うんざりと言うマサルに基は思わず笑ったが、頬がひきつれ、表情が微妙に歪む。それは絆創膏のせいだけでなく、笑うことを忘れていた筋肉が、うまく使えないせいでもあった。

気にした様子もなく、マサルはあっけらかんと問いかけてきた。

「もっくんはガッコ楽しい？」

また、答えにくいことを問うてきたものだ。口ごもっていると真剣な目をしたマサルが「それさ」と基の傷を指さした。

「ダチにやられたっつってたろ。なあ、そいつ、なんていうヤツ？」

どうやら、朦朧として口走ったことを那智に聞きでもしたらしい。あれは言うべきではなかったと基は思っている。

基はどれだけ暴力を受けても、そのことを誰かに相談したことはない。自分がいじめのターゲットであることなど、あまり他人に知られたくはなかったし、まして、相談できる相手など、誰もいなかった。なにより以前、現場を見つけた教師がどんな目に遭ったかを思うと、巻きこんでしまうことのほうが、よほど怖ろしかったのだ。

「どうして、そんなこと訊くんだ」

問いに問いで返したはぐらかしは通じなかった。「名前は？」と重ねて言われ、基は怪訝に思いながらも「秋山晃……」とちいさな声で答える。

「アキヤマヒカル、な。うん、覚えた。どういうやつ？」

「どうって……背が高くて、髪は金髪」

「俺みたい？」

「マサルくんの髪みたいに、きれいじゃないよ」

外見の派手さや不良少年っぽい雰囲気はあるが、マサルのそれはきちんと手いれされ、顔立ちのワイルドさとあいまって、ファッションとして充分見られるスタイルになっている。対して、秋山の髪はひどく傷んでいたし、ルックスもさほどいいほうではない。

「そいつ、どこ中か知ってる？　東《ひがし》？　八台《はちだい》？」

「えっと……たしか東元《とうげん》中学、かな」

名前を挙げられ、ぼんやりした記憶をたどって基は答える。マサルが口にしたのは、いずれも市立の東元中学校、通称東中と、と八台中学校。この界隈では学級崩壊で有名な、荒れた中学だ。

「なあ、アキヤマんちって、店やってたりする？　それか、なんか商売してるとか」

さあ、と基は首をかしげた。そこまで親しくないので知らないと告げると、マサルは「それ、ダチって言わないだろ」と突っこんでくる。

「つか、ひとりにやられたんじゃねえよなあ。ほか、誰がいる？」

「ほかって……あのさ、マサルくん、さっきからなにが言いたいんだ？」

妙に食いさがるマサルを怪訝に思い、問いかけた基に、彼はにやりと笑ってみせた。犬歯が大きいせいで、ひどく獰猛《どうもう》な笑顔に見えた。

「つぎにもっくんがやられたら、俺、護ってやる」

「え、そんな、いいよ」

あわてて基が手を振ると、マサルはきょとんと目をまるくした。

「なんで？　ボコるようなやつより、俺のほうがよっぽどダチじゃん」

「え……」

「いっしょに飯食ったし、すげーしゃべったし。もうダチでいいだろ」

その言葉に、基はぽかんとしてしまった。そんな簡単に、他人を懐に入れていいのか。

「そんなこと、しなくていい。だいじょうぶだから」

「いいの。するの。……やなんだ、もう。誰かやられてんのに、見殺しにするようなのは」

マサルはその一瞬、いつもの陽気な雰囲気が嘘のように目を曇らせた。悔恨の滲《にじ》む言葉に、彼の過去の重さが透けて見えて、基はどうしていいかわからなかった。

「俺のことは、いいよ。平気だ」

「だけどさ」

「平気」

マサルの過去をほじくり返すような真似はいやだったし、あまり不穏な話をしたくもなかった。基は強く言って制したあと、唐突に話の方向を変えた。

「あのさ、弁護士って言ってたよね。那智さん、勤めてるのか？　それとも自分で？」

「あ、うん。自分で弁護士事務所やってんよ」

強面の割に案外おしゃべりなマサルは、心底那智に傾倒しているようだった。基が軽く水を向けるだけで、彼にまつわるさまざまな事柄を憧憬《しょうけい》をまじえて自慢げに語ってくれた。

「あとな、ここのビルまるごと、那智さんのものなんだわ。俺も間借りしてるけど」

三階にあるこの部屋が住居で、二階にはマサルの使っている仮眠室と空き部屋、そして一階が事務所になっているとのことだ。

「俺の部屋も、ここほどじゃねえけど広いからさ。客間もあるし」

基にベッドを明け渡した那智自身は、いまはマサルの部屋で寝泊まりしているそうだ。家主を押しのけてのうのうと寝ていた自分が、申し訳なくなる。

「那智さんて、ほんとにすごいんだな」

那智は、三十八歳だ。それでも自分の事務所を持つというのは、かなりのことなのではなかろうか。感嘆のため息を漏らした基に、なぜかマサルは歯切れ悪く口を尖らせた。

「まあ……ビルは、親父さんの遺産らしいけどさ」

「それが、どうかしたの？」

基が首をかしげると、マサルは、「俺が言ったって言うなよ」と声をひそめた。

「あのさあ、もっくん見たんだろ？　背中のアレ」

さっと顔色を変えた基に、マサルはうなずいてみせた。気がとがめるのか、手元の桃をフォークで崩すマサルの声は低い。

「那智さん、夏でも絶対長袖着るんだよ。めったに上着も脱がない。もっくん拾ったときは、緊急事態だったから、ああなったけど」

あの日、雨に濡れて透けた那智のシャツに、マサルも気づいていたらしい。だからこそ、確認するように「見たか」と問いかけてきたのだろう。

「でもあれ、いれたくていれたわけじゃねえんだって」

「……それは、わかる」

基に見られたときの那智の表情は、凍りついていた。苦渋を押し隠すような冷やかさに、なにも言えなかった自分を基は情けなく思う。

「でも、だったらなんで、あんな？」

那智のことを、基はまるで知らない。だがマサルの話や、彼自身の印象からしても、あんなものをいきがって身に飾るタイプではないのは確信していた。まして彼の職業を考えても、彫り物をいれる必要はどこにもないはずだ。

怪訝に思った基の問いは、マサルの顔をさらに曇らせた。

「あれいれたら、縁切ってやるって言われたんだって」

「縁？　切るって、どういうこと」

「もっくんは、鳥飼組って知ってるか」

基はこくりとうなずく。かつて基の通学路に弾痕を残した広域指定暴力団の上位組織だ。

「その組長の息子が、那智さん。本筋のほうじゃなくて、お妾さんの子ってやつ」

「ああ、そうか。なるほど……」

あのとき、那智を相手にあっさりとやくざであろう男が引いたことに、ようやく合点がいった。ただの弁護士相手に、その筋の人間がなぜああもへりくだるのか、基には疑問だったのだ。

「まあ、だからもっくんは、この間の……篠田とかのことは、心配しなくていいよ」

思考を読んだかのように言われて、基はかすかに眉をひそめた。

「あのことで、那智さんに、面倒かけてないかな」

問いかけると、マサルは「平気平気」と手をひらひらさせる。

「組の格でいえば、鳥飼のほうがうえだし。若頭の工藤さんがもともと那智さんの後見人だったらしいから、那智さんに正面切ってけんか売るやつ、誰もいねえよ」

「迷惑になってなかったなら、いいけど」

那智の生い立ちにも動じず、気がかりなのはそれだけだと告げた基に、感心したようにマサルは言った。

「ここまで話しても、やっぱり驚かねえんだな」

「驚いてるよ？　だって、那智さんって見るからにノーブルだし」

あの刺青を見た瞬間から、彼が平均的な人生を歩んでいないことは多少なりと予想していた。だが同時に、その予想にどうしてもそぐわないのが、あきらかに異国の血がまじっている彼の容姿だ。

那智の青みがかった色の浅い目は、虹彩だけが目立つ。灰青色のなかにぽつりと墨を乗せたようなあの目は、とても不思議なうつくしさがあった。そして栗色がかった髪も染めたようには思えないし、肌の色もあきらかに白い。

なにより那智の知的で静謐《せいひつ》な印象からして、その筋の人間だとは誰も思わないだろう。

「暴力団ってイメージと噛みあわないよね、ルックスが」

そういう意味で驚いたのだと告げると、マサルは声をあげて笑った。

「顔に似合わず、キモ座ってんなあ、もっくん」

「だから、あのへんじゃめずらしい話じゃないよ。それに……親は選べないだろ」

目を伏せた基の声がひずんだのを、マサルは追及しなかった。代わりに「あのさ」と自分のシャツを捲ってみせる。

「俺もふざけて、タトゥーいれたことあんだよ」

太い二の腕に、直径十センチほどの炎に似た模様がある。基がじっと見つめると、かつていきがっていた自分を羞じるように、マサルはすぐにそれを隠してしまった。

「こんな程度でも、すっげえ痛かった。麻酔すっとうまく色いれらんねえとかで、なしでやられたんだ。……でもって、那智さんのあれって、背中全面だし、色もすげえじゃん？」

機械彫りのトライバルタトゥーと、日本古来の、彫り師の手で色を刺す刺青は、根本的に違うのだとマサルは言った。図案も仕あがりも複雑でうつくしいが、すさまじい時間と行程、そして痛みがつきまとうものらしい。

「傷があるうちに風呂にはいられんだって。それも、輪郭を描く筋彫りのときと、全体に色をいれるときと……とにかく、終わるまで何度も繰り返す」

色揚げ、湯揚げと呼ばれるそれは、和彫りの伝統的なやりかたなのだそうだ。かつては彫った傷の消毒のためと、色をきれいに定着させるためにおこなわれたらしい。

基の経験では、ほんのすこしのささくれでも湯はひどく染みる。それをあの広範囲で――と考えると、ぞっと全身が震えた。

「それじゃ、拷問だ」

「だから、耐えきったら縁切りってテストだったんじゃねえの。まあ……あんなもん残っちまったら、ある意味、切っても切れない感じすっけどさ」

なんと言えばいいのかわからず、基は眉をひそめた。

(なんでそこまで、しなきゃならなかったんだ)

あの背中の刺青は、たしかにうつくしい。タトゥーではない、罪人にほどこした入《い》れ墨《ずみ》でもない、あれは『刺青《しせい》』と呼ぶべきものだと思う。

青を刺す。ひろびろと背中のなめらかな肌に浮きあがり揺れるしだれ桜は、彼白身の美貌もあいまって、那智という存在を芸術品のように飾り立てている。

あのうつくしさは、基のなかに未知の感情を覚えさせた。それはどこか、黒びかりする銃身を磨きあげる恍惚感にも似た、血が騒ぐようなひどく危険な感覚だ。

だが、ひやりとした印象は同じでも、那智は物言わぬ銃とは違う。硬質な印象の指には血が通っている。担がれて、しがみついた広い背中からは、ことりことりという鼓動が伝わり、とてもあたたかかった。

まだ数日のつきあいでしかないが、那智が冷ややかに見えるのは表面だけだと知っている。そうでなければマサルがこんなにも慕い、基がこんなにも安心してはいられない。

うつくしく、高潔。そういう希有《けう》な男だからこそ、彼の父親は縛りつけておきたかったのではないか。

「執着、かな」

一生消せないしるしを、息子の肌に残す親。どこか異様にも感じるそれは、だが基には覚えがある不快感だった。

この三日、いちどとして連絡をいれなかった自宅のことを思いだし、一気に気が滅入る。

顔を曇らせた基に気づかず、マサルは言葉を続けた。

「いまは親父さんも死んだから、那智さん本当に組とは関係ねえんだ。けど、やっぱそれもん絡みで仕事頼まれることもあるし、一部には組関係の弁護士みたいに思われてて。警察も、偏見持ってるやついるんだ。ちゃんとフツーに弁護士やってんのに、だぜ？」

ふざけんな、とマサルは声を尖らせた。敬愛する那智への不当な評価に、彼は腹立たしさを隠せないらしい。

「まあね、ちゃんとわかってくれてる刑事もいるし——那智さんの後輩で、島田ってやつだけどさ。べつにやばいばっかでもねえし」

しゃべる間に、フォークでぐちゃぐちゃに崩した桃をすすったマサルは、急に不安げな顔を見せた。

「つか、俺やっぱしゃべりすぎ？」

「うーん……」

訊きたかったことを聞いた立場上、そうだとも言えずに基は苦笑する。

「やっぱそうか。那智さんにも、いっつも怒られんだよなあ」

がっくり肩を落としたマサルに、基は一応フォローを試みた。

「どうせ俺、ほかに言うひとなんかいないし。マサルくんも、ほかでは話さないだろ」

「あ、うん！　もっくんにしか言ってねえし、まじで！」

マサルは子どものように何度もうなずいた。「わかったよ」と基が笑うと、彼はほっとしたように胸を撫でおろしたあと、照れくさそうに頰を搔いた。

「じつはさ、俺、那智さんのこと話す相手って、そもそもいねえんだ。俺、まともにダチとかいねえし。……昔の知りあいは、いまはもう、つきあいたくねえし」

苦いものを滲ませた言葉に、基は「そう」と相づちを打つだけにとどめた。いまのマサルは、明るくやさしい青年だ。しかし過去にはそれなりの施設に送られるほどの行為もしていたのだということは、断片的に語られた言葉から理解はできた。

「だから、もっくんと話せて、かなり嬉しい」

敬愛する那智の話を、誰かに聞かせたい。そんな子どものような自慢したい心があるのだろう。

「俺でよければ、いくらでも聞くよ」

かまわないと微笑んだ。今度はだいぶ、うまく笑えたと思う。意識が戻って以来、何度も笑わせてくれたマサルのおかげだ。

マサルは「ダチでいいだろ」と言ってくれたが、そこまで基はうち解けきれない。だが、友人というにはまだ早くても、知りあえたことが純粋に嬉しい——そう思っていると、唐突にマサルは基の前髪をかきあげた。

「な、なに？」

「んー……」

しみじみと基を眺めながらうなったマサルは、触れたときと同じくらい突然、くしゃくしゃと基の髪をかきまぜながらこう言った。

「もっくんてさあ、美人だよな」

「は？」

なんの冗談かと目を瞠ると、「うん、美人だ、美人だ」とマサルはひとりで納得している。

「美人ってそれ、女のひとに言うことだろ」

「だって俺ばかだし、ほかにコトバ知らねえもん。かわいい系の男はわりといるけどさあ、そういうんじゃなくて……うん、やっぱ美人？」

なんとも返答に困ることを言われてしまった。だが真剣な顔で、ほかになにか言いようがないか——と考えこむマサルこそがかわいらしく思えたので、腹は立たなかった。

「うーん、っつーか、きれい？　美形？　美少年……ってのもなんか違うしなあ」

茶目っ気があって、憎めない。マサルを見ていると、怒るのもばかばかしくなる。垣間見えた苦い過去にも負けず、明るくふるまう彼が眩しい。

「もういいよ、顔のことは。だいたい、こんな状態だし」

怪我を覆ったガーゼに触れると、マサルは怒ったように顔をしかめた。

「まったくだよ。せっかくきれいな顔なのに、よく殴れるよなあ。信じらんねえ」

「だから、顔のことはいいって、……っはは、あはは」

堂々めぐりじゃないか。基はついに噴きだした。それはさきほどの微妙に歪んだものではなく、数年ぶりの心からの笑みだった。

「あは、あはは。い、いた、痛た……」

「うわ、もっくん、絆創膏剝がれてるって！」

だがせっかくの大きな感情表現は、擦過傷が邪魔をした。痛みに顔を歪めてしまい、マサルをずいぶんとあわてさせる結果になった。

それがまたおかしくて、基はやはり、笑っていた。

＊　＊　＊

その日の夜、保釈された依頼人との面談を終えた那智が事務所に帰ると、電気もついていない部屋のなか、マサルが応接ソファに寝ころんでいた。

枕代わりに腕を組み、顔のうえには週刊誌が載せられている。無駄に長い足をソファの端からはみださせたアシスタントの姿に、那智はため息をついた。

「こら。だらしない格好をするな」

小言を言って、顔に載せていた週刊誌を奪い、頭をはたく。予想に反して、マサルは寝てはおらず、真剣な顔でじっと那智を見あげてきた。

「きょう、もっくんのダチのこと、訊いてみました」

「……なにか、わかったか」

「古巣の連中にも、いろいろアタリつけてみたけど」

ふつりと言葉を切ったマサルの様子が、すこしおかしかった。那智は上着を脱いでネクタイをゆるめると、自分のデスクチェアにどさりと腰を落とす。

「なにがわかった」

「もっくんを殴ったやつの名前は秋山晃。こいつが学校にルートを作ろうとしてんじゃねえかな。で……じっさいのとこ、パーティーしきってんのが、小鹿《おじか》」

最後の名を口にしたとき、マサルの声はひずんだ。那智もまた、覚えのあるその名にぴくりと眉を動かす。

「たしかなのか」

「間違いないッス。右の耳にでかいイヤーカフ、左にはピアスが八個。あのときから、穴、増えてねえんだ。まあ、そりゃそうっすよね」

獰猛な笑みを浮かべたマサルの目と犬歯が、薄暗い事務所で妙に白くひかる。那智は、ぎらついた憤りを忘れきれないでいる青年を、無言で見つめた。

「ばかはやるなよ」

「もう、やりません。でもあいつももう、少年Aじゃねえし」

施設育ちのうえ、目立って絡まれやすかったマサルは、火の粉を払うためのけんかにあけくれてはいた。だが、法を逸脱する不良行為は酒に煙草、年齢をごまかしてのパチンコと夜中の徘徊程度だった。どちらかというと一匹狼のタイプで、ひとりを好んだが、それが逆にけんかの仲裁などを頼まれる結果となっていた。

地元の警察も、窃盗や暴走行為、恐喝などはいっさいしない毛色の違う不良少年には一目置いていて、「ガキのトラブルなら木村大にまず言ってみろ」と言われるほどだった。

そんなマサルが少年鑑別所に送られる羽目になった理由が、小鹿だ。

因縁をつけられてはなにかと対立し、暴れまわっていた同じ中学の一年先輩だった小鹿を、マサルは適当に受け流していた。

「けんかとか、まじ、ばかみてえだし」

つぶやいた言葉のとおり、数年まえの彼も拳でやりあうことなどくだらないと考えていた。暴力でてっぺんを取ってもなんの意味もないし、ふつうに生きていければそれでいいと。

だからそのマサルが、中学卒業を目前にして、傷害の現行犯で逮捕されたとき、誰もが驚いた。しかも小鹿の顎や頬の骨が砕けるほどに殴りつけ、耳を食いちぎるという暴虐ぶりは、飄々としたマサルの所行とも思えない、凄惨《せいさん》なものだった。

原因は、マサルの幼なじみの少女だ。小鹿が、いつまで経ってもまともに相手をしないマサルに焦れたあげく、少女を数人で拉致して輪姦《りんかん》し、いたぶった。

原因を追及してくる警察官を相手に、マサルは逮捕されてから長いこと、黙っていた。告げれば少女の傷も世間に曝されると、マサルは思いつめていたからだ。

「ねえ、那智さん。島田は、これ、知ってますかね」

「島田さん、と言え。俺だけじゃなく、目上には敬称をつけろ」

「島田は島田じゃん」

あっけらかんと十は年上の刑事を呼び捨てにするマサルに、那智は苦笑するしかない。

事件当時、所轄署にいた島田は、暢気《のんき》な不良少年だったマサルを気にいっていた。その絡みで、那智に弁護を頼むと頭をさげてきたのだ。

少年犯罪は、那智の担当ではなかった。専門の弁護士のほうがいいのではないかといちどは断ったけれど、島田はどうしてもと食いさがった。

――あいつ、黙秘続けてるんです。このままじゃ本当に、一方的に加害者にされちまう。ぜったいに、あんな真似をするやつではない。頼むから話を聞きだしてくれと、土下座せんばかりの勢いで懇願され、那智は根負けした。

「あいつのおかげで、いまがあるんだぞ」

「那智さんのおかげっしょ。感謝してますよ」

マサルと出会った四年前の夏は、いまだに記憶が鮮明だ。

初対面のとき、監護措置のため拘留《こうりゅう》されていたマサルはまるで手負いの獣だった。小鹿とやりあったときの傷は癒えておらず、ぎらついている目が那智をまっすぐ睨んできた。

弁護士、という肩書き自体に、嫌悪をあらわしていた。権威や肩書きは、荒んだ経験を持つ少年にとって敵でしかなかった。自分の気持ちなどわかるわけもないと決めつけ、ただ無言のまま視線で那智を拒絶した。

那智は辛抱強くマサルを訪ねた。面会に使われる部屋はクーラーもなく、だらだらと生ぬるい汗が流れるなか、沈黙が流れるだけの接見が何度か続いた。

マサルがはじめて口をきいたのは、拘留の限界日数である、十日めのことだ。

――暑いな。

唐突に言った那智の声は、不快をあらわす言葉と裏腹に平静なものだった。それが癇に障ったように、マサルは鼻を鳴らした。

――うるせえよ。帰れ。

両手を拘束されたマサルは、あざけるように顎を突きだした。那智はうっすらと微笑む。

――口がきけるんじゃないか。だったら、事情を話してみるのはどうだ。

――話すことことかねえよ。あんたみたいなやつに、なにがわかるんだよ。帰れっ。

憤りもあらわに睨みつけたマサルは、パイプ椅子を蹴って立ちあがる。立ち会っていた警察官がさっと身がまえるのを、那智は手のひらを見せて制し、もういちど言った。

――暑いな。

頬にしたたる汗を拭い、上着を脱いだ那智に、息を呑んだのはマサルのほうだった。汗で貼りついたシャツ、その背中には、あり得ないはずのものが存在したからだ。呆然と目を瞠るマサルに、那智は言った。

――わかるか、わからないか、いまは判断できない。まずは話してみてくれないか。

度肝を抜かれたマサルは、その後那智に問われるままに、ぽつりぽつりとことの経緯を語った。同じ日、意識不明だった被害者少女が目を覚まし、小鹿について証言したことで、量刑をぎりぎりまで軽くすることができたのだ。

「那智さんがいろいろしてくれたから、一年で出られた」

現行犯だったうえに、報復のため過剰な暴力をふるったとして、初犯であることを差し引いても、未成年の刑罰で執行猶予にあたる不処分はむずかしかった。マサル自身、小鹿は殺しても飽き足らないと考えていたが、被害者に対してというよりも、周囲に迷惑をかけたという反省の意思は表していたため、情状酌量の余地は認められたのだ。

それでも十代の一年は重い。覚悟を決めての報復行為だったため、マサルに悔いはないというけれど、彼の心の疵はいまだ、癒されきれていない。

「あのさ、那智さん。俺、もっくん護ってやれるかな」

暗い声で、なにかを決意するように闇を睨むマサルの目には、基と、幼なじみの少女の姿が重なって見えるのだろう。

「間違いなく、目ぇつけられてる。ほんとは俺、手帳だけじゃなくて財布のなかも見たんだ。……からっぽだった。一円もなかった。それに、寝てるとき『いらない、ほしくない』ってなんべんも言ってた。あれ、ぜったいそのうち、クスリ買えって言われると思う」

「だろうな」

短く答えて、那智は目をつぶった。暴力的な相手に、どうしても目をつけられやすい人種というのは存在する。早晩、彼は『トモダチ』たちに、なんらかの形で巻きこまれるだろう。

「だからって、いらないことって、なんすか」

「いらないことは言うなよ」

「なにか知らないか、だとか。おまえはさぐりをいれるのがへただ。直球でこちらの事情を話したりすると、却って面倒なことになる」

法的な倫理や個人的な感情を無視すれば、今回の件を調査するのにもっとも手っ取り早いのは、基に協力を頼むことだ。しかし、それだけはぜったいに、してはならないことだった。

(あれは、恩返しに協力するだとか、言いだしかねない)

顔を見るたび、すみません、申し訳ない、と首をすくめる基の態度からして、今回の件をひどく気に病んでいる節がある。基は穏やかそうに見えるが、言動はどこか投げやりな自暴自棄さが垣間見える。いったいなにをしでかすのか、いまひとつ那智にも読みきれなかった。

「それに彼は、もうじき家に帰ると言いだすはずだ」

巻きこむなと釘を刺すつもりの言葉に、マサルは違う意味で反応した。

「家って。あんだけいやがるじゃん。親父にも虐待されてんじゃねえのか」

「おそらくな」

那智はうなずいた。連絡をいれないで、と叫んだあのときの尋常でなさは、那智も気がかりだった。さりとて、確証はなにもないのだ。

那智が目を伏せていると、マサルがいらいらと髪を掻きむしり、語気を荒らげた。

「なんだよ、おそらくって。なのに、帰していいのかよ」

「よくはない。本当に虐待の事実があるなら、しかるべき保護を受けさせないとならない。だが、本人がその気にならないとむずかしい。なにより、確証がない」

――父も、おまえがかわいいからと言って、言いながら。

あの言葉のさきを聞けなかったのが悔やまれる。

しかも殴打の痕についてはすべて、同級生にやられたと基は言い張っていて、家での虐待についてはなんの証言もしない。

「現場の証拠を押さえないと、法的には手だてがない。いまのままだと、俺が未成年略取で彼の親に訴えられかねない」

基はおそらく、帰ると言い張るだろう。無抵抗でいることに慣れ、気力が折れている。この手のことは、被害児童の本人が無意識に親を庇おうとするため、事実の確認や説得自体にかなりの時間がかかるのだ。

また、反抗期の少年と親との、ただの行き違いの可能性もある。だとすると、那智の立場上なにもできない。

「彼はもう十七歳で、自分の保護者を自分で選ぶ権利がある。逆を言えば、第三者の判断だけで引き離すのは、よほどのことがないとむずかしい」

「家に言わないでって、あれ、助けてってことじゃねえの。俺みたいに、拾ってもらえないんすか」

「いまの基が、あのときの言葉をもういちど言えればな。心神耗弱《しんしんこうじゃく》状態での発言は――」

淡々と切り返す那智に「んなこと訊いてねえ」とマサルは声を荒らげた。

「証拠とか証言とかなんとか、いちいちめんどくせえよ。やばいのは間違いねえだろ。助けたいんだよ。助けてやってくれよ！」

「……おまえみたいに単純にいかないんだ」

「なんでだよっ」

足を踏みならしてわめくマサルに、那智は沈黙するしかなかった。がんじがらめになっている自分こそが歯がゆいのだと、彼に言っても無力感を覚えさせるだけだ。

なにより、基は助けられたいと思っているのかどうか。

家で看病している間、寝ているとき以外取り乱した姿を見たことがない。ただ黙ってすべてを受け入れている、あの穏やかさがひどく気がかりだった。

すでに、助けなど訪れるわけはないとあきらめきって、絶望しているからこその冷静さ。ひかりのない目には、厭世観《えんせいかん》が漂っている。――十七歳の子どもの持つべきものではない。

「基が、助けてくれと言えば、助ける」

いまはそうとしか言えないと告げる那智に、マサルは唇を噛んでうなだれた。

＊　＊　＊

それからさらに二日後の夜半、基は発熱した身体を持てあまし、ベッドに横たわっていた。

昼間はだいぶ体調もよくなったように感じていたのだが、マサルと長いこと話したのがまずかったのだろう。身体中が痛いけれど、解熱剤を飲んでいれば平気だと基は判断した。

（マサルくん、帰ったあとでよかった）

調子も悪くないし、ひとりで平気だと言ったあとに、どっと熱があがったのだ。彼がいたら、また迷惑をかけてしまうところだった。

（さっさと治れってのに）

他人同然の相手に看病させて、図々しいにもほどがあると、基は自嘲した。

いつか切りださなければと思いながら、ずるずると五日もこの部屋に留まってしまった。

いつでも清潔に整えられたクイーンサイズのベッドは、基には持てあますように広い。

那智の長身ではこれでもぎりぎりだろうけれど、やわらかな寝床はあまりに心地よすぎて、だから困った。これ以上ずるずると居着いてしまっても、あとが苦しくなるばかりだ。

（こんなのに慣れたら、ぜいたくだ）

いずれあの、汚泥のような日常に戻る日がくる。慣れすぎるな――と自分を戒めながら目を閉じ、浅い呼吸を繰り返していると、玄関の扉が開く音がした。

続いた足音に、那智が帰宅したことを知る。着替えでも取りにきたのだろうかと思っていると、スーツのままの彼が顔をだした。

「具合はどうだ」

「平気です。ベッド、ずっと借りててすみません」

あわてて身体を起こすと「寝ていろ」と肩をおさえられる。那智はすぐに顔をしかめた。

「熱がでてるじゃないか。平気じゃないだろう」

「あの、でも、たいしたことはないので。薬もいただいているし」

夜にはよくあることだ。原因も、いまだ治らない打撲のせいだとわかっているし、問題はないだろう。なにより、村瀬は毎日様子を見て、解熱剤や鎮痛剤も処方してくれている。

「これくらいなら、たいしたことないですから」

強がりでなく、経験上わかっていると伝えた基を、那智は苦い顔のまま見おろす。汗の浮いた額に手を添えたあと「湿布は換えたのか」と低い声で問いかけた。

「あ、夕方に……」

「効くのは三時間くらいだろう。ついでに、絆創膏も剥がれかかってる。換えてやるから、脱ぎなさい」

とんでもないという基の遠慮もあっさりといなし、那智は包帯と湿布の取り換えをする。ひたすら恐縮しながら、基は身体をまるめた。

「だいぶ、色は薄くなったな」

「すみません、迷惑かけて」

腹部から脇腹、背中にまでかけての打撲は、この数日の休養でだいぶマシになったものの、完治とはいかない。腕や肩にも打撲と擦過傷は広がっている。薄い肌は、本来の色をした部分を探すのもむずかしいような有様だった。

ぎりぎりの肉で骨を覆っているような基の身体は、脂肪や筋肉のガードがないため、衝撃に弱いのだそうだ。おまけに重ねての暴力を受けたため、治りが悪い。村瀬は「よくこの程度ですんだな」と渋い顔をしていたが、那智も同じような感想を漏らした。

「よく、これでふつうに生活してたな」

「痛みには強いんです。慣れてますから」

基のあっさりとした言葉に、那智は眉をひそめる。しばしの沈黙のあと、ぼそりと彼はつぶやいた。

「そんなことに慣れるな」

怒っているような声に、基は困惑した。どう反応すればいいのかわからず黙りこんでいると、那智は手慣れた様子で肩の包帯を巻き終えた。

「苦しくは？　動きにくくはないか」

「ありがとうございます、平気で――」

「平気だと言って無茶をするやつがいちばん厄介だと、村瀬に言われなかったか」

動くなと命じられ、寝間着のボタンまで留められた。那智のそれは基にはずいぶんと肩があまる。本当に幼くなったようになるから、なおさら恥ずかしく感じた。

那智といいマサルといい、基準以上に体格のいい彼らに囲まれていると、自分がずいぶんちいさく思えるけれども、基の身長は一七〇センチはあるのだ。

「もうだいぶ、起きても平気になったようだな」

「おかげさまで、だいぶいいです」

大きな手のひらを頭に置かれて、まるで子ども扱いだと思った。べつに不快なわけではないのにどぎまぎする。覚えている限りで、大人から庇護ややさしさを向けられたことがないからだ。慣れないし、子どもではないし、と戸惑う。

マサルに頭をくしゃくしゃにされたり、医者の村瀬に、触診されるのはまったく平気だ。だが那智に触れられると、困惑と緊張がいちどに襲ってきて、どうすればいいかわからなくなる。

「あの、本当に、ご迷惑かけてすみません」

「べつに、気にしなくてもいい」

基のぎこちない謝罪に、那智もまたそっけなく返した。

那智とふたりきりの空間は、息苦しい気分になることが多かった。基もひとのことは言えないが、那智も表情がすくない。淡々とした抑揚のない口調からは彼の感情が読みとれず、どう答えればいいのかわからずに緊張することもしばしばだ。

うまく言葉の出ない自分が恥ずかしく、基は必ず萎縮《いしゅく》してしまう。那智は那智で、基をどう扱えばいいのか持てあましているような気配があるから、いつも不器用な沈黙が落ちた。

ふたりきりの夜には気まずさを感じることも多かった。それでも、自分の家よりもずっとこの場所は居心地がよかった。だからこそ早く、出ていかなければならない。

「あの。長い間いろいろと、お世話に、なりました」

どう切りだせばいいのかさんざん迷ったあげく、そんな不器用な言葉になった。いきなりのいとまごいに、那智はいつものように、淡々と問いかけてきた。

「戻るのか」

「はい」

あしたからの生活を思うと、目のまえが暗くなる。けれども、このままでいられるわけもないことは、誰よりも基がいちばんよく知っている。

寝心地のいいベッドや清潔な部屋、誰かの笑い声がする空間——殴られること、傷つけられることに怯えなくてもいい、安寧とやさしさをもらえる時間。そんなものに、これ以上慣れてはいけない。基の場所は、ここではない。

じっと那智を見つめていると、那智はちいさく息をついた。彼にとっては厄介ごとから解放される安堵のため息かもしれないと卑屈になっていた基の耳に、意外な言葉が届いた。

「いたければ、ここにいてもいい」

よもやの言葉に、基の心臓が跳ねあがった。唇が震え、呼吸が浅くなる。まばたきも忘れ、那智を凝視していると「どうしたい」と静かに問われた。

「きみが、したいようにすればいい。なにか、希望はあるのか」

あえぐように基は口を開閉した。

物心ついてからの記憶のなかで、この五日間は本当に、楽園にいるような気分だった。家に帰りたくなどなかった。すがりたかったし、助けてくれと言いたかった。

だが、基の口から出てきた言葉は、願いとは正反対のものだった。

「希望なんて、なにもありません」

その声は、驚くほど冷静な響きを持っていた。希望などなにもない。それが現実だ。

「だいじょうぶです。本当に、平気ですから」

しばしの沈黙ののち、那智はうなずいた。

「わかった」

短いひとことに、基は身勝手にも落胆を覚えた。自分で断ったくせに、那智が「もうすこし、ここにいろ」と言ってくれないかと、どこかで期待していたらしい。まったくあさはかな望みに、基の唇には自嘲の笑みが浮かぶ。

「勉強のほうは、だいじょうぶなのか」

「問題ないと思います」

基が願ったとおり、那智は自宅へは連絡をいれないでくれた。ただ、学校のほうには保護者を装って、病欠の旨を伝えたと、マサルが言っていた。

「だったら、きょうはもう、寝なさい。それから、村瀬のところにはいくように」

「わかりました。ありがとうございます」

そっけない物言いに、胸がぎゅっと引き絞られる気分になる。

基はうつむき、唇を噛みしめる。ぎゅっと上がけを握りしめていた基は、不意に足もとのあたりがゆったりと沈むのを感じて顔をあげる。

背中を向けたままベッドに腰かけた那智は、しばらく自分の指に視線を落としていた。長い沈黙のあと、彼はぽつりと言った。

「なにか、あったら」

「え？」

那智の声に、どこか彼らしくない響きを感じてどきりとする。振り向いた彼の表情は平静に見えたが、その目には、惑いのようなものが感じられた。

だが、発した声は力強く、揺るぎなかった。

「なにかあったら、俺に言いなさい。すくなくとも、なにもかも捨てたくなるまえに」

静かに伸べられた長い指は、ようやく癒えた頬の傷痕をそっと撫で、そのまま基のちいさな顔を包んだ。ふたたび訪れた長い沈黙のあと、那智は言い含めるような声で言った。

「殺してくれなんて、見ず知らずの男に言うような、そんな状態になるまえに」

朦朧とする意識のなか発した、支離滅裂な言葉を蒸し返され、基は恥ずかしさにかっと身体が熱くなった。羞恥を見てとった那智は、静かに微笑み、なだめるように基の頭を撫でた。

「あのときはなにか勘違いしていたようだが、俺はやくざじゃない。おまえを殴らないし、傷つけもしない。仕事も仕事だから、すこしはなにか、助けてもやれるだろう」

誠意のある言葉にどう応えればいいかわからず、基はただ「すみません」と繰り返した。

「べつになにも、怒ってない。だから謝ることはない」

震える指に握らされたのは、那智の名刺だ。

——俺は、やくざじゃない。

その言葉を、どんな思いで那智が口にしたのか。申し訳なさに、基は消え入りたいような気分になった。殺してもいいなどと、彼を貶《おとし》める言葉を吐いた基をとがめず、事情も聞かず。縁もなにもないのにただ黙って助けて、やさしくしてくれた。

基は唐突に泣きたくなった。泣いたことなど何年もなかった。だから胸にこみあげた熱いような感覚がなんなのか、目頭と鼻の奥を痛ませるものがなんなのかわからずに、また具合が悪くなったのかと疑った。

視界が潤んで、ようやく違和感に気づく。母がいなくなっても、父にひどくされても、秋山らに殴られてさえも浮かばなかった涙が、あふれそうになっている。

「……どうして？」

問いかけは、混乱した自分に対してか、それとも静かないたわりだけをくれる那智に対してであるのか、わからなかった。

那智はなにも答えず、その手でちいさな頭を撫で続けてくれる。慰撫するような手が、髪を梳《す》き、こめかみのあたりをゆっくりと流れていったとたん、見知らぬ疼痛が走った。

「……あ、っ」

「悪い、傷に触れたか」

「い、いえ」

びくり、と震えた基に、那智はすっと眉をひそめた。「平気です」とあわててかぶりを振りながら、心臓が妙に早く鼓動を打つ。深呼吸すると、那智の香りが強くなり、またくらくらした。

腰骨のあたりから背中にかけて、指のさきまで痺れるようなこれは、不意に訪れては基を苦しめ、ぼんやりと頭をかすみがからせる。

それが、那智を苦手に思う理由だ。不可思議な惑乱に、自分で自分がわからなくなる。

「しんどいだろう。もう、寝なさい」

うながされても、眠る気になれなかった。こうして髪を撫でてくれる那智と、ふたりだけの静かな時間がいつまでも続いてほしい。そう思った瞬間、怖くなった。

弱くなりたくない。頼りたいと、そう信じられるものがあると、希《こいねが》う心などいらない。基はぐっと唇を噛みしめ、那智の手から逃れた。

「寝ます。那智さんも、おやすみなさい」

どうにか作った笑みは、おそらくいびつなものだったろう。だが那智は指摘することなく「おやすみ」とうなずいて部屋を出ていった。

残されたベッドのうえで、基はちいさく身体をまるめ、自分の決断を――この場所からの別離を「これでいいんだ」と言い聞かせた。

たとえしばしの間、那智やマサルに護られても、きっと父は基を連れ戻そうとするだろう。秋山も、あきらめることはないだろう。

（迷惑、かけられない）

那智ならば、どんな相手にも対処できるのだろう。だが基に、彼を弁護士として雇う財力などないし、好意にあまえることなどできない。

なにより、それが純粋な気持ちから出た言葉と知れるからこそ頼れない。トラブルが起こ

ることで、いずれ那智やマサルに厭《いと》わしく思われるのではないかと、おそろしかった。

限界まで耐えて壊れた母や、かつて、基を助けようとして腕を折られた教師の姿が脳裏に浮かんだ。母は基を捨てて逃げ、怪我を負った教師は、基を見るなり顔をひきつらせて走り去った。

那智とマサルは、彼らほど弱くはないだろうけれど、それでもなにが起こるかわからない。あんな思いをするのは、二度といやだ。自分のせいで誰かが傷ついたり、疲れたり——基を厭うようになるくらいなら、黙って殴られているほうが、ずっとましだ。

すくなくとも、傷つくのは基だけで、死ぬのも——基しかいない。

基はちいさく縮こまり、ぎゅっと目をつぶる。芽生えかけた淡い希望を、安らぎを求める心を押しつぶせというかのように拳を握った。

それなのに、瞼の裏に浮かぶのは、涼やかな那智の顔ばかりだ。

(那智さん)

胸の奥、名前をつぶやくだけでも胸が引き絞られるような痛みがあることを、呆然とするなかで感じることしか、基にはできなかった。

＊　＊　＊

その翌々日、基はようやく床をあげ、那智の家をあとにした。

那智に帰ると告げた次の朝には戻ろうと思ったのだが、それを阻んだのはマサルと村瀬、そして情けなくもまた発熱した身体だ。「せめてもう一日、熱がさがるまで寝ていけ」と村瀬に厳命され、マサルに寝室に押しこめられて抵抗する気力も出ず、こんこんと眠った。

ようやく床をあげたこの日、那智は朝からいなかった。抱えた仕事が忙しく、あちこち飛びまわっているらしい。昼食まで食べていけとさらに引き留めたマサルが、周到《しゅうとう》にもデリバリーを頼んでいたため、いとまごいがしづらかった。

「マサルくんは、運転手じゃなかったの」

「いいの。車でいけないとこもあんだよ。東京だから」

ぶすっとした顔で、よくわからない反論をするマサルに見送られながら、帰途についた。手のなかには、乱暴に書き殴られたメモ用紙。マサルの携帯電話の番号とメールアドレスだ。

最寄り駅までどうしても送ると言って聞かなかった彼は、最後にこれを基の手に押しこんで「またな」と怒ったような顔で、それでも笑っていた。

（やっぱりバス使えばよかったかな）

ふだんなら平気で歩く家までの道が遠い。むせかえるような熱気のひどい真夏日。梅雨ごろの冷えこみが嘘のような陽気は、基の細い身体からじりじりと体力を奪いとる。――むろん、気持ちが萎えているのは伏せっていたからだけではないと、わかっている。

自宅に近づくほどに、足がすくんだ。それでも、ひきずるように一歩一歩、足を動かす。逃げても意味はない。これが自分の選択だと言い聞かせ、ようやくたどりついた家は、この明るい陽射しのなかでも、どんよりと薄暗く見えた。

（でも、まだ、あいつは帰ってないはずだ）

鍵を差しこみ、ドアを開ける。平日の昼間に戻ることを決めたのは、竣の帰宅まえを狙ってのことだった。

約一週間ぶりに玄関を開けると、すさまじい臭気が基の顔を歪ませた。

この陽気だ、おそらく竣がうち捨てた食料や汚れた衣類が腐ったのだろう。予想以上の惨状に、弱った身体は眩暈を感じて立ちすくむ。

息をつめて、なかにはいる。まずは換気をすべく、台所に隣接した居間に目を向けたところで、基はひっと息を呑んだ。

カーテンを引いたままの薄暗い居間、そのソファのうえ、黒く丸みを帯びた巨体のシルエットに基は慄然《りつぜん》となる。

（どうして）

じっとりと汗が浮いてくるような、蒸した部屋のなか、竣は身動きもせず座りこんでいた。

会社にいるのではなかったのか、なぜクーラーもつけず、そんなところにいるのかと、疑問はぐるぐると頭のなかをうずまいた。

「おかえり」

奇妙に穏やかな風情で声をかけられる。だがその落ちくぼんだ目に笑いかけられて、基は震えあがった。声も出ない。こめかみを汗がつうっと落ちた。

「どこへいってたんだ？　一週間も」

「け、けがを……」

怪我をして、知人のところに泊めてもらっていた。意識がなかったので、だから連絡もできなかった。道々考えていた言い訳を口にするよりもさき、竣がゆらりと立ちあがる。

「一週間も、お父さんをひとりにして。……なあ、なにをしてた」

「だ、だから」

「おまえはいったいなにを考えているんだ！　なにをしてたんだ！　な、な、なにを！　してた！」

目のまえにあった、コンビニ弁当。饐えたにおいを放つ残飯を投げつけられ、基は飛び退いて逃げた。那智とマサルの手で清潔にしてもらった制服を、汚すのはいやだった。だがその反射的な動きが、竣の狂気に火をつけたようだった。

仁王立ちになった男は、髪を掻きむしり、だんだんと床を踏みならした。あきらかに、どこか壊れた人間の動作は幼い子どものようで、その異様さに基は全身に鳥肌がたった。

「おっおっ、お父さんを放っておいて、おと、お、おとーうさんーをー！」

口角から泡を飛ばしながら怒鳴りつけるばかりの男に、基は悲鳴をあげて二階の自室へと逃げこんだ。階段を駆けあがり、二重になっている鍵をきっちりとかける。

「おりてこい、基！　もーとーきー！」

ぜいぜいと胸をあえがせながら基は耳をふさぎ、その場にうずくまる。

うわずり震えた、正気を失った声は、いくらかぶりを振っても鼓膜の奥にこびりついて、基の身体を総毛立たせた。

（壊れてる）

那智のもとへ保護された時間は、結果としてあの男のさらなる狂気を育ててしまったらしい。基は固く縮こまりながら、皮肉に嗤った。

あんな男の血がこの身体に流れているのかと思うと、いますぐに皮膚を八つ裂きにして、身体中の血液を交換してしまいたい。階下では、癇癪《かんしゃく》を起こしたようにばたばたと暴れる音と奇声が幾度も発せられ、基は低くうめいた。

「もう、いやだ」

このまま、竣のように壊れていくのか。ぞっとして薄い肩を両腕で抱えると、妙にかさばる感触がして、はっとなった。

「……那智さん、の」

那智が巻いた包帯だった。動きによれたそれを、自分で巻きなおそうとは思ったけれど、なぜかできなかった。

——痛くはないのか。

傷を眺めて問う声は低くあまい。端整な顔をうつむけた、那智の睫毛は長く濃く、彫りの深い顔立ちに影を落としていたことを鮮明に覚えている。

　薄い唇は、本当に息をしているのかと思えるほどに整っていた。なにかを問われるたび、彼の声がそこから発せられていることに気づくのが遅くなるのは、見惚れてぼんやりしていたせいだ。

細身に見えるが、上着を脱ぐと肩の逞しさがよくわかった。その身体に近づくと、彼に似合いの涼やかな香りがした。あまさのなかに冷たい辛さの混じるあれは、なんという香水なのだろう。基は大人の男の使う香水など見当もつかない。

なにより、香水の名前など知っても意味はない。彼自身のにおいと、煙草のかすかな苦みのまじったあれは、清潔でひやりとかぐわしい那智だけの香りだ。

姿も、声も、香りも、あの背中にあった刺青さえも、基にとって那智は、この世にある、すべてのうつくしいものの象徴のようだった。

うつむくと、那智に与えられた眼鏡のフレームが、かたりと小さく鳴った。そっとはずして、汚れを丁寧に拭き取ったあと、そっと机のうえへとおく。

そして、自分の肩を抱いた両腕に顔を伏せ、ぐっと唇を嚙みしめた。

竣の声に怯え、震える自分が、覚悟などなにもついていなかったことを痛感する。

本当は、あのまま帰りたくなかった。このままここにいさせて、助けてとすがってしまいたかった。マサルや那智のように、痛い過去を振り切って、逞しく清《すが》しく生きる彼らの側にいれば、自分もすこしはまともになれるような気がしていた。

――きみが、したいようにすればいい。なにか、希望はあるのか。

問いかけが、天の助けのように思えた。本当は那智にすべてを打ち明けたかった。けれども、言えなかった。

那智のような逞しい男に、友人に暴行を受けたことまではともかく、実の父親にいつか犯されるかもしれない恐怖を、わかってもらえるとは思えなかったのだ。

性的虐待、という言葉は、いまの世のなかに知れ渡っている。だが自分が『それ』のただなかにいるとは思いたくない。

我が身に起きていてさえもどこか現実味がなく――じっさい、基自身まだ、それを信じたくはない――第一、まだ怒鳴られて、尻をたたかれているだけだ。

(違う。ちがう、きっと違う)

何度も、自分にそう言い聞かせた。そして他人に言えないのは、男の身でなにを怯える、自意識過剰だと言われてしまうのが怖いからだ。立ち向かえと言われるのがいやだからだ。

まして、あれほどの過去を自らの力で乗り越えてきた那智に、あまえたことは言えなかった。

——俺はやくざじゃない。おまえを殴らないし、傷つけもしない。仕事も仕事だから、すこしはなにか、助けてもやれるだろう。

あの言葉で、もう充分だった。髪を撫でてくれて、いたわりもくれた。

だからこそ彼の側にいられないと、基は思いつめていた。

(那智さん、那智さん、那智さん)

那智のことを考えると、どうしようもなく胸が苦しかった。そして、慕う気持ちが募るほどにうしろめたさもまた増していく。

マサルや村瀬に対しては、素直にありがたいと思える。だが那智にやさしくされると、基は困惑する自分に気づいていた。

痺れるほどに嬉しくて、なのにひどく緊張する。なにもかもが過分だとすら思えた。宗教など基はよくわからないけれど、まるで、絶対的な神様に許されたように感じた。

だが、彼を崇拝すればするほどに、苦しかった。

那智にもっと近くにきて、もっと強く触れてほしくなる。髪ではなく頬を撫でて、手を触れるのではなくもっと、強く抱きしめてくれと願いたくなる。

あのあまく清潔な香りを、肺の空気がすべて那智の匂いで埋まるくらいに吸いこんで、そしてもっと、もっと近く、深い場所まで触れて、そうして——。

「……っ」

びく、と基は身体を震わせた。ときおり現れるこの感覚は、とろとろと粘りつき、すこしずつ腹の奥にたまっていく。ほんのかすかに、股間が変化する。排泄するためだけの器官が、じわり膨む。それが、いったいどういう現象なのか、いっそ知らなければよかった。

心ひとつで抑制していた身体に覚えた、はじめてのごく淡い欲情と変化。知識ばかりで、自分には関係ないと思っていたそれに、基はうろたえていた。

(なんでだよ、これ。なんでだ)

立てた膝をすりあわせ、唇を噛んだ。性的な欲求は、基がもっとも厭うものだ。竣や秋山たちの濁って粘ついた視線を思いだせば、その熱はあっけないまでに冷めていく。

(最悪だ、そんなの)

あんな汚らしいものを、那智に対して覚えるなんて、許されるわけもない。自分自身が気持ち悪い。いらない。そうなるくらいなら、いっそ死にたい。

(死にたい——)

はっとして、基は投げだしていた鞄の中身をさぐった。目当てのものはあの日のまま、厳重にしまいこまれている。震える手で箱を開けた。油紙に包まれた銃を取りだし、どこも傷ついていないことをたしかめると、安堵の息が漏れた。

黒光りする銃口を自分の額に押しあてると、不思議に凪《な》いだ気持ちになれた。

自分が欲しいのは——ほしいものは、望むものは、ひとりの静かな世界のはずだ。部屋にこもり、手ずから作りあげたあの銃さえあればよかったはずだ。

あまったるい違和感のある興奮は去り、すっと心が冷えていく。慣れた冷たさに、基は心底安堵した。

この銃を、どこにも、誰に対しても向けるつもりはなかった。けれども、もし標的があるとしたら、それは自分自身だと、どこかでわかっていた。

那智と出会って、もうひとつ怖かったのは、あまくぬるくなる心だ。あんなふうにやさしくされたら、この引き金が引けなくなる。あのひとと会うと、忘れたものを思いだしてぐらつく。

基の希望は、この銃を完成させることだけだ。そのためだけに死なずにいた。

なのに、いますぐすべてを終わりにしたくなる。そのくせ同時に、生まれ変わって違う自分になりたいなど——なれるのではないかと、無駄な夢を見る。

マサルと那智にもらった、名刺と紙片を握りつぶす。ごみ箱へと放り投げ、基は未完成の銃を抱きしめた。

「だいじょうぶ」

これがある。なにもなくなっても、基の、基だけが知っている、基のための銃がある。

もしもなにか自分が、おぞましく汚いものに変化したときには、この黒い冷たい金属が、基を助けてくれる。

だらりと流れる汗を袖口で拭い、ひやりとする感触を頬に押しつける。ほっとしたように、息がこぼれた。

「だいじょうぶだ」

艶やかな黒い銃口に祈るように捧げた口づけ。

それは、もうすぐそこに崩壊と終焉《しゅうえん》が待っていることを知らしめるように、冷ややかだった。

＊　＊　＊

翌朝目覚めると、竣はすでにいなかった。昨晩は部屋にこもりきりだったため、折檻を受けることもなかった。ただ、居間におりて無人の部屋を見たときには、まるでゴミ捨て場のような惨状にため息が出た。

昨晩投げつけられた弁当の残骸が、一週間まえ、基が干していったはずの洗濯物のうえに落ちている。物干し台から取りこむだけはしたらしいが、たたんでしまうことはしなかったようだ。取りこんだのもおそらく、近所の目を気にしたのだろう。古いこの家の軒下の物干し台は、通りに面した場所にある。

まだすこし痛む怪我を押して掃除をすませたあと、午後から学校へ向かった。すでに午後の授業ははじまっていたけれど、教室にはいったところで、休み時間と大差のない騒がしさにつつまれただけだった。

一週間ぶりの登校に、教師も同級生たちもとくに注目しなかった。まともに登校する生徒のほうがすくない学校だし、授業中だろうとなんだろうと、出入りは激しい。

ただ、秋山だけは違った。教室にはいるなり、基をじっと睨みつけてきた。先口、泥水を浴びせた恨みを晴らそうと、その機会を虎視眈々《こしたんたん》と狙っているのだろう。

(本当は、作業したかったのにな)

弾丸作りは、当然ながらあれから進んでいない。きょうも、もし機会があればと、銃を鞄のなかに忍ばせてきたが、この調子では抜けだすのは危険だろう。

基はなるべくひとりにはならないよう、休み時間だろうとなんだろうと、教室の自分の机から動かなかった。秋山は基相手にいきがっているが、この学校のなかでさほど幅をきかせている存在ではない。だから基や小島のようなおとなしいタイプを狙うのだ。

ひとまえで目立つ行動をすると、むしろ秋山のほうが、凶暴な連中に目をつけられる可能性がある。そのためか、彼はさすがに衆人環視のなかで殴りつけてくることだけはなかった。

気を配り、三時間弱の授業をクリアすると、基はさっさと帰途についたが、正門を出るか出ないかのあたりで秋山が待ちかまえていた。

「深津ちゃん、お金持ってきたかなあ？」

無視して歩みを進めようとすれば、肩を強引に摑まれる。

「シカトすんなよ。なあ」

「う……っ」

治りきっていない打撲の痕を強く締めあげられ、痛みにくらりと眩暈がする。反撃を食らったことは彼らのプライドをいたく刺激してしまったようだ。正直まずったかと基は顔をしかめたとたん、左右から両腕をがっちりと摑まれた。

「とにかく、こいよ。おもしろいとこ連れてってやっから」

「べつに、いきたくないんだけど」

「てめえの話なんか聞いてねえよ」

これからはじまる暴力の宴に、勝手に興奮しているのだろう。秋山は小鼻を膨らませ、基の身体を拘束し、引きずるように歩きだす。前後を秋山とつるんでいる連中が固めていて、誰も彼もが基より長身のせいで、まわりからは姿が見えなくなってしまった。

背後にいた小島が怖じけたようにきょろきょろと、あちこちを見まわしている。基がしらけた視線を送ると、びくっとして目を逸した。頼りにはなりそうにない、と基はため息をつく。

「どこにいくんだ」

我ながら、冷えきった声だと思った。これだから相手が躍起になるのだと、このまゝ小島に指摘されたけれど、秋山相手にまともな感情を見せるほうがばからしい。

ずるずると引きずられ、校門を出たところに、派手なスプレーペイントのなされた黒いバンが停まっていた。それを認めた瞬間、さすがに基の眉が寄る。

（まずいか）

車を用意しているということは、いつものリンチ場ではなく、さらにやばいところへと連れ去る気なのだろう。歪んだ表情で、秋山は嬉しそうに笑った。

「小鹿さん、紹介してやるよ。おまえの話聞いたら、会ってみたいって」

小鹿は最近秋山が傾倒している男なのだそうだ。もと暴走族だかなんだか知らないが、要するにただの不良だ。たかが不良と知りあいなだけで自分が偉くなったような錯覚に陥る相手がいっそ哀れにも思えた。

「あのひと、カンベツいってっからケツのほうがいいとか言ってんだよ」

性的な陵辱《りょうじょく》をほのめかすのは、怯えてうろたえる様が見たいためなのだろう。

幼稚で、くだらない。いままでも本当にそう思ってきたけれども、きょうのこれはあまりにわかりやすくて笑いがこぼれてしまう。

「てめ、なに笑ってんだよ。怖くて、どっかイっちゃったのかな？」

にやにやと基の顔を覗きこんできた秋山は、ぎょっとしたように顎を引いた。自分の顔がどんな表情をしているものか、むろん基にはわからなかったが、ろくなものではないことはわかる。

（怖いって、いったい、なにがだ）

那智やマサルを知ったあとでは、秋山の虚勢がばかばかしくてならない。なにより基には、本物の狂気を孕《はら》んだ父親と毎日顔をあわせるよりも怖ろしいことなど、なにもないのだ。

ふと、鞄のなかに忍ばせてきた銃のことが頭をよぎり、基はまた嗤った。あれをつきつけてやったら、力でねじ伏せることしか知らないこの連中は、いったいどんな顔をするだろう。そう考えるだけでおかしさがこみあげて、基の嗤いはいよいよ深くなっていく。

「な、なに笑ってんだ、てめえっ」

一瞬でも基に臆してしまったことが不愉快なのか、秋山が殴りかかってくる。顔を背けて目をつぶると、予想通りの衝撃に目のまえが暗くなった。

鞄が手からすり抜ける。崩れ落ちる一瞬、小島が弾かれたように走り去っていくのが見えた。逃げ足は速いな、と妙な感心を覚えたあと、基の意識はブラックアウトした。

ふっと、妙にあまったるい香のようなにおいを、鼻先に感じた。

爆音レベルでかかる音楽に、耳鳴りがする。ハードな音楽はきらいではないが、基はラップはあまり好きではない。なにより、ずきずきと疼く頭に心地よいものではなく、ちいさく呻いてかぶりを振った。香のにおいが、妙にくどくてぼうっとする。

「おっきしたかなあ？」

ざらついた声が、幼児に使うような言葉をかけてくる。基が瞼を痙攣させると、みぞおちに蹴りがはいった。

「うぐっ……」

「ねえ、早くおっきしようよ、深津基きゅん。俺、待ちくたびれちゃった」

さほど強烈なものではなかったが、二度、三度と蹴られ、基は咳きこんだ。身じろぎしたとたん、身体がうまく動かせないことに気づく。

「ああ、お目目開いたねえ。あははは」

痛みにかすむ目を凝らすと、そこには痩せて背の高い男が真っ赤なソファに座っていて、基はその足下に転がされていた。両手足は、ビニールテープで拘束されている。

男のまわりにはずらりと、王座を取り囲む家臣のように少年たちが並んでいる。なかには少女もいて、顔立ちの幼さに似合わない、派手で露出の多い服をきてけらけらと笑っていた。

「なあ、なんで、なんべんも言ったのに、お買いものしてくんないの？」

「な……に？」

「秋山がさ、頼んだでしょ？　お金ちょうだいって」

　基はかぶりを振って、どうにか頭をクリアにしようと試みた。妙に間延びした声でしゃべる男の言うことを理解すると、はあ、とあきれたようなため息がこぼれた。

「持ってないものは出せないし、ほしくないものはいらない」

「あはは！　うっそぉ。だって深津くん、おうちのこと自分でしてんでしょ？　家計費っていうの？　持ってるでしょ？」

　どうやら家庭の事情まで知られているらしい。いつの間にそんなことを調べたのかと、基は眉をひそめた。そして彼の、問いかけなのか確認なのかわからない言葉とは、まるで関係のないことを訊いた。

「あんた、小鹿？」

「そうだよー」

　にやりと笑う小鹿の髪は長い。右耳はそれに隠れて見えないが、左耳はこれ以上穴を空けられないくらい大量のピアスがはまっている。痛くないのかな、とぼんやり基は思った。

　男の見た目の年齢は、顔の感じからいってマサルと同じくらいに思える。だが、荒れた生活を物語る肌のくすんだ色味や気配が、彼をひどく老けて見せていた。

「なんで俺、縛られてるんだ」

「暴れられると困るから」

こんな貧相な体格の基が暴れて、どうなるというのだ。顔をしかめると、小鹿はにやにやしながら誰かに合図を送るように、顎をしゃくってみせた。

秋山が同じような笑みを浮かべて基の背後にまわる。身体を起こされ、小鹿と向き合うように肩を摑んで拘束された。

「深津ちゃんのパパさあ、沢田《さわだ》商会にお勤めだよねー。すっごいね。エリートだね。あそこって一流大学はいってないと、はいれない会社だよね？　なんで息子は、あんな入試もろくにないばか高校にいるのか知らないけどさあ」

親の会社まで調べをつけていたことで、基は理解した。小鹿は、父親が、ほぼなけなしの金額しかよこさないと言ったところで信じないだろう。

「ねえ、パパにおねだりしてよ」

「無理だ」

「うーん、でもする羽目になると思うよぉ？　息子ちゃんがパーティーの主役になっちゃうんだしさあ」

顎を摑んで上向かされたとき、秋山の手になにかカプセル剤のようなものがつまれているのに気づいた。ぴくりと基は頰をひきつらせる。

「それ、最近できたカクテルなんだよね。すげえ効くよ。飛ぶし。女とか、あそこにいれてやると濡れ濡れのトロマン状態。ふつうに飲んでも勃《た》ちっぱなしのイキっぱなし」

周囲からは卑猥《ひわい》な笑いが起こった。基は、強引に性的興奮を高めるクスリの存在にぞっとし、全身に鳥肌を立てる。

「依存性は、ほんとはないんだけどさ。よすぎて、リピーター多いんだ。特別サービスでさ、深津ちゃんに、いっこあげる」

「……」

基はぐっと唇を結び、意地でも口を開くまいとした。だが秋山に喉を限界まで仰け反らせられ、こめかみを強く押されて、じりじりと唇に隙間が空いていく。

(やめろ、いやだ、ぜったい)

脂汗が浮き、唇が震えはじめる。喉を締めつけられ、苦しさに思わず口が開くと、秋山の指ごとそれが口腔に押しこまれた。もがき吐きだそうとするのを許されず、手のひらで口を覆われたまままさらに喉を締めあげられた。

(いやだ、いやだ、いやだ、いやだ!)

必死で拒んだのに、限界の来た首の筋肉が震え、反射で喉が嚥下《えんか》の動きをみせた。ごくり、という音が、爆音の音楽にも負けないほど異様に大きく響き、とたんにその場の全員が歓声をあげる。

「効いてくるまで、ちょっとかかるから。そのままごろんしようね。はい、ごろーん!」

ふふふ、と小鹿は笑って、基の肩を蹴りつけた。うしろにいた秋山ごと床に転がったが、おかしなことに秋山はげらげら笑っている。すでに、なにかキメていたのかもしれない。できることならいますぐ吐きたい。吐きだしたい。だが、うつぶせの状態で必死に咳きこんでも、喉の奥を滑り落ちた薬剤は戻ってこない。この状態では指を喉に突っこむこともできず、それが狙いでの拘束だったことに気づいた。

「だいじょうぶ、よくなったら誰でも相手してくれるし。っつか、誰？　深津ちゃんの童貞食いたいひと！」

はあい、と少女が何人か手をあげた。すでに、なんらかの薬物でトリップしているのだろう。見た目だけはきれいに飾っているけれど、どんより濁った目をしている。舌なめずりをする彼女らの姿を見て、基はぞっとした。

「ひ……」

壊れた瞬間の母と、同じ目をしている。高いヒールを鳴らし、腰を振って近づいてくる少女は怯える基に「かわいー」と声をあげたが、その声はガラスを引っ掻いたような不快さをもたらすだけだった。

「あれえ、深津ちゃんって女だめなの？」

隣に転がったままへらへらと笑い続けていた秋山が、基の様子を見てぞっとすることを言いだした。

「小鹿さん、俺、処女食ってもいいすか」

「あはは、いんじゃね？　だったらさ、お尻にいれてやればいいよ。効くよ？」

「それ経験談っすか」

「そりゃあ、リサーチしてないもの、売れないじゃん。ねえ深津ちゃん、女子と男子、どっちがいい？　どっちすき？」

無意味にかぶりを振った。どっちもいやだ。下品な笑い声が響き渡り、基は全身を震わせた。心臓が異様に高鳴り、舌の根が膨らんだような気さえする。

（落ちつけ。しばらくかかるって言ってたじゃないか。二十分かそこらは時間があるはずだ。なにかできるはずだ、なにか——）

混乱しながらも、基は起きあがろうとした。だがそのたび、秋山に小突かれ、小鹿に蹴られて床に倒れこむ羽目になる。頬や頭を何度もぶつけ、眼鏡が飛んだ。

視界がきかなくなったことで不安が募り、呼吸が浅くなっていく。重低音の効いた音楽の振動が床から伝わってくる。それと自分の鼓動がだんだんシンクロしていく。ぐるぐると世界がまわりはじめ、ぶわっと全身の毛穴が開いた。

これが恐慌状態からのものか、薬物による反応なのかわからない。後者でないことを祈っている基を、小鹿がせせら笑う。

「あー、効いてきたかな。でもまだ勃ってないなあ」

「いっ……！」

股間を踏みつけられ、靴の裏でぐりぐりと転がされる。鮮烈な痛みが走り、けれどなぜかその刺激で、基の性器はこわばった。

「あれ、やっぱマゾなの深津ちゃん」

「ち、が……」

喉が圧迫されたようで、声が出なかった。はっはっはっと犬のように息が浅くなる。嫌悪しか感じていないのに反応する身体が、基の意思を裏切って熱を持つ。唇を嚙みしめ、精一杯の気力で小鹿を蔑《さげす》むように睨みつけると、へらへら笑っていた彼はすっと目を細めた。

「やだな。そういう顔されると、本気でいろいろしたくなっちゃうな」

基の目に魅せられたように、小鹿が笑みの種類を変えた。

「せいぜい、おちんちんの写真撮ったらパパに送って、お金くれたら許してあげようと思ったのに」

ぞっとした。そんなことをしても、竣は金など出すわけがない。それどころか、我が身の危機がさらに高まるだけだと、基は声を振り絞った。

「や、め、ろ」

「命令できる立場にあんのは、こっち。わかる?」

「い、――っ!」

体重をかけて股間を踏まれ、脆弱な肉がつぶれるかと思った。激痛に一瞬意識が遠くなるけれど、またもや蹴り飛ばされ、基は床を転がった。げほげほと咳きこみ、逆流した胃液を吐く。すでにあのカプセル剤は吸収されてしまったのか、それとも吐きだしきれなかったのか、床にたまったそれらのなかには見あたらなかった。

「秋山ぁ、この子の服、脱がせて」

「は、はい」

気のないそぶりの命令に、秋山は目を輝かせた。基は動けない身体で必死に身をよじるけれど、シャツのまえを摑まれ、引き裂くように開かれる。ボトムのベルトに手をかけられたとき、縛められたままの両脚をばたつかせて抵抗したが、それは小鹿の笑いを誘っただけだった。

「あっははは、深津ちゃん、エビみてえ！　なんだっけこういうの、躍り食い？　っつうか腹とか汚ねー。誰、こういうことしたの」

傷だらけの身体を嘲笑い、膝をたたいて爆笑する小鹿に対して殺意が芽生えた。血走り、生理的な涙の浮いた目で、怨嗟《えんさ》の視線をぶつけるしかできない自分が悔しくてたまらなかった。

せめて、あの銃がこの手にあったなら。未完成でも、脅しつけることくらいはできたかもしれない。鞄をあのとき取り落としたのが悔やまれる。想像だけにとどめたりせず、さっさと秋山の頭に突きつけてやればよかったのだ。

「ころ、して、やる」

「いいねー、たのしそ」

精一杯の恨みの声は、楽しげな言葉でたたきつぶされた。残虐なゲームに、終わりはあるのだろうか。その終焉はもしかしたら、自分の命で贖《あがな》うことになるのだろうか――。

今度こそもう、だめだろう。自分の力なさと理不尽な暴力に、怒りの涙が滲む。

秋山が苦心しながら基のベルトをはずし、ボトムをずるりと引きおろした。

終わりか、と目を閉じた。ほんの一瞬、あの涼やかな目をした弁護士の姿が瞼裏《まなうら》に浮かび、基は声にならない声でつぶやいた。

――助けて。

誰にも届かない苦悶のそれがため息に消えたとき、部屋に満ちていた音楽の重低音とは異質な、どん、という振動が響き渡った。

「なんだ？」

さっと小鹿が顔をあげる。二度、三度と響いた重たい音は、あきらかになにかを破壊しようとするものだ。

「小鹿さん！　やばい！　誰かきた！」

見張りかなにかだったのだろう、髪を逆立てた男が部屋に駆けこんできた。小鹿が「ばか、さっさと追い返せ！」と叫んだとき、部屋のドアが音をたてて開かれる。どっと走りこんできたのは、複数の男たちだった。

「全員動くな。未成年略取と暴行の現行犯で逮捕する」

手に黒い縦開きの手帳を持った、短い髪の、鋭い目をしたスーツの男が叫んだ。部屋のなかはすさまじい騒ぎになり、窓から逃げようとするもの、闇雲に暴れるものと、刑事たちとの乱闘が繰り広げられる。

（な、なにが……）

床に転がったままの基は呆然とその光景を眺めていた。逃げることもできないままでいる身体にふわりと上着をかけた誰かが、ぼろぼろの基を抱きあげる。

「いくぞ」

「な……」

那智の低く鋭い声だった。あのあまやかな香りが、奇妙にねっとりとした香のにおいに鈍っていた基の身体を包みこむ。どうして、なぜ、と呆然としている間に、乱闘が繰り広げられている部屋から担ぎだされた基は、そのさきにマサルの姿を見つけた。

「もっくん！　無事かっ」

「ど……どうして？　なんで、ここ？」

問いに答えないマサルは、基のまた増えた傷に顔を歪める。そして目をつりあげたまま、大混乱の部屋のなかへと走りだそうとした。

「やめろ、木村っ」

「うっせえよ、島田！」

マサルを止めたのは、さきほどまっさきに部屋にはいってきた刑事だった。聞き覚えのある名前だと思い、そういえばいつぞや、マサルが「那智さんの後輩」と語っていたのを思いだす。すこしくたびれたスーツに身を包んだ男はマサルより背が低いのに、怒りを漲《みなぎ》らせた彼を、腕を摑むだけで引き留めていた。

「暴れねえって言うから、特別に現場に来ることだけは許したんだ。ここから一歩でも動いたら、公務執行妨害で逮捕するぞ」

「かまわねえよ、あいつがいるんだろ、あいつが！」

マサルはふだんの明るさが嘘のように取り乱し、怒り狂っていた。目を血走らせ、全身の毛を逆立てた獣のような姿に、基はひどく驚いた。いったいなぜ、こんなに——と基が訝っていると、マサルを止めたのはやはり、那智だった。

「やめろ。基が驚いてる」

恫喝するような声ではけっしてなく、むしろ静かなそれだったのに、マサルはぴたりとおとなしくなり、基を見つめて「ごめん」とつぶやいた。

「もう、暴れねえよ。……離せよ」

島田がため息をついて手を離す。

「変わんねえなあ。昔っから俺の言うこと聞きやしねえのに、那智さんの言うことだけは聞きやがる……」

ぼやいた彼の言葉は、部屋の騒乱で掻き消された。うしろ手に拘束された男女が、ぞろぞろと刑事たちに引っ立てられていく。なかでも秋山はひどく怯えきっていて、きょろきょろと周囲を見まわし、いまだ那智に抱かれたままの基から、さっと目を逸らした。

案の定の小心な反応にあきれていると、すぐ近くから島田の声がした。

「深津基くん？」

「は、はい」

振り返ると、長身の島田の顔をなぜか見おろしていた。いまさらながら那智に抱きかかえられたままでいることに気づき、はっとした。おりようと思ったけれど、那智はきつく腕をまわしていて、逃げられそうにない。

基が困惑しつつ「あの、どうしてここが」と問いかけると、答えたのは島田だった。

「小島くんが、教えてくれた」

その言葉に驚いていると、彼はにっこりと笑った。

「はじめまして、ってのもいまさらだな。島田栄一郎だ。刑事やってます」

一応あらためて、と自己紹介をしたのち、笑みをほどいた彼はきびきびした声で説明をはじめた。

「きみが拉致《らち》られた直後にね、そこの木村が学校の近くにきてたんだ。で、たまたま通りがかった小島くんに、きみを知らないかと言ったら真っ青になって取り乱して」

——深津がさらわれた。あいつら、きっと薬漬けにする気だ。もうだめだ、俺はもう、つきあいきれねえよ！

ただごとではない状態に、マサルは小島から話を聞きだし、基が拉致されたこと、その居場所を知った。すぐさま那智に連絡をいれ、小島の証言をもとに島田らが駆けつけたらしい。

「そんなわけで、ともだちに感謝したほうがいい。ぎりぎりだったけれど、彼は正しいことをした」

あの小島が秋山を裏切ってまで、助けようとしてくれたことが信じられない。基がぽかんとしていると、島田があたたかな声で言った。

「無事でよかったな」

基はまだ状況が呑みこめないままうなずく。そして、店のドアがふたたび開かれた。捕り物は一段落したらしい。

「島田課長、全員確保しました」

「了解。あー、十九時四十二分な。連行して」

報告を受けた島田が時計を確認し、顎をしゃくる。泣きわめく少女や、ふてぶてしく周囲を威嚇する青年などがぞろぞろと続き、パトカーに押しこめられていく。

最後に現れたのが小鹿だった。ふたりがかりで押さえつけられた状態だというのに、彼は基を見つけるなり、にたりと笑った。

「深津ちゃあん、またねえ」

ぞっと身体をこわばらせた基を、那智の腕が強く抱きしめる。隣のマサルがぐっと拳を握り、なにかに耐えている様子に、島田はため息をついて言った。

「木村。特別に、お話ならしてもいいぞ。でもお触りは禁止だ」

はっとしたようにマサルは島田を見つめ、唇を結んでうなずいた。ずかずかと小鹿のほうに歩いていく彼を、周囲の刑事が止めようとしたが、島田がかぶりを振ると無言で引く。

「小鹿。ひさしぶりだな」

「はあ？　あんた誰」

「たった五年で忘れるって、どんだけいかれてんだ？」

どんよりと濁った目でマサルを見あげた小鹿に、彼は犬歯を見せつけるように、にい、と嗤ってみせる。その直後、ひゅっと小鹿が息を呑んだ。

「思いだしたか？　耳はまだついてんのか？　なあ、バンビ」

「は、は、はち」

「おう。八中のハチコーだっけか。おまえら、だっせえ名前つけてくれたよな。犬扱いかよってな、あのころはちょっと、腹もたったけど」

さきほどまで基をいたぶり、もてあそんでいたはずの小鹿が、別人のように顔色をなくした。マサルは酷薄な目でそれを見下し鼻で笑う。小鹿はがたがたと震え、脂汗が額に噴きだした。

「あのな、いいこと教えてやる。俺、深津基のダチだから。忠犬みたいに、あいつ護ってやるんだって、決めてんだ。……意味、わかるよな」

「ひ……」

「犬は、噛むぜ？　なんべんでも」

がち、と小鹿の前で歯を鳴らしてみせたとたん、彼はさらに全身を震わせた。そして左右で見守っていた刑事が「うわっ」といやそうな悲鳴をあげる。

「お漏らしすんなよ、バンビくん。トイレトレーニングは基本だろ」

失禁した小鹿を嘲笑い、マサルはすっときびすを返した。基に向きなおった彼は、もういつものあの笑顔で、ほっと息が漏れる。だがその拳はかたく握られたままで、骨のあたりがまっしろになっていた。

「よく我慢したな。……つうかまあ、刑事のまえで脅迫するとはいい度胸だ」

「聞いてねえことにしてくれんだろ」

基には、マサルの肩をたたく島田の言う意味はわからなかったが、無言でうなずく青年のつらさだけは痛いほどにわかった。だから、那智に抱かれたまま、基は腕を伸ばした。マサルは驚いた顔をして、基の手を握る。

「マサルくん、たすけてくれて、ありがとう」

声がうまく出なくて、かすれきった謝意はごくちいさなものだった。理由はわからないけれど、いま、それを言わなければいけない気がした。

マサルはくしゃりと顔を歪め、何度もかぶりを振った。ぶんぶんと基の手を握ったまま、振った。おおげさなほどのリアクションだったけれど、マサルの目は濡れていた。

基はそれを見ないように顔を逸らし、おとなふたりへも礼を告げた。

「島田さん、も、ありがとうございます。あと……那智、さんも」

那智は「ああ」と短くうなずき、基の身体を抱きなおした。重くはないのだろうか。毎度こんな羽目になって、ひどく申し訳ないと思っていると、島田が「あのな」と心配そうに覗きこんでくる。

「悪いけど、きみにも事情を聴くことになるんだが――」

「あとで、落ちついてからでいいだろう」

島田の言葉を、那智の鋭い声が制した。島田は驚いたように目を瞠り、「わかりました」と苦笑する。

「じゃあ、深津くんについては後日。……ところで、気分は悪くないか？　さっき踏みこんだとき、お香タイプのドラッグが――」

平気だ、とうなずいたつもりだった。だが、ほっとしたとたんにひどい悪心が基を襲い、目のまえがぐにゃりと歪んでいく。

「基!?」

マサルがなにか声をあげ、島田もあわてたように顔色を変えた。だが、落ちる寸前の那智の声だけが強く基の耳に響く。

(はじめて名前、呼ばれた)

この日二度目の気絶の瞬間、考えていたのはそんなことだった。

＊　＊　＊

救急車で警察病院に運ばれた基は、事情が事情であるため、個室での看護となった。

意識を失った基は、浅い息を繰り返し、尋常ではない色に頬を染めている。念のため胃洗浄を施されたが、固形物は出てこなかった。現場となったスナック『JOY』の床にも胃液がこぼれていたが、そちらを検査したところ、すでに溶けた薬物の反応はあったらしい。

「だいじょうぶですかね、もっくん」

「そう強いクスリじゃないと言っていたが」

市販薬を組みあわせることで作られる『カクテル』は、常習性や中毒性はすくない。今回、小鹿らが売りさばき、田川組に目をつけられる羽目になった〝ＪＯＹ〟――あのたまり場の名前をそのままドラッグネームにしたらしい――は、興奮剤としては効き目があるけれど、幸いにしてひと晩眠り、排泄できれば問題ないとのことだった。

「とにかく、依頼の件はこれでカタつきましたね」

マサルの言葉に、那智は「ああ」とうなずいた。

基がさらわれたおかげで、摘発できたのは幸運だった。あとは小鹿がいかにして〝ＪＯＹ〟の入手ルートを確立したのか尋問することになるだろう。それが素人の危険な遊びか、田川組の構成員の所行なのかについては、島田の管轄になる。

その流れのなかで、那智の依頼人の証言がたしかなものか、それとも罪を逃れるための虚言であったのかも、はっきりするだろう。

「だが基は、最悪の形で巻きこまれたな」

マサルは苦々しくうなずき「もうちょっと早く、いけばよかった」とつぶやいた。

「なぜ、会いにいった？」

「ガッコに戻ったら、またいじめられそうだと思ったんす。ガッコのなかじゃどうにもなんねえけど、俺がいれば、帰りとかは護ってやれるし、ちょっと脅しくれてやれば、ガキもびびるかなって……まさか、戻って初日でこうなるとは思ってなかったけど」

後悔の滲む言葉に、那智はかぶりを振った。むしろ自分こそがもっと気をつけるよう強く言い含め、考えるべきだった。

「読みがあまかったのはこちらも同じだ。おまえに護ってくれと言われたとき、せめてできることをもうすこし、考えるべきだった」

法的な権限がどうとか、些末なことを考えすぎた。ボディガード代わりに、通学や帰途にマサルをつけるように手配することくらいは、なんの権利がなくともできた話だ。

差し伸べた手を拒絶され、柄にもなく遠慮した自分のぬるさに、那智は腹が立っている。もっと正直に言えば、マサルにさきを越されたことに対し、非常に複雑な気分もあった。

「いつの間にか、頭がかたくなっていたな、俺は」

苦い後悔をつぶやくと、マサルは驚いたように目をまるくした。

「そんなん、那智さんのせいじゃねえっすよ」

「だがおまえのせいでもない」

完全に悪いのは小鹿らのグループだ。そして基自身の、かたくななくせに投げやりな無防備さにも一因がある。

「もっと、頼ることを覚えられればいいんだが」

それこそがむずかしいと、理解していても歯がゆかった。しばし無言のまま、ふたりして基の寝顔を眺めていると、マサルがまたぽつりと言う。

「けっきょく親、連絡つかないっすね」

「ああ」

自宅に連絡をしたが、誰も電話には出なかった。すでに調べずみだった深津竣の勤務先にも連絡を入れたが「長期に病欠している」という返答だった。そのため、那智とマサルが代わりについていることとなった。

「にしても、この病院、冷たいっすね。なんかあったらナースコールしろとかって」

「それだけ軽症ってことだろう。基にとっては幸いだ」

那智の答えに、マサルは納得できない様子で口を尖らせていた。ふだんは陽気な青年の顔には疲労の影が濃く、那智はふっと息をついて「帰れ」と言った。

「いいっすよ、ついてますよ」

「おまえもきょうは、限界だろう。いろいろ、しんどかったはずだ」

無言でマサルは自分の手のひらを見おろした。両方に包帯が巻かれているのは、小鹿に殴りかからないためにと必死に握った拳の爪が、手のひらを傷つけていたからだ。

「もっくんが、ありがとうって」

「ああ」

「俺、今度は、間にあったっすかね？」

泣き笑いの顔を浮かべるマサルに、那智は深くうなずく。

「おまえが助けた。間にあったんだ。よくやった」

涙を見られたくないのだろう、ずっと洟をすすったマサルは、顔をこすりながらあわてて立ちあがった。長く吐きだした息は震え、声もまた同じだ。

「すんません、那智さん。俺、やっぱ、いっぱいいっぱい」

「だから帰れ。さっさと寝ろ」

はい、とうなずいたマサルは、静かに部屋を出て行く。広い肩は、見たこともないほど力なく落ちていた。それでもこの数年、彼にまといついていた暗い影は、ほんのすこし薄れたように思えた。

「それにしても、また、ぼろぼろだな」

せっかく癒えた傷が、また増えた。いつでも傷ついてばかりの基が哀れで、那智は静かに目を伏せる。

十七歳という多感な時期は、那智にはすでに遠い記憶のかなただ。けれど、張り裂けそうだった胸の痛みを完全に忘れたわけではない。

――俺、今度は、間にあったっすかね？

マサルの言葉が痛かった。かつて護れず傷つけた少女への悔恨が、彼を基にこだわらせている。そして那智にしても、似たようなものなのだろう。

眠る基の表情は、けっして穏やかではなかった。ふだん青白い頬は、発熱のせい以外で赤らんだところを見たことがない。それでも、こうして幾度も目をつけられてしまうのが、この痛々しくもどこか凄艶《せいえん》な雰囲気のせいであることは否定できなかった。

那智の母もそうだったと、目を伏せる。自身にはなんの思惑もないのに、ただその姿がうつくしかったというだけの理由で、色に狂った男に目をつけられ、傷つけられた。

「う……」

物思いに沈む那智のまえで、基が呻いた。突然、ぱちりと目を見開き、しばし状況が呑みこめないかのように彼はまばたきをした。

「起きたのか？」

吸いこまれそうな目を覗きこむと、しばらくぼんやりと那智を眺める。寝ぼけているだけなのかと首をかしげると、基は苦しげに身をよじり、「あつい」とうわごとをつぶやきながら上がけをはぎ取ろうとした。

寝ぼけているようだ。ひどく具合が悪いというほどもなさそうで、汗を拭ってやろうと覆いかぶさった那智は、火照った腕が首筋に巻きついてきて驚いた。

「基？」

「あつ……あつい……いや……」

炎のような息が頬を舐める。錯乱状態なのか。那智は眉をひそめ、ナースコールに手を伸ばしかけたところで、はっとした。

大粒の涙が基の頬を伝っていた。目はうつろに開き、滂沱《ぼうだ》のごとく流れるそれを那智の頬にこすりつけ、必死にしがみついてくる。はじめて見る基の涙に、那智は我知らずうろたえ、そんな自分自身にも驚いた。

「だいじょうぶだ。落ちつけ」

物心ついて以来、動じたことなどどろくにない。心の裡《うち》は常に冷えたようにかたく、それがさらにひどくなったのは、十七歳の夏、背中に刺青をいれられたときからだとわかっている。二十年以上も揺らぐことのなかった、那智のなかのなにか。それを、育ち損ねた少年の涙がどうしたことか動かした。見開いた目に、かつての自分と同じ痛みが宿っているせいだ。

「わかるから。俺は、おまえのことが、わかるから」

ささやきかけると、いやいやをするように基はかぶりを振った。さらにしがみついてくる身体の予想外の力に引きずられ、那智はベッドのうえに覆いかぶさる。

基の状態が、ただの錯乱ではないと気づいたのは、そのときだった。

「いや……いやだっ、いあ、や、これ、いや」

息を切らし、不快そうに顔を歪めているのに、震える身体は那智へとこすりつけられ、ぎこちなく腰が蠢《うごめ》いている。動物的、というにはあまりに拙いその動きにあっけに取られたが、基の飲まされた薬物を思いだした。

「い、いやだ。したくない、したくないのに」

震える声で紡ぐ言葉がはっきりとしはじめ、顔を覗きこむと、自分でもどうしていいのかわからないように、目を瞠った基がいた。途中から完全に覚醒《かくせい》したのだろう、最悪のタイミングで正気づいたものだと、那智は顔をしかめた。

「おれ、俺、お、おかしい。なんで？　なに、これ？」

「薬のせいだ。おまえのせいじゃない」

声をうわずらせ、泣きじゃくる基の姿はなまめかしかった。同時に、性的なものをこのうえなく嫌悪し、怯えているのも見てとれた。皮肉なことに、それが少年の歪んだ色香をさらに深めている。

「出したければ、出しなさい。誰も止めない。トイレにいくか？」

「わ、わからない」

連れていってやる、と言おうとした那智に、基は「ほんとにわからない」と悲鳴じみた声を出した。すでに身体の動きは痙攣じみたものになっていて、なのに絶頂を迎えられないでいるらしい。

（どういうことだ）

怪訝に眉をひそめた那智が思いだしたのは、村瀬の言葉だった。

——アッチのほうも、子どもみたいだ。もしかすると、なにかブレーキがかかっているのかもしれないが。

尋常ではない怯えように、基が本当に、あらゆる意味でまだ子どもであるのだと理解した。

だからこそ性的なものにひどく怯え、嫌悪し、混乱するのだ。

(だからか。わからなかったのか)

小鹿らに拉致され、服を破かれた姿から、あのあとなにがおこなわれようとしていたのかは一目瞭然だった。恐怖を覚え、錯乱してもしかたがないのに、助けだされた基はひどく落ちついて見えて、気丈なことだと感心もしたが、同時に奇妙にも感じられた。

惑乱する基を見てやっとわかった。あれは、尋常ではない気力で、自分に向かうすべてを拒絶しているからこその平静さだった。そして基のとがではないのに、どこか男を誘う気配が漂うのは、その完全な拒絶ゆえのことでもある。

「いや、いやだ、那智さん。したくない。たすけて」

「わかった。しなくていい」

震える涙声で、はじめてその言葉を口にした基を、那智はぎゅっと抱きしめた。かくかくと不規則に震える腰を止めるため、両脚で身体を挟みこみ、強く拘束する。

「うあっ」

那智の股間に基のそれがこすりつけられる。いくら縛めても、小刻みな動きだけは止められない。それでも那智は言い聞かせた。

「こうしていれば、なにも起きない。じっとしていればいい」

「なち、さん」

「基のいやなことは、なにもしなくていい。眠れ。ついているから」

ひく、としゃくりあげる音がして、細い指が那智にきつくすがりついてくる。がたがたと震える身体をきつく腕のなかに閉じこめながら、那智もきつく目をつぶった。

細い身体から、あまい汗のにおいがした。

折れそうに脆く見えるのに、基の発する拒絶の空気は痛烈だ。そしてある種の男は、つれなくされれば、貶め、崩したくなる。どうしようもない悪循環を、どこで断ち切ってやれるのだろう。

「強くなれ」

そうしてささやく那智自体、らしくもなくペースを乱されている。しっとりと湿った肌の熱、全身で頼りきってくるそれに、長い間凍らせていたものが溶けはじめている。

それがいずれどういう形をなすのか、まるで見えないまま、泣きじゃくる基をひたすら抱きしめた。

長い夜になりそうだった。

＊　＊　＊

翌朝、早くに目覚めた基は、病室の狭いベッドで那智にしがみついて寝ている自分にぎょっとした。おまけに下着のなかが妙に粘ついて、ひどい不快感がある。

（なんで、なにこれ）

基は、射精していた。恐慌状態になりながら、いったいなにがどうしてこんな状態になったのか、必死に思いだした。

薄ぼんやりとした記憶をさぐり、那智に泣きながらしがみつき、なだめられたことをどうにか掘りあてたときには、混乱したなどという言葉では表せないくらいだった。

「うあ……」

どっと汗が噴きだし、意味のない声が漏れた。もともと眠りも浅かったのだろう、那智がすぐに目を開く。

「起きたか。気分は？」

寝起きだというのに平素と変わらない声で問いかけられる。基は硬直したまま言葉を返せなかった。ただ目を瞠ったまま、身体中をがちがちにこわばらせていると、ふっと息をついた那智が起きあがる。スーツはぐちゃぐちゃで、あちこちに皺がついていた。基がしがみついたせいだろう。どうしようもなく恥ずかしくて、顔があげられない。

ちいさく身体をまるめた基に、那智は気遣わしげに問いかけてきた。

「頭が痛いのか？」

ぶんぶんとかぶりを振って、『違う』と伝える。なにも言いたくないと上がけをかぶってさらにまるくなると、そのうえから、ぽん、とたたかれた。

「昨日はクスリのせいで、まともじゃなかったんだ。なにも気にしなくていい」

「言わないでください！」

布団越しに叫ぶと、那智が黙りこんだ。助けてくれた相手に失礼なことを言ってしまったとあわて、どうすればいいのかわからずにおそるおそる顔を出すと、じっとこちらを見おろす那智と目があった。

彼の顎にはうっすらと無精鬚が伸びていたが、それすらもさまになっていた。乱れた前髪をかきあげ、ふっと息をついた那智は、すこしためらったあとに基の頭を撫でた。

びくっと震えて目をつぶると、すぐにその手は離れていく。

「きょうには退院できると思う。そのあと、どうする？　うちにくるか」

問われて、基は「家に帰ります」と言い張った。じっと見つめる那智は渋面を浮かべ、強くは言わなかったけれども、その代わりの条件を出した。

「家に帰るのはいいが、登下校にはマサルをつける。それから、毎日顔を見せにきなさい」

「え……で、でも、これ以上迷惑は」

「かけたのはこっちかもしれない。俺が違法薬物に絡んでさぐりをいれていたのは知られていたし、あの場でおまえに関わったせいで、基が捜査の囮《おとり》になっていると田川組が考えた可能性もある」

予想もしなかったことを言われ、基はあわてて起きあがった。話が呑みこめず、「どういうことですか」と那智に問いかけると、彼は苦々しげに顔を歪め、崩れた前髪をかきあげた。

「いままでは無意味に怯えさせてもまずいと言わずにいたが、こうなったからには理解しておきなさい。小鹿は捕まったが、今回の件の黒幕についてはまだ、完全に尻尾を摑んでいない」

那智は一連のできごとが、田川組にも関連しているだろうこと、小鹿はただの下っ端かもしれないことを基に説明してくれた。

「田川組幹部の篠田は立場上、素人が市場を荒らすことを許すわけにいかない。が、それを牛耳って上納金を納めさせたい腹づもりは当然あるだろう。もしくは篠田の管理できないところで、末端構成員が小鹿を使っていた可能性もある」

基は知らなかったが、いつも逃げこんでいた裏道の階段からそう遠くない場所に、今回の拉致事件の現場となった『ＪＯＹ』が存在したのだという。

「じゃあ、俺、知らない間に、やばいところにいたんですか」

ようやく、あの雨の日にカズという男につめよられ、首を絞められた理由がわかった。愕然としながら問いかけると、那智は「まだ危険はある」と基に注意をうながす。

「あのおかげで、おまえの顔は田川組に知られてしまった。というより、カズが小鹿とつながっている可能性もあるし、そうなると小鹿のほうから名前まで伝わっているだろう」

そして昨日の深夜、那智の携帯へと島田から連絡が入り、今回の〝ＪＯＹ〟と田川組のつながりについては疑いが深くなったとの話が出た。

「小鹿は取り調べの際に田川組との関係を追及されて、はっきり否定しなかったらしい。それどころか、あのセックスドラッグ〝ＪＯＹ〟の常連になった客に、輸入品のさらに強いクスリを売る予定もあることをほのめかしたそうだ。そうなると、組織的な密輸の可能性が高い」

つまり、まだ完全に事件は終わっていないと聞かされ、基はぞっとした。

「それに、いろいろ面倒もある。一歩間違うと、組同士のもめごとにつながりかねない」

田川組としては、麻薬や覚醒剤で資金を集めたい。素人が商売敵になるのは面倒なので、だったら下部組織として仕切りたい。しかしながら、このあたり一帯は田川組と対立する鳥飼組の勢力が強く、こちらは薬物関係の『商売』は厳禁で、発覚した場合、きつい処罰が与えられるし、自分のテリトリーでほかの組が売買するのも禁じている。

「さすがに表だっての抗争とはいかないが、渦中の人間はそれなりに巻きこまれる」

那智がざっと説明した内容のあまりのものものしさに、基は全身に鳥肌を立てた。

「俺、危ないんですか」

「はっきりそうとは言いきれない。だが可能性は否定できない。道を踏み外した素人の犯罪なら、そこで終わる話だ。しかし小鹿が単独犯なのか、田川組の誰かがバックにいるのかはっきりするまで、警戒したほうがいい」

基に、それを拒むことはできなかった。迷ったあげくにうなずくと、彼はほっとしたように口元をほころばせた。

「今回は後手にまわって、すまなかった。俺も、ちゃんと気をつける」

「そんな。あれは那智さんのせいじゃ」

「いいから、素直に護られろ」

基の言葉を遮る那智の、強い意志のこもった声に鼓動が跳ねた。だが動揺する自分も腹立たしく、基は反射的に叫んだ。

「護ってもらいたいとか、頼んでない！」

「俺が護ると言ってるんだ、おまえの意思は関係ない！」

めずらしく声を荒らげた那智に、基は呆然とする。青みを帯びたまなざしにまっすぐに射貫かれて、息が止まりそうになった。

「平気だとかだいじょうぶだとか、嘘はつくな。おまえの言うそれは、自分ひとりがやられるぶんにはかまわないという意味だろう」

「ど、どう……」

「どうしてわかるか？　おまえを見てれば、一目瞭然だからだ。関係ないとも言うな。もう関わりあった、あきらめろ」

ことごとく、基の言おうとしたことをさきまわりされ、なんの言葉も見つからない。

おまけに那智は基の頭を撫で、傷を負った頬に触れながら、こんなことまで言った。

「投げやりになるな。傷つくことをあたりまえだと思うな。見ているほうがつらい」

いとおしむような手に、涙腺が疼いた。どうして那智だけがこんなに簡単に、基の感情を揺さぶるのだろう。

「頼むから、護らせろ。拒むな。受けいれるのも、一種の強さだ」

頭を抱えこまれたとたん、ほろりと雫がこぼれた。那智のくれる言葉のすべてが胸の奥に染みいって、どうしたらいいのかわからない。

ただ、ぜんぶ摑まれた、と思った。基のすべてを、那智はその手に捕まえてしまった。

痛いほど騒ぐ胸があまい。こんなもの知りたくはなかったのにと、基は静かに泣いた。

届かない相手に焦がれる痛みなど、知りたいわけがなかった。

＊　＊　＊

七月もなかばになり、暑さはますますひどくなった。ねっとりと肌を舐めるような熱気が取り巻くなか、那智のマンションの一室はいつでも涼しく、爽やかな空気に満ちていた。

「じゃ、次の問題。『(7X＋1)÷5』が、『(4X＋1)÷3』と等しい場合、Xに対して、どんな数字がはいるでしょうか」

「う？　ううう？　えっと」

基の出題に、マサルは頭を抱えた。広げたテキストは中学生用の問題集。

ここ数日、基はマサルの即席家庭教師になっていた。きっかけはマサルのひとことだ。

――あのさあ、俺、いまからでも高校ってはいれる？

いやなことばかりだというのに登校をやめない基を見ていて、思うところがあったらしい。

中学すら途中でいけなくなり、一応卒業資格の認定試験は那智に受けさせられたようだが、その後のマサルはいっさい勉強というものから遠のいていた。その彼がやる気になったのは非常に喜ばしいことでもあり、那智も基も協力を惜しまないと約束した。

――定時制なら、秋からでも受けいれ枠あるんじゃないかな。

秋季が無理でも春季もある。それが無理なら次回もある、ということで、「とにかく努力してみよう」という結論になったわけだ。

那智の計らいで、毎日夕方の二時間は、マサルの仕事は免除されている。というより、そもそも那智のほうが彼を高校に進学させたかったらしく、願ってもないという話だった。

(俺自身、えらそうに言えないんだけどな)

正直、基が高校をやめないのは、もはや意地と惰性だけだ。だが、だからこそマサルの向上心を折らずに、育てる手助けをしてやりたかった。

とはいえ、物事そう簡単にはいかないのがセオリーだ。

「……指折って数えてどうすんの。分母で約分するんだよ。さっき教えただろ」

「う、ご、ごめん」

何度繰り返したかわからない指摘に、基は苦笑をこらえて唇を結んだ。

マサルの学力は高校受験どころではなく、中学で修学すべきことがほとんどわかっていなかった。数学ひとつとっても、代数の概念から教えなければならないレベルだ。

マサルはしばしばうなっていたが、あきらめなかった。初歩の知識と勉強に対する耐性がないだけで、ものわかりは悪くないのだ。根気よく説いていけば、めげずに食いついてくる。

ノートにあれこれと計算式を書きつけたマサルは、「あっ」と声をあげた。

「えーとえーと、Xイコール2？」

「はい、正解」

基はうなずき、マサルは「やった」とガッツポーズをした。じっさいの話、『算数』からやりなおし状態だったのだから、代数までこぎつけたのはずいぶんな進歩だ。

「お疲れ。きょうはここまでにしよう」

「はいセンセー、アリガトーゴザイマシタ」

魂の抜けたような声で、棒読みするマサルが頭をさげる。基はくすくすと笑ったあと、片づけをして立ちあがる。

「ごはん炊けたと思うから、あとはカレー温めて」

「もっくん食ってかないの？」

「うん、もう帰る」

基はマサルに問題を解かせている間、炊事の苦手なふたりのために夕食を作っていくことにしていた。さんざん迷惑をかけ、助けてくれた彼らへの、せめてもの感謝の気持ちだった。

それでも、食卓をともにすることはめったにない。時間を区切って帰途につくように決めたのは、基の自制のためだ。

「たまにはいいじゃんか。きょうは那智さんも早くあがるって言ってたし」

那智の名前にぴくりと頰をひきつらせ、基は呑みこんだ言葉を内心で吐き捨てる。

（だからだよ。会いたくないんだ）

むろん、マサルとすごす時間は楽しい。ころころと表情の変わるマサルは年上なのに、なんだか図体の大きな弟でもできたような気分になるし、いままででもっとも親しい友人だ。

この部屋に訪れることは、基にとってある種の精神安定剤になっている。本当ならもっとゆっくりしていたいけれど、手早くできるカレーにメニューを決めたのも、できるかぎり家主のいない時間を見計らって訪ねるようにしているのも、那智と顔をあわせるのが怖かったからだ。

憂い顔で目を伏せると、マサルが心配そうに言った。

「あのさあ、もっくん、那智さんのこと苦手なのか？　怖い？」

ぎくっとして、「そんなことないよ」ととっさに答える。だが口早の返答は、マサルによけい不審を覚えさせたらしい。

「じゃあ、どう思ってんの？」

重ねて問われ、言葉につまった。さりとてごまかしは通じない雰囲気だ。いったいどう答えればいいのだろうと基はしばし悩んで、ふっと頭に浮かんだ言葉を口にした。

「俺の神様、かなあ」

嘘はついていない。ただし救ってほしいのではなく、生殺与奪の権をすべて預けたい、という意味が強い。那智にならば殺されてもいいと、はじめて彼を見たときから基は思っている。けれど、彼を知ったいま、そんな真似はさせられないとも、強く感じていた。

「神様か。うーん、そうかもなあ」

マサルの言葉に、基ははっと我に返った。含みの強すぎる告白だが、素直な彼は深く考えなかったらしい。「恥ずかしいから言うなよ」と念を押すと、わかったとうなずいた。

「那智さんには、ちょっと緊張しちゃうだけだよ。それにきょうは……家で、やることあるから」

これは本当だ。あれこれ面倒なことに巻きこまれ、あの銃の試射があとまわしになっていた。おまけに毎日の登下校時、マサルがついてくるのでその時間がまったくとれなかった。

そのためきょうこそは高架下で実行しようと思っている。

「とにかく、また今度」

作り笑いをして帰り支度を整えると、マサルはぶうっと口を尖らせた。

「今度っていつだよ。もっくんいたら、外に飯食いに連れてってくれるって話なのに」

「それかよ」

引き留める理由に笑ってしまいながら、うまくごまかせたことにほっとする。

「送っていかんで平気？」

「バス使うから、だいじょうぶだよ。毎回言ってるだろ」

このマンションから基の家まではバスの路線が直通でつながっていて、徒歩の時間はいずれも五分たらずだ。それでもマサルは心配そうに、毎回これを口にする。

「じゃあね、マサルくん」

玄関を出て数歩のエレベーターまえ、見送るマサルに基は微笑んでみせた。「おう、またな」と手をあげる彼に、こちらも手を振る。

エレベーターのドアが閉まり、歩きだした基の顔にはもう笑みは浮かんでいなかった。

本当は、那智にとても会いたい。焦がれていると言ってもいい。部屋に残る彼の気配を感じるだけで、背中が痺れるほどの幸福感を覚えるくらいだ。だから未練がましくこの部屋を訪れることだけはやめられない。そして同時に、苦しくてたまらない。

エレベーターで、一階にある事務所のまえを通りすぎようとしたとたん、そのドアが開いて基は「あっ」と短く叫び、硬直した。

施錠をしていた那智は、その声に気づいたように顔をあげ、一瞬なにかを言おうとした。だが基の手に鞄があるのを見つけると怪訝そうに眉をひそめ、軽く首をかたむけた。

「帰るのか？」

「は、はい」

表情こそいつもと変わらないが、とがめられた気がして基は肩をすくめた。ほんのかすかな仕種《しぐさ》なのに、ひどく振りまわされた気分になる。なにを言っていいのかわからず、思いついたことをそのまま口にした。

「あの、きょうはカレーです」

「みたいだな」

においでわかる、と那智は顔をあげた。三階にある那智の部屋の台所は通りに面していて、換気扇をまわしていたせいが、かすかににおいが漂っている。言わずもがなのことを言った自分のばかさかげんと口べたさに、基は頭を抱えたくなった。

「食べていかないのか」

「いえ、きょうは、用事があるので失礼します」

そそくさと立ち去ろうとすると、那智は「待ちなさい」と腕を掴んだ。瞬間、びくっと基は身体をこわばらせ、反応の鋭さに那智が顔をしかめる。

「もしかして、ひとりで歩いて帰るのか」

「バスですけど」

答える声に、マサルと笑いあっていたときのようなほがらかさはいっさいない。無表情になった基に、那智も言葉をかけづらそうにしながら、それでも言った。

「そうじゃなく。マサルに送っていかせる」

そこまでしなくても、と言いかけた基を制するように「言っただろう、身辺に気をつけろと」と那智はすこし厳しい声を出した。

「でも、歩きの時間なんて数分です。あとはバスで」

「いいから、待っていなさい」

那智が掴んだ手を離し、事務所にとって返そうとする。彼の拘束から逃れた基は痺れたような腕をさすり、あとずさった。

「本当にだいじょうぶです。明るいし。失礼します」

「ちょっと待て、おい！」

基は一礼してきびすを返した。引き留める那智の声を無視して、バス停まで走る。

(失礼に思われたかな)

せっかくの好意を無視して、あからさまな態度で逃げてしまった。だが、不意打ちで掴まれた腕が痛すぎて、とてもあの場にはいられなかった。

申し訳ないと思いながら、那智をまえにしてしまうと、もうどうにもならない。軽い会釈を交わすだけで心臓が踊って、眠れないほどに高揚してしまう。些細な接触でさえ眩暈がするような気分になるのに、間近に顔を見て話すことなど、とてもできない。

以前にもぎこちなく沈黙が落ちることはあったが、いまほどひどくはなかった。

原因はわかっている。あの病室での一件だ。那智はあのことについていっさい触れてこないけれども、忘れたわけがない。なにより、意識が朦朧としていた基とは違い、彼は完全に正気だったはずだ。記憶が一部欠損しているせいで、自分が彼になにを言ったのか、厳密に思いだせないのも怖くてたまらない。

覚えているのは、泣きすがったこと。わかっているのは、彼にしがみついて射精してしまったこと。いずれにしても最低で、基はかなり落ちこんでいた。

——頼むから、護らせろ。拒むな。

あんなふうに言ってもらう権利も資格もない。ありがたいけれど、那智に向かう気持ちを持てあますばかりの基には、気遣われれば気遣われるほどに苦しい。

——もっくん、那智さんのこと苦手なのか？　どう思ってんの？

問われて言葉につまったのは、那智に対して向かう感情はあまりにも大きく強すぎて、形容する言葉など見つからないからだ。

尊敬、敬愛、崇拝——そしてまぎれもなく恋い焦がれている。思いいれが強すぎて、こんな感情をひとにぶつけられたら、基なら引く。

大人で聡明で、勘もいい那智には、いままで何度も胸の裡を言いあてられた。いま基の抱えた感情も、きっと簡単に見透かされてしまうはずだ。

哀れまれるかもしれない。それどころか、気持ち悪く思われるかもしれない。

那智にきらわれるのだけは、どうしてもいやだ。だから避けて逃げてしまう。そんな自分がばかばかしく、皮肉に嗤った基はつぶやいた。

「こんな態度じゃ、どっちみち、あきれられるだろうけどな」

他人にきらわれるのがこれほど怖かったことなど、いちどもない。疼く胸の痛みが大きすぎてつらい。

いっそいままでのように、感情など凍らせたい。けれど、いちど溶けだした心は、基の思うようにはコントロールできなかった。

＊　＊　＊

逃げるように去っていった基《もとき》を見送った那智《なち》は、大きくため息をついた。

「完全に、避けられてるな」

ああまでろこつに逃げられると、さすがに滅入る。

とはいえ、避けられている原因はわかっているから、追及もできないのだ。

(まだ気にしてるのか)

病院で目覚めた朝、基は可哀想なくらいにうろたえていた。

それも当然だろう。意識が朦朧《もうろう》としたまま男に抱きついて悶えたあげく、夢精したのだ。

たしかに那智も気まずかったし、どうフォローしたらいいのかわからなかった。

すべては薬のせいだと、気にするなと言ったところで基は聞けたものではなかったらしい。

あのままにしておくと、また殻に閉じこもってしまいそうな気がしたため、強引に関わると宣言したのだが、それもまずかったのだろうか。

(むずかしい)

基の反応は、那智にしてみるとかなり神経質に思えた。だが村瀬《むらせ》に相談してみたところ
「それも当然だろう」と言われてしまった。

『栄養状態が悪いだけじゃなく、性的なことに対して、拒絶反応があるのかもしれん』

電話口で苦い声を発する村瀬に、那智は「どういうことだ?」と問いかけた。

以前、基を診察した際、暴行の痕跡がないかどうか調べた村瀬は、彼の全裸を検分していた。年齢的にもとっくに第二次性徴を迎えていておかしくないはずなのに、妙に未発達な身体《からだ》をしていると訝った彼は、『精神的な理由ではないか』と言っていた。

『基くんは身体の大きな男が近づくと、緊張がひどくなる。正吾《しょうご》の家で看病されてたとき、俺やおまえが部屋にはいると、一瞬身体をかたくする』

それについては気づいていたと、那智も同意した。小鹿《おじか》のもとから助けだしたときも、初対面の島田《しまだ》をまえに、抱きしめた身体はこわばった。

『もともと性的なものに対して、過敏になる年齢だ。それにあんなことがあっちゃあ、嫌悪感もひとしおだろう』

村瀬には『ＪＯＹ』で起きた一連のできごとについて打ち明けてある。性的暴行をくわえられる直前だったことも当然話した。

『あの子は見た目以上に複雑そうだ。ストレスを限界までためこんで、自爆するタイプに思える。だから、正吾、気をつけて接してやれ』

村瀬はそう言って電話を切った。念を押すような彼の言葉を、那智は口のなかで繰り返す。

「気をつけて、か」

そうしてやりたいとは思うが、現実はなかなかままならない。そもそも、顔を見るなりひきつり笑いをされてしまうと、那智にしてもどうにもできない。

もういちどため息をつくと、エレベーターのほうへと歩きだした。自室のある三階へとあがり、玄関のドアを開けるとカレーのにおいがたちこめている。

「あ、おかえりなさい」

ひょいと顔をのぞかせたマサルは、どうやらカレーをあたためているらしい。ぐるぐるとおたまで鍋をかきまぜているので、「煮くずれさせるなよ」と軽く頭をはたく。

「もっくん、帰ったっすよ」

「知ってる。さっきそこですれ違った」

憮然とする那智に、マサルは首をかしげてみせた。

「やっぱ、避けられてるのわかってました？」

「あれで気づかないほうが、どうかしてるだろう」

小鹿の一件があって以来、基は毎日この部屋に通いつめている。二週間はすぎたというのに、その間、那智とまともに顔をあわせたのは数えるほどしかない。

「那智さん、カレー食いますか」

「もらう」

大盛りのごはんとカレーをよそうマサルにうなずくと、彼は手早く那智のぶんも皿に盛りつけた。リビングに向かうと、さきほどまで勉強を教えてもらっていたのだろう、テキスト類が散乱していた。

「ちゃんとかたづけろ」

「へーい」

小言を言いつつ、おおざっぱにまとめて脇へ寄せる。基本的にマサルはそこまできちょうめんではない。ただで住まわせる代わりに家事をまかせてはいるが、四角い部屋をまるく掃除するタイプだ。

「んじゃ、いただきまーす」

「いただきます」

食前に手をあわせるのは、那智がマサルに教えこんだ礼儀のひとつだ。ダイニングテーブルにはカレー皿と、これも基が作っていったサラダにビール。

那智の飲むエビスを恨めしげに眺めたマサルは「いいなあ、ビール」とぼやいた。

「おまえも飲んでるだろうが」

「これ、ニセモンじゃん！」

マサルのそれはノンアルコールタイプのものだ。残念ながらローティーンで酒の味を覚えた青年が、あまりにぶつくさ言うため、那智が妥協した。

「あと二カ月なのに……いいじゃないすか、もう」

「二カ月後なら好きなだけ飲め」

ちぇー、と文句を言うマサルを無視して、那智は気になっていたことを口にした。

「基の様子はどうなんだ？」

「学校は平和みたいっすよ。秋山《あきやま》も、もういねえし。基本、ともだちはいねえみたいっすけど、殴られなきゃそれでいいって、気にしてないっぽくて」

スプーンに山盛りすくったカレーをばくりとやって「うまい」とマサルは笑った。

「最近、食生活は充実してて、ありがたいんすけどねえ。ぜったい飯食わないのがどうも、気になるんすよね」

「俺を避けてるんじゃないのか？」

「もっくん、ときどき腹ぎゅって押さえてんすよ。ばれてねえと思ってるみたいだけど」

ふだんはへらへらとした笑いを浮かべているマサルが、真剣な顔になった。おおざっぱだが、マサルの人間観察眼は鋭い。だからこそ那智の助手として、あれこれの調査に関わらせてもいる。

「じっと見てると、笑ってごまかすんすけどね」

「……笑うのか」

言葉尻にひっかかり、思わず口に出した那智に、マサルは「笑いますよ？」と目をまるくした。

「最初のころは、ほっとんど表情なかったけど。最近、慣れてきたんすかね」

那智はその発言に対して微妙に気分を害した。そして、機嫌を下降させた自分に驚き、無言のままビールをごくごくと飲む。

警戒心の塊のようだった基が、誰かに対して気を許すのはいいことだ。理性ではそう思うのだが、いささか複雑なのは否めない。

最初に彼を拾ったのは那智だ。だが基は、村瀬やマサルには打ちとけた様子を見せるのに、いつまでも那智に対しては心を開かない。

たしかに彼らのような陽気な心やすさは、那智には持ち得ないものではあるけれども、あんなに身がまえることもないだろう。

（だが、あれはあまりに過剰だ）

不思議なことに、避けられてはいても、きらわれているという気はしない。だから違和感だけが残る。

視線を向けていないとき、基はじっと那智の姿を追っていることが多い。視線を感じて振り向くと、大抵さっと目を逸らされてしまうが、そのちいさな耳たぶはいつでも赤かった。

過剰な反応、避けるくせに視線で追ってきて、触れればびくりと全身を震わせる。逃げているくせに、去り際にはいつもちらりと、反応をうかがうように振り返る。

（あれじゃあ、まるで……）

内心でも、続く言葉を遮ったのは、あまりに自分に似合わない、恥ずかしい発想からだ。いったいどこから出てきた、と静かにうろたえた那智は、妙な喉の渇きを感じてビールに口をつけた。

無表情のしたで混乱する那智に気づかず、マサルはあっけらかんと言った。

「俺、きょう、那智さんのこと苦手かって訊いたんすよね」

那智は、マサルの直球ぶりにむせた。

「おまえ、どうしてそうストレートなんだ。もうすこしさぐりをいれるとか、頭を使え」

「んなことしたら、ごまかされるに決まってるじゃないすか。もっくん、俺よか頭いいっすもん」

けろりと言われて、那智は「それにしたって」と頭を抱えた。

「……で、なんて答えた」

「へえ、気になるんすか」

「気にして悪いか。二週間も避けられたら、原因は知りたいだろう」

驚いたようなマサルの反応が、嫌味でもなんでもないから困る。深く息をついた那智は憮然としたまま、さっさと言えと顎をしゃくった。

「俺の神様、って言ってました」

予想外の言葉に目を瞠《みは》る。マサルは、神妙な顔で続けた。

「緊張するって。でもきらいじゃないんだと思う。尊敬っつうより、なんだっけ、崇拝？」

「おい、勘弁してくれ。俺はただの人間だ」

那智が呻くと、カレーをかきこみながら、マサルは「でも俺、気持ちわかるっすよ」と言った。

「どん底にいたとき、助けてもらったことって一生忘れねえから。ほんと、そういうときって、神様みたいだなって思う」

真摯《しんし》な目をしたマサルに、やめてくれと言いたくなった。那智自身はそんなに大層なものではない。ただ自分の背中に背負ったものと、ぶざまに戦い、あがいてきただけだ。

眉を寄せた那智が、けっしてこの手の言葉を喜ばないと知っているマサルは、茶化すように笑った。

「ただ俺は、べつに那智さん相手に緊張はしねえけど」

「おまえは緊張感がなさすぎる」

そして、こんなときばかり聡すぎる。金色の頭を軽くはたいて、那智は重くなりかけた空気を追い払った。

＊　＊　＊

基が試射を忘れたと気づいたのは、帰宅し、うしろ手に玄関のドアを閉めた瞬間だった。

「しまった……」

途中で下車して高架下にいくつもりだったのに、帰り際、那智にあったショックですべて忘れていた。これも、基が那智の顔を見たくない理由のひとつだ。彼のことで頭がいっぱいになり、なにもかも忘れてしまう。

かつては玄関を開けるだけで、吐きそうなくらいに怯え、緊張していたのに、いまはあっさり鍵を開け、自室にいるのだ。

とはいえ、基が帰宅に怯えなくなった理由はべつにもある。ここ二週間というもの、この時間に父親の竣《しゅん》の姿を見ていないからだ。

竣が家に戻るのはきまって深夜。朝になると自室で派手ないびきをかいていて、基が登校するときにも顔も出さない。日によってはまるで顔をあわせないこともある。

ただ、父親がいまなにをしているのか、どこへいっているのか、基は見当もつかなかった。というのも竣は、基が那智の家に泊まったあの一週間のあとから、会社にもいっていないようなのだ。

基がひと晩だけ入院した『JOY』の一件があったあの夜、自宅と竣の会社に連絡をいれたが、どちらも捕まらなかったことはマサルに教えられていた。

——勝手に会社とか調べてごめん。けど、なんかあったらまずいと思って。

謝ってくれた彼に、基は「気にしなくていい」と告げた。じっさい基が逆の立場でも、一週間も居続ける子どもの事情を訝しむのは当然だし、調べもするだろう。むしろ、いまのいままでなにも言わずにいてくれた那智やマサルが寛容すぎるのだ。

(でも、本当になにしてるんだ?)

父がまともな社会生活を営めているのか、以前から不安に思っていた。またマサルの話を聞く以前に、「もしや」の予想はしていた。

食費などの家計費は、竣に直接渡されるのではなく、毎月一日《ついたち》に指定の口座から引きだす決まりになっている。だが今月分はその日になっても振り込まれておらず、不審に思ってはいた。その懸念がついに現実になったということだろう。

懸念といえば、もうひとつ。この家の二階が、安全地帯ではなくなりつつあることだ。いままで、二階の自室に閉じこもってさえいれば被害はなかった。しかしここ数日、夜中に竣が帰宅したあと、基の部屋のまえまで訪れている気配がある。

声もかけず、ドアをたたきもしないけれど、間違いなくいるのは足音でわかった。気づくのが遅れたのは、パソコンで音楽を聴いていたからだ。たまたまヘッドフォンの調子が悪く、それをはずしていた三日まえの夜。みしりと床を軋《きし》ませる音を聞いたとき、基は全身に鳥肌が立った。こんなときのために、自室のドアの鍵は二重にしてあるし、そう簡単には破れないはずだけれど、それでも怖ろしくてたまらなかった。

また、たまに顔をあわせる竣が、ひどくおとなしいのも不気味だった。

基の顔を見ても、ひところのように難癖をつけて折檻《せっかん》するようなことはない。だが、ふとした瞬間に気づけば、粘ついた視線でこちらを追いかけている。うつろな目の竣にはまるで表情がなく、口も開かない。けれども、その静けさがなにかの前兆のように思えてしかたなかった。

そのため最近の基は家事を放棄している。帰宅するなりまっすぐ自室にこもり、鍵をかけたあと、ドアのまえに本棚を引きずってふさぐ。

この日もその『日課』を終え、汗だくになった基の身体からどっと力が抜けた。肩で息をすると、腹を抱えてうずくまる。このところ、胃の奥には慢性的な痛みがあった。重く鈍いその感覚に食欲もない。

いっしょに食事を、と誘うマサルを断る理由のもうひとつが、この胃痛だった。マサルたちの夕飯の支度は、彼らへの恩義のためにどうにかこなしているだけだ。料理のにおいを嗅いだだけで吐き気が止まらないこともあり、きょうのカレーなどは最悪だった。

思いだすと、またきりきりと胃が痛みはじめた。

「やば……」

呻いた基は部屋のすみへと這うように進み、買い置きしてあった常温保存可能な牛乳パックをあけて、無理やり飲んだ。ぬるい牛乳に胃酸が中和されて、ほっと息をつく。

いやでもなにか食べないと血糖値がさがることはわかっている。もしも竣がこの部屋にあがりこんできたとき、動けなかったら最後だ。基は必死の思いで、これも常備してあるドリンクタイプの栄養補助食品を一気飲みした。

制服からジーンズとシャツに着替え、鞄のなかからシグ・ザウエルを取りだす。

基の銃。誰にも頼らず作りあげた、最後の望み。

もう音楽は聴かない。耳をふさいで危険を呼び込むわけにはいかない。扉の向かい、いちばん遠いところに座りこみ、息をひそめて銃をかまえる。

——頼むから、護らせろ。拒むな。受けいれるのも、一種の強さだ。

那智の声は何度も脳裏をめぐった。けれど、この恐怖と不安を打ち明けたくはなかった。じつの父親に対してのおぞましい危機感と、それを打破するために違法な銃を手にする事実を、那智を崇拝するからこそ、知られたくなかった。

基の銃口は、扉のほうを向いてはいない。いつでも胸に抱きしめ、その瞬間をじっと待つ。あらがって勝てる自信はない。取りあげられたら意味がない。だからそのまえに、すべての終焉を、幕引きを、自分の手でつける。

救いのない夜は、じりじりと更けていく。どこかでセミが、ジジジと鳴いた。

短い虫の音は、なにかの焼き切れるような音と似ていた。

＊　＊　＊

基が銃を手に震えているのと同じころ、ひとりになった那智は居間のソファへと腰かけ、ウオッカ・ストリチナヤを満たしたロックグラスを揺らしながら、じっと思考に沈んでいた。

——俺の神様。

——どん底にいたとき、助けてもらったことって一生忘れねえから。

基が言ったというその言葉が、どうにも那智の気を重くさせていた。

助けられた、と彼らは言う。感謝しているとまっすぐな目で告げる。それがときおり、ひどい重たさになって那智の背中にのしかかる。

那智が弁護士になったのは、たとえば正義感に駆られ、司法の力に夢を見たがゆえの行動とは違う。極論を言ってしまえば、実父からもっとも遠い場所にいきたかっただけだ。

検事や警察などの公務に就くのは不可能だった。背負った名前が大きすぎる。試験は通過したとしても、面接で落とされるのは確実なため、残ったのは弁護士の道だけだった。

反骨精神だけでやってきたと言ってもいい。そしてかつての自分のような、自身の力ではどうしようもない泥沼に落ちている人間に手を貸すのは、贖罪にも似たなにかだった。

むろん、刑事事件の弁護を請け負うからには、当人は犯罪を犯した場合が多い。依頼人の嘘や隠匿《いんとく》された事実に裏切られたことも数えきれず、ここ数年はずいぶん、心にあったなにかがすり減っているのは感じていた。

「そういえば、基がはじめてか」

そもそも那智が関わる人間は加害者側の者がほとんどで、完全に被害者の立場にいる人間に手を差し伸べたのは、基だけだ。それだけに、いつものように割りきれないものを感じるのかもしれない。

なんのとがもなく、運命に蹴り転がされているような痩せた少年の、いつでも濡れたような黒い目が、那智のなかのいちばん脆《もろ》い部分を揺さぶる。

（色は違うのに、そっくりだ）

形や容姿はまるで違う。どころか、基のくろぐろとした虹彩と彼女の青いそれとは似ても似つかないと言ってもいいのに、彼の独特な線の細さは那智の母親を連想させた。

うつくしい顔立ちと裕福とは言えない生い立ちのせいで、ろくでもない男に食いつぶされるほかになかった、最後まで泣いてばかりいた、不幸で弱い女。

彼女自身が多くを語らなかったため、詳しいことは知らないけれども、母方の親族は戦後に日本へと出稼ぎにきて、そのまま日本に居着いたのだそうだ。米軍基地《ベース》のなかで働いていたという噂を耳にしたことはあるが、おそらく、夜の商売だったのだろう。

そして、那智の父親である鳥飼組の組長の愛人となり――飽きられて、組の男に下げ渡され、ぼろぼろになって死んだ。

那智にはどうにもできなかった。十七歳で背中にいれられた刺青《いれずみ》は那智の心身を痛めつけ、他人に――自分以外の存在という意味で――かまっていられる状態ではなかったからだ。

父はあの刺青をいれても約束を反故《ほご》にするつもりだったらしいが、幹部の工藤《くどう》の協力のもと、那智は家を出た。その後いっさい近寄らなかった。一年しないうちに、母は癌で亡くなった。ひっそりとした葬儀の席に父の姿はなく、那智のほか、参列者は工藤だけだった。

思いだすのは、いつでも幸薄そうにうつむいている母の、うつくしい横顔だけだ。全身から滲《にじ》む不幸の影が、華やかな容姿の彼女をはかなげに見せていた。

そして、その横顔がたたえていたのと同じものを、那智は基に感じてしかたない。

だからどうしようもなく気になった。このまま見殺しにすれば、早晩母と同じく、はかなくなってしまうのではないかと、そんな予感に寒気がした。

ただの自己満足だ。細く脆そうな身体を泥まみれの地面から抱きあげて、かつて救えなかった母の代わりに、なにかを与えようとしている。

「神様か」

傲慢にも、勝手な施しをしようとする人間に対しては、あまりに皮肉だと思った。純粋に発せられた言葉だと思うだけに、ひどく苦い。

礼儀正しいのに、ときどきぞっとするほど投げやりな基には、なにひとつしてやれないまま、終わるのかもしれないとも思ったこともある。

基のうしろに見えるものは、ありきたりのいじめやなにかではすまないような、手ひどい重さを感じてもいた。

だから小鹿の手から救いだせたとき、マサルと同じく、那智も強い安堵を覚えたのだ。

それも、自己満足かもしれないが。那智はグラスを揺らして嗤《わら》う。

基は強靭とは言えないけれど、不思議に折れそうで折れない。

殴られて、吐いて、泥のなかでのたうちまわっていても、母のように泣きはしなかった。むしろ自分をいたぶる相手を見下すような、性のきつい部分も感じられるし、那智が護ると言えば抵抗もする。少年らしい矜持《きょうじ》を彼が捨てていない事実には、感心もした。

だからこそ、那智に対して震え、細い肩をすくませる理由が知りたかった。

できるなら、素直に頼ってくれればいい。

(これもけっきょく、代償行為なのか?)

内心でつぶやくけれど、奇妙な落ちつかなさが募る。那智はその違和感を静かに転がした。

ただの代償行為なら、基が心やすくいられる保証があるなら、庇護者が誰であってもかまわないはずだ。マサルでも村瀬でも、島田でもいい。信頼できる誰かにまかせれば、そこで那智の役目は終わってかまわないはずなのだ。

「それでいい、はずなんだが」

ためらいが残るのは、あの物言いたげな視線のせいだろう。

基の目は危険だ。いつでも濡れたようにくろぐろと光っている大きな目は、視力が悪いせいなのかすこしだけ焦点がずれている。

それが那智と目があう瞬間に、なんとも言いようのない変容を見せる。すうっと黒目の部分が広がり、一秒も見逃さないというようにまばたきが減るのだ。

腕に抱くと、折れそうなくらいに細い。体温が高い印象があるけれど、それはいつも怪我をして、発熱していることが多いせいだ。

からり、とグラスを揺らす。酒の香気が鼻先をくすぐった。その独特の香気は、基の身体の発した、不可思議なあまい香りに似ている気がした。

(あのときも、熱かった)

たいしたことはないと基には告げたけれど、薬物に乱れ、しがみついてきた身体の火照《ほて》りは忘れきれていない。

――いや、いやだ、那智さん。したくない。たすけて。

耳に残るかすれた声が、哀れでもあり、なまめかしくもあった。

骨張った幼い身体だと思っていたのに、コントロールできない欲情に狂わされ、泣きながら腰を振る基の姿は、那智にとっても強烈な記憶だ。

むろん、那智はあんな少年のような細い身体をどうこうしようなどとは思わない。けれど基の未分化なしなやかさは、到底男の身体とは思えなかったのも事実だ。

だが――基の失った記憶のなかに、那智にとっては強烈な体験が存在している。

「あんな声で、呼ぶからだ」

乱れることに怯え、自分の反応に嫌悪する基の身体を押さえこんだのは、動物じみた痙攣《けいれん》を繰り返す腰を止めてやるためだった。何度か暴れた基は、細い身体のどこにこんな力があるのだというくらい激しい力で、那智をもってしても全力で押さえこまないとならなかった。

数時間後、ようやくおとなしくなった基にほっとした那智を、眠気が襲った。しばらくうとうとしていると、また基の呼吸が荒くなっているのに気づいた。

にわかに緊張したが、闇雲に泣き叫んだり暴れたりはしなかった。身体が疼くのは、あの薬物の性質上しかたがない。気づかないふりでやりすごしてやるか、と目を閉じていると、濡れたあまい声に名を呼ばれた。

——那智さん……。

細い手が、眠ったふりを続ける那智の顔を撫でた。輪郭《りんかく》をたしかめ、唇に触れる。子どものような、不器用な手つきにうっすらと目を開けた那智は、そこに見つけた基の、別人のような艶冶《えんや》な表情に息をつめた。

——那智さん、那智さん……。

目はうつろで、焦点があっていなかった。おそらく、本人の意識も朦朧としているのだろう。さきほどよりよほどためらいのない、本能的な仕種で腰を揺らめかす基は——あろうことか、那智の腰にそれをこすりつけていた。

おまけに、眠りについたための生理反応で、那智自身もこわばっている。ぎょっとしたけれど、いまさら止めるには遅すぎた。

——あ……はあ……ああ。きもちいい、きもちいいっ。

いったい誰の声だと思うほどの、なまめかしくあまい、うつろなあえぎ。ぺたぺたと触れるだけの基が性的な技巧などいっさい持ちあわせていないのはすぐに知れるのに、表情と声、そして腰つきの淫蕩《いんとう》さは強烈すぎた。

——那智さん、ああ、なち、さん。

かすれた声で那智の名を呼び、基は全身を震わせて射精した。そのあと、ぱたりと力つきたように枕に頭を落とし、驚くような早さで眠りについた。

起きてからの彼は、そのことを覚えていないようだった。それならばそれ、と忘れたふりをしたのに——。

「肝心のことは忘れて、それでも恥ずかしいのか」

鮮烈すぎる記憶に困惑する自分がいやで、那智はグラスの中身をあおる。

那智のまえでだけ泣く基。那智にだけ笑わない基。那智だけに、不思議な目をする基。脆いのに強情で、危なっかしくて、気がかりで——奇妙なくらい、気持ちが乱される。

名前を呼びながら射精したのは、助けを求めたからなのか。逃げまどうくせに、全身の神経を那智へと向けるのは、本当にただの緊張なのか。

「まるであれじゃあ、恋でもしているみたいだ」

さきほどマサルのまえで、内心ですら打ち消したそれを口に乗せ、那智は眩暈《めまい》を覚えてソファの背もたれに頭を預けた。

ひとまわりどころか、親子に近いくらい年下の少年相手に、こんなことを考える自分にうんざりする。那智自身はゲイではないし、いままで同性相手にこうした困惑を覚えたことはいちどもない。

自意識過剰なのだろうかと、いまだに疑わしくも思う。

だがもはや、ほかに解釈のしようがないと感じるのは、耳にあまい残響のせいだ。乱れ、息をつめ、那智だけにすがって絶頂を迎えた細い身体。それが全身でこちらを意識してくるさまを、毎日見せつけられて、平然とはできない。

ほかの誰かならいざ知らず、基の向けるものだからこそ、無視ができないのだ。

そして、那智の予想があたっていたら、どうすればいいのかも心を決められない。二十一歳も年下の男相手に、応えきれるなにかを持ってはいない。さりとて、基を傷つけることだけはしたくない。

那智が基に恋をしているかと問われれば、はっきりと答えられない。

だが、さまざまに複雑な、トラウマの投影も含めた思いいれも深い相手として、胸の奥深くに食いこんでいることだけは認める。

だからこそ、どちらに転ぶかわからない基の感情に、こうも振りまわされているのだ。

「俺が混乱してどうする……」

神様とまで言われた男が、こんなにも戸惑っていることなど、彼はむろん気づいてもいないだろう。

とにかくいちど、しっかりと話をしなければならない。基に告げた田川《たがわ》組の問題は脅しでもなんでもなく、危険なのはたしかなのだ。

島田が『持久戦だ』とぼやいていたが、小鹿がのらりくらりと自供を引き延ばすせいで、一向に要領を得ないらしい。拘留《こうりゅう》期間を延長し、その間になんらかの手を打つつもりなのだろう、と島田は憶測していた。

――その間に、騒ぎを知った田川が動かないとも限らない。相変わらず、組織ぐるみなのか末端が踊ってるのかは知れませんが。

前者ならこのまま逃げきられる危険はあるが、後者ならば、〝JOY〟の一件で焦り、墓穴を掘る可能性もある。いずれにせよ、基の身辺には気を配ってほしいと告げられた。

「どいつも、こいつも」

気を配れ、大事にしろと、要求だけをつきつけてくる。あれほど扱いにくい基に、もっとも手をこまねいているのは那智だというのに。

ぐいと飲み干した酒は、すでにグラスの氷が溶けて、ずいぶん薄くなっていた。

だが、ふわりと鼻腔に抜けた香りは、やはり基のあまいにおいに似ていて、那智は深々とため息をつくしかなかった。

＊　＊　＊

それから数日が経ったある日、基は朝から教室の机に突っ伏し、眠りを貪っていた。

秋山たちは事件以来、いちども姿を見せていない。現行犯逮捕だったうえ、おそらく薬物関係でも再逮捕されたはずだから、戻ってこられる見こみはないだろう。

おそろしいことに、この高校ではその手の話は噂にもならない。こっそり、ばかを見たとささやかれはするけれど、年に数回は警察沙汰になる生徒がいるせいで、トピックスとしてはさして目新しくないのだ。

ともあれ、基は学校で殴られることはなくなった。おかげでこうして眠っていられるし、自宅での睡眠不足を補うことはできる。教師も、授業中に眠る生徒などめずらしくもないから、注意すらされない。

いつもどおりであれば、放課後まで眠っていられるはずだった。だがこの日は、おずおずとした声が基の眠りを妨げた。

「あの、深津《ふかつ》」

基はのろりと顔をあげる。はずしていた眼鏡をかけて確認すると、小島《こじま》が立っていた。

事件以来、彼が学校にきていなかったことに、基はそのときやっと気づいた。

礼を言っておけ、と島田に言われたことを唐突に思いだし、基は寝起きでぼんやりした声で言った。

「ありがとう」

「は？」

脈絡のない発言に、小島は目をしばたたかせた。あまりにいきなりだったと自分でも思ったので、基はきちんと起きあがり、軽く頭を振って眠気を払うと「いや、この間の」とつけくわえた。

「マサルくんに教えてくれたの、小島だったんだろう。だから、ありがとう」

「……教えたっていうか」

もそもそと口ごもる小島は、困ったように眉をさげた。なんだ、と基が目顔で問えば、

「あのおっかない金髪のひと、マサルっていうのか」と顎をひく。

「おっかない？」

マサルに対しての形容として、基にはぴんとこないそれに首をかしげると、小島はますます縮こまった。

「校門のとこで、『深津基、いるか』って声かけられて。あいつらの仲間かと思って、逃げだそうとしたらとっつかまって、締めあげられたんだ」

「あー……そりゃ、悪かった」

基は苦笑した。臆病な小島が、よく勇気を出したものだと感心していたが、自主的にではなくマサルに恫喝されてことの次第を白状したらしかった。

「だから、ありがとうとか、悪かったとか言われると、俺、立場ねえんだけど」

見捨てて逃げたのは事実だと気まずそうにする小島に「結果は助かったんだから、いいよ」と基は言った。小島はそれでももじもじとしている。まだなにか話したいのか、と基がじっと見つめていると、低い声で彼は言った。

「秋山、退学するって。つか、たぶん裁判になるって。知ってたか？」

「ふうん。知らない」

基は短く言ってあくびをした。小島は「そんだけ？」と驚いたように目を瞠る。

「もともと関係ないから」

冷ややかな基の態度に、小島が怒ったように目をつりあげた。

「深津って、やっぱ、変じゃねえ？　あんだけやられてて、なんでそんな他人事《ひとごと》なんだよ」

「殴られないのは助かったと思ってる。でも秋山が退学になろうが、俺には関係ない」

「でも俺には関係あるんだよ！」

声を大きくした小島に、基は目をまるくした。周囲も一瞬驚いたように、ふだんおとなしい『パシリ』の姿を凝視する。

「ご、ごめん、大きい声出して」

「いや」

恥ずかしそうに小島が肩をすくめると、まわりの目はすぐに散った。ただ基だけが、いままでろくに認識していなかったクラスメイトをしっかりと見据えた。

「小島はさっきから、なにが言いたいんだ？」

「俺のほうが、深津に謝らないとって。あと、お礼も言わないとだめだって」

思いがけない言葉に、基は目をしばたたかせた。謝る、のはまだわかる。けれど礼とはなんだろう。

「深津にターゲット移って、俺、正直ほっとしてた。でも、見張りとかやらされんの、すげえいやで、深津も抵抗しねえし、それもイラっとしてた」

どうやら懺悔《ざんげ》がしたいらしい。すでにわかっていたことを口にされ、基は「はあ」と無感動にうなずいた。小島は話がまわりくどい。話術のへたさではひとのことは言えないが、基はほんのすこし、彼がなぜいじめられていたのかわかった気がした。

「ええと、身代わりになってくれてありがとうってことか？」

しらけた物言いに、小島は真っ赤になって「違うっ」と言った。

「今回、あんなことあって、マサルってひとに締めあげられたからだけど、もうずっと腹にたまってたことも言えて、なんか俺、すっきりしたんだ」

「それ、俺に関係なくないか？」

「そうかもしんないけど、誰かに言いたかったんだ。ありがとうって。い、言いたいこと言うの、俺は、へただから。ちゃんとしたいのに、間違ったことしたくないのに、黙ってやってきちゃったから、だから、だから」

「だから？」

「だから、ありがとう。なんか、やっと、止められた」

潤んだ目をして、小島は言った。やっぱり自分に向けられるべき言葉ではない気がしたけれど、基は「うん」とだけ答えておいた。

「話、それだけ？　俺、寝ていいか？」

「あ、うん。寝て。起こしてごめん」

こくりとうなずいて、基は眼鏡をはずしてふたたび突っ伏す。しばらく小島はその場にたたずんでいたようだが、やがてあきらめて去っていった。

（変な会話）

要領を得なかったし、実があるものにも思えない。意味は不明だし、なんだったんだ、と本音では思う。

それでも妙なことに、悪い気分ではなかった。夜通し張りつめていた神経が、小島の筋のとおらない「ありがとう」の言葉にゆるまされ、基は眠りに落ちる。

放課後のチャイムが鳴るまで、深い眠りは妨げられることはなかった。

数時間後、基が眠い目をこすりながら校門に向かうと、マサルがバイクで迎えにきていた。

「おつかれーい」

「そっちこそ、お疲れ」

明るく言ったマサルにヘルメットを渡された基が笑う。ちょうど近くを通りがかった小島は、マサルの姿にびくっとなり、ついで基の笑顔に気づいて、ぽかんと口を開けた。

「おう、小島くん、この間はどーも」

「あ、ど、どうも」

マサルが明るく声をかけたのに、彼はそそくさと逃げていった。「なんだあれ？」と首をかしげたマサルは、どうやらあの日のことを覚えていないらしい。

「そういやマサルくん。俺が拉致《らち》られたとき、小島、締めあげて話聞きだしたんだって？」

物騒な話をさらっと切りだすと、マサルも同じくらいさらっと「そんなことしてねえよ」と答えた。むしろマサルは『締めあげた』という言葉に驚いたのか、目をまるくしている。

「あいつ、ちょっと混乱してたしさ。暴れるから肩摑んだくらいだけど？」

嘘をついている顔ではなかった。どうやら、お互いの認識に相当の差があるようだとおかしくなりながら、基は「うん、まあ、いいや」と話を流し、ヘルメットをかぶった。

この日の夕飯は、ポトフにした。汁物ばかり続くのもどうかと思ったし、マリルもハンバーグがいいと言ったのだが、それだと焼いたらすぐ食べてもらわないとならないし、食卓をいっしょに囲もうというマサルの誘いを断りづらくなる。

煮込んでいる間に、マサルの勉強を見る。彼が頭を抱えている隣で、基は本を読んだり、たまに自分のための勉強をした。

「もっくん、その本えらい新しいじゃん。教科書きれいに使うんだな」

ひょいと覗きこんだマサルが、「むずかしそう」となったのはソフトウェア工学のテキストだった。高校で使うものではなく、都立の高専で採用されたものだった。

「あ、いや、これは違うよ。趣味で」

「趣味い⁉　もっくん趣味で勉強すんのか」

「パソコン組んだりするのとか、好きだし。ソフト関連にも興味あったから」

工具を使ってハードを作ることまではネットで学んだが、使用するプログラムについてはまだ、素人の域を出ていない。そのため勉強しているのだと言うと、マサルは感心したように声をあげた。

「モノ創るの好きなのか。ああ、でも、だからもっくんの飯、うまいのかな」

「家事はただの慣れだよ。それに俺の作ってるのは、料理っていうより、ごはん」

きちんと学んだわけでもなく、それこそマニュアルやネットで適当なレシピを探し、そのとおりに作っただけだと基は苦笑した。母親が出ていったときは幼くて料理を教わってもいなかったし、彼女の作った料理の味もほとんど覚えていない。

目を伏せた基の気配に気づいたのか、マサルはことさら明るい声を出した。

「それでも作れるだけすげえよ。俺、ぶきっちょだから野菜よか手ぇ切るし。那智さんは切るのとかはマニュアルどおりにできても、味つけ壊滅的だし」

「そうなのか？」

「味オンチなんじゃねえかなあ、あのひと。食えりゃなんでもいいみたい」

ある意味那智らしいような、イメージと違うような逸話に基は笑った。なごやかな時間、なんの愁いもない会話に喉を震わせていると、突然胃のあたりがきりきりと痛くなる。

（まずいな）

不規則な痛みの訪れる間隔が、ここ数日、狭まってきている。ポトフを煮込んでいる間も脂汗が滲んで、訝ったマサルに「火のそばで熱いから」とごまかす羽目になったほどだ。

「じゃ、きょうもこのへんで失礼するよ」

「あ、送っていく」

カレーを作った日のあと、マサルは那智になにか言い含められたらしく、帰りも送ると言い出して聞かなかった。数日間はしかたなく、バイクで送られたけれども、おかげでまたもや試射ができないでいる。

「いらないって。ほんとにだいじょうぶだから。それに、どうも雨降りそうだよ？」

「う、ああ、そっか。バイクじゃやべえか。途中で降ると、もっくん濡れるよな」

湿った空気と、どんよりした雲行きを指摘すると、マサルは困ったように頭を掻く。

「一日くらいだいじょうぶだって。それに、ちょっと風邪気味で、バイクはしんどいかも」

「うーん……そっか？」

最近、何度も断るせいか、マサルはあまり執拗に「食べていけ」と告げることはなくなってきていた。なにか気を遣わせているのだとしたら申し訳ないが、基にしても言い訳を繰り返す気力が日に日になくなってきている。

毎度のごとく、玄関まで見送りに出たマサルは「またな」と言ったあとにつけくわえた。

「なあ、あしたの飯さあ、中華食いたい」

まだきょうの夕飯も食べていないのにそれか。基は屈託なく笑った。すっかり傷も癒えた頬は、もうひきつることはない。なによりマサルのおかげで、笑顔にもだいぶ慣れた。

「わかった。じゃあ、あしたは八宝菜にするか」

「やった。なあ、青椒牛肉絲《チンジャオロース》も食いたい」

声をあげたマサルに、突然抱きつかれた。基は玄関先でよろけ、たたらを踏む。

「ちょ、のしかかるなよ。靴が履けないだろ！」

文句を言いながらも、悪い気分ではなかった。いささか接触恐怖症気味の基だが、マサルが相手ならば、なにも怖くない。大型犬になつかれているような感じだからだ。

なにより、マサルは基に対して、変な感情をいっさい持たない。美人だとかなんとか言うけれども、彼が女性以外にその手の感覚を持たないから気が楽なのだ。

「わかったから。ただし、あしたまでにテキストの次の章まで問題解いておいて。宿題」

アメとムチの攻撃に、マサルは「げっ」と顔をしかめた。「じゃなきゃ中華はなし」と続けると、いやいやながらうなずく。

「ほら、もう離せよ」

基が広い胸を押したとたん、彼はふっと眉をよせた。

「なあ、もっくん痩せた？」

「え？　なんで」

不意打ちの気遣う声にどきりとすると、マサルは、だってと口を尖らせた。

「なんかアバラ浮いてんじゃん。骨あたるぞ。風邪ひいたっつったけど、そのせい？」

ほら、とたしかめるように再度抱きつかれ、基は「ちょ、だから重いって」と笑ってごまかす。基は靴ひもを結ぶふりで顔を逸らしたが、内心では鋭いマサルに困っていた。

基の体重は現在、五十キロあるかないかだ。服を脱げば、げっそりと落ちた肉がひと目でわかる。ボトムのウエストを締めるベルトも、ホールが用をなさなくなり、工具で新しく空けたような有様だ。

原因は、胃痛と睡眠不足による食欲不振だ。相変わらず竣はいるのかいないのかわからない状態だが、恐怖感はむしろひどくなっている。

(言えるわけないよ……)

深夜、あのみしりという足音がいつ聞こえるのかと思うと、寝られるわけがない。毎晩、朝がくるまで布団にくるまり、鍵のかかった扉を睨みつけている。クーラーはつけない。音がうるさいと竣に暴れられる可能性があるし、ささいな物音も聞き逃したくはないからだ。熱帯夜に汗みずくのまま、緊張と恐怖をこらえる日々が身体にいいわけがない。

「夏バテだからしょうがないんだよ、だいじょうぶ」

「そうか……？」

笑ったつもりの唇が歪む。これでは訝しげなマサルをごまかしきれるとは思えず、伸ばしっぱなしの前髪で目元を隠すようにうつむいた。

「じゃ、またね」

会話を断ち切るような基の言葉にマサルは渋い顔をする。そしてふと息をついた彼は、いままでのじゃれつくようなそれとは違う、包みこむような抱擁をくれた。

「マサルくん？」

「なあ。絶対、なんかあったらゆってな。俺、ダチなんだから」

ぽんぽんと背中をたたかれる、あたたかいハグ。基の顔に、嘘のない笑みが浮かぶ。

「ありがと。だいじょうぶだ。気を遣わせてごめん」

言う、とは約束しなかった基にマサルは「謝るとこじゃねえし」と不機嫌な声を発し、ますます腕の力を強めてきた。

「俺は平気だから」

こんなふうに抱きしめられても、マサルは怖くない。むしろやさしい安堵とくすぐったさがあるばかりだ。髪をぐしゃぐしゃにされた基は「ちょ、やめろよ」と声をあげて笑った。

体温の高いマサルの腕をすこしだけ持てあましながら、不思議なものだと基は思った。

触れられるだけで肌が粟立つ相手もいれば、マサルのように安らぎをもたらしてくれるスキンシップもある。

そして那智のように、近づくだけで緊張がひどくなることもある——そんなことを考えていると、鼻先にふっと、覚えのある香りが漂った。

「なにをやってるんだ？」

基がはっと顔をあげると、そこには那智の姿がある。手には、なにかの書類がはいった茶封筒を抱え、脱いだ上着を肘にかけていた。

「あ、那智さん。お疲れさまっす」

「……こんばんは」

ぺこりと頭をさげ、基はあわててマサルの腕から逃れた。子どものようにじゃれついてい

たところを見られ、気まずさと恥ずかしさがこみあげてくる。

「帰るのか」

またか、というように眉があがった。こくりとうなずき、基は目を伏せる。

那智の顔を見ただけで、どうしてこうも鼓動が乱れるのか。毎度の混乱が基を襲い、火照った頬をふたりに気づかれるまえにとあとずさった。

「お邪魔しました。それじゃ」

きびすを返した基の背中から、「ああ、待て」と那智の声がかかる。

無視するわけにもいかず立ち止まると、手にしていた封筒をマサルに押しつけた那智が、基の向かうほうへと歩いてくる。

「マサル、その書類、しまっておけ」

「……え?」

あげくに彼は基を追い越してしまう。ぽかんとしていた基を振り返った那智は、くいと顎をしゃくった。

「早くこい、送っていく」

「え、そんな、いいです」

「遠慮はするな。いつもマサルが面倒かけてるだろう。礼でもないが」

焦り、どうやって辞退すればと悩む。「だったらマサルくんに……」と言いかけた基の言葉を封じるように、那智がきっぱりと言った。

「きょうは雨になりそうだからな。バイクじゃまずいだろう」

マサルに対して言い訳した言葉が跳ね返ってきた。基はいよいよ逃げ場がなくなる。あげく、マサルには暢気《のんき》に手を振られてしまった。

「じゃ、那智さんよろしくお願いします。ばいばいな、もっくん」

こういうときこそ引き留めてくれと恨めしく思った。とはいえエレベーターのドアに手をかけ、じっとこちらを見ている那智を待たせるわけにもいかず、基はのろのろと彼のほうへと向かう。

(ああ、また試射ができない)

地下駐車場へとおりていくエレベーターのなかは、緊張をはらんだ沈黙で満ちていた。シルバーメタリックの高級車のドアを開けられ、基は恐縮しながら乗りこんだ。

無言でうつむく基を気遣ったのか、出入り口のシャッターをリモコンで操作しながら那智はあたり障りのない会話を口にする。

「マサルの勉強はどうだ？」

「だいぶ進みました。数学は代数もおおむね理解したみたいです。英語とかは、まあとにかく単語覚えないと、どうしようもないですけど」

基も話題がマサルのことであれば、つっかえずに話せてほっとした。

なめらかに車が走りだし、地上へと出る瞬間に軽いGを感じる。通りに出ると、雲はどんどより重たく垂れこめていたが、夕陽の周辺だけは雲もまばらだ。いわゆる『天使のはしご』と呼ばれる、切れ間からの光がスポットライトのように一部を照らす現象が起きていた。

「ラジオとかテレビの講座とかは会話形式も多いんで、ヒアリングは強いみたいです」

那智は穏やかに「そうか」とうなずいた。マサルのできがいいと聞き、どこか嬉しそうな顔をする彼は、ある意味では本当に、保護者なのだなと思った。

「そういえば英語に関しては、教科書に怒られると言ってたな」

くすりと笑う那智の横顔が、暮れはじめた夕陽のオレンジに照らされる。相変わらず、どこから見ても隙のない美貌に見惚《みと》れた基は、一瞬那智の言葉の意味がわからなかった。

「教科書に……ですか。俺にじゃなくて」

「ああ。いや、この間、村瀬もいくつかテキストを買ってきたんだが」

おかしそうに喉を震わせた那智が言うことには、なかなか皮肉のきいたテキストだったらしい。いくつかの例題があり、比較的簡単なそれを「わかる、わかる」と解いていくと、最後にはこういう文章にいきあたるのだそうだ。

——あなたはいま、こんな問題は楽勝だと思いましたね。だからあなたは英語がマスターできないんです。

アイロニーのきついその一文に、基はあっけにとられた。

「すごい皮肉ですね。テキストの作者、よっぽどシニカルな冗談が好きなのかな」

「訳したとたん、マサルがえらい勢いで怒って、テキストをたたきつけてな。驚いてたら、そのあとげらげら笑いだした」

マサルらしいリアクションに、基は思わず「あはは」と声をあげて笑った。

「かなり負けず嫌いですからね。どうりで急に英語力あがったと思った」

基のほがらかな声に、那智も口元をゆるませる。笑ったおかげで、いつものような変な気まずい空気が払拭され、ほっとしたのはお互い同じようだった。

（きょうは、話せる）

ここしばらく、ろこつに避けていたけれど、こうして話してみると、意外なほど会話は楽しかった。那智が前方を向いているのも心理的な負担のすくなさにつながったのだろう。あの青い目に見据えられると、基はどうしても身体がかたくなる。

「いつもすまないな。食事も助かってる。いままで外食ばかりだったし」

「いえ、勝手にしてることですから」

かつてこの車も、那智のスーツに同じく基が汚してしまったはずだ。シートクリーニングなどの料金を考えれば、ささやかな食事の支度をすることなど、自己満足レベルの詫びでしかない。

「それでもありがたい。基の作る食事はうまい」

「そういえば、那智さんが味オンチだってマサルくんが言ってました」

那智はかすかに苦笑して、「あいつだってひとのことは言えないはずだが」と言うだけに留めた。気の置けない物言いに、素直な敬愛を持って慕うマサルを、けっしてあからさまではないけれど、那智もかわいがっているのが知れた。

（ちょっと、いいな）

自分もそんなふうに、こだわりなく那智を慕えればよかった。

一瞬、物思いにふけった基が調子よく話せたのは、そこまでだった。ふつりと言葉が切れて、車内にはあの、微妙な沈黙が落ちる。

「最近は、怪我もないようだな」

「はい、おかげさまで」

会話の糸口を探すように、唐突に那智が言った。基が短く答えたとたん会話がまたとぎれ、どうすればいいのかわからなくなる。不器用すぎるやりとりに、ネタ切れだ、と基はため息をかみ殺した。

弁護士という職業の割に、那智はずいぶん口が重いようだ。しかしマサルや村瀬たちとの気安い様子からして、それは基に対してだけなのかもしれない。

（ていうか、俺のせいだろ）

以前には、ここまでひどくなかった。基がいちいち緊張するのを感じとった那智が、いつからか腫《は》れ物に触るようにぎこちなくなったのだ。それでも話しかけようと努力してくれていたのに、逃げるような真似ばかりしていた。

隣にいるのに、ひどく那智が遠い気がした。もう、髪を撫でてはもらえない。腕に包むようにして抱きあげられたことも、ずいぶんと遠い日の記憶のように感じる。

(なにやってんだ、俺)

本当に逃げるつもりならば、いっそ那智へつながるすべてを断ち切ればいい。だが基自身、本当に彼との関係を終わりにしたいのか、よくわからない。

やっと見つけた居場所のようなもの。それを捨てきれず、未練がましくあがく自分が見苦しい。なによりまだ、捨てたくても状況がそれを許さないのもつらかった。

「あの事件、まだ、決着つきませんか」

「事件？」

鸚鵡《おうむ》返しにした那智は、どれのことだ、と言わんばかりだった。彼がいくつも案件を抱えていることを思いだし「田川組の」と基はつけくわえる。

「小鹿の件と、その、組絡みのあたり。はっきりしないから、こうして俺、面倒かけてるじゃないですか。だから、それがわかれば那智さんにも、迷惑かけずにすむし」

「べつに面倒じゃない。護ってやると言ったはずだ」

言い聞かせるような口調だった。それがどうしてかいらだちを誘い、基の声は低くなる。

「でもこういうのは、申し訳ない。心苦しいんです。とくになにもないと思うし、もう、いいんじゃないかって思うんですけど」

自分でも驚くくらいに顔がこわばっていた。口調もかなりつっけんどんで、ひやりとした。

(なんだ、この態度。ほっとけよって言ってるみたいだ)

さっきまで笑っていたかと思うと、いきなりふて腐れる。ずいぶん気まぐれな子どもだと、那智もあきれているだろう。落ちこみはじめている自分にも驚く。

感情などもう、とうに忘れたつもりでいた。那智に出会ってから、ありとあらゆることに揺れてばかりで、まともな対応ひとつできない。それがいやだ。

当然ながら、沈黙が落ちた。気持ちがぐらぐら落ちつかず、何度も手のひらに爪をたてる。唇を噛んでいると、名前を呼ばれた。

「基」

「……はい」

静かだが強いなにかのこもる呼びかけに顔をあげたとき、信号が赤になり車が停まった。那智がその顔を基へ向けてきた。強い目、予期せずに絡みあった視線に基は硬直する。

「すこし痩せたか」

「たいしたことはないです」

「そうは見えないが」

ふたたび信号が変わった、静かに走りだした車のなかで、基は不思議に思っていた。なぜマサルや那智は基の変化に気づくのだろう。親にさえ体調を気にされたことがない基には、どう答えればいいのかわからない部類の問いかけだ。そもそも、痩せたからなんだというのだろう。基が怪我をしようと痩せようと、那智にはなんの関係もないはずなのに。

「あの、見ていて、見苦しいですか」

「は？」

「いや、マサルくんも那智さんも、痩せたって言うから」

あからさまに弱って見えるのがみっともないのだろうか。考えついたのはそんなことしかなく、反射的に謝ろうとした基の言葉は、那智の不機嫌な声に遮られた。

「誰も見苦しいとは思ってない。心配しているだけだ」

――傷つくことをあたりまえだと思うな。見ているほうがつらい。

あんなふうに言ってくれた言葉の意味を、わかっていなかった。たぶん那智やマサルは、見苦しいとかみっともないとは考えていない。

おそらく、ごくあたりまえの思いやりなのだろう。基の周囲には長いこと、そんなものが存在しなかったせいで、いまひとつ感覚的に理解できていなかった。

「すみません」

「謝ることか」

マサルと同じ言葉でたしなめられたが、意味が違った。いまの謝罪は、すぐに脆さが露呈する自分への不甲斐なさを詫びたのだ。しかし複雑な心境を表現できる言葉はなく、基は「ほんとに、たいしたことないです」と言った。

「マサルくんも骨があたるとか言ったんですけど。痩せてるのはもともとですし」

「……骨？」

「さっきふざけてハグされたんで、そのときに」

那智はなぜか、かすかに眉を寄せた。どこかしら気分を害したような気配に、基はまた困惑する。

（なにか、変なこと言ったのか）

もはや、なにを言っても那智の機嫌を損ねる気がする。どうしていいのかわからず、基も黙りこむしかなかった。

無言のふたりを乗せた車は、また信号で引っかかった。夕方の都内、このあたりの道路は信号も多く、よく渋滞になる。気詰まりな沈黙に耐えていると、ぼそりと那智が言った。

「触られるのは苦手かと思ってたんだが」

「え？」

基が聞き返すと同時に、すっと長い指が伸びてくる。びくりとおののき、基が顎を引いた。きれいな指は、持ち主のため息とともに引っこめられる。

あからさますぎた反応に基自身ひやりとなるが、それは那智も同様だったろう。

「基は、俺が苦手なのか？」

「そ、そういうん、じゃ、ないです」

「じゃあ最近、避けられてる気がするのは、俺の勘違いか」

基は青ざめる。那智に対し、あからさまな態度を取っていたのは事実で、ごまかしもできない。会うたび緊張され逃げまわられれば、不愉快になって当然だ。

「すみません……」

青ざめて謝罪すると、那智は戸惑ったように視線を揺らした。一瞬、彼の意識が基ではなく、もっと内側に向けられ、ふたたび戻ってきているようだった。そんな那智はめずらしい。自分でも言ったことに戸惑っているように思えた。

「いや、謝らせたかったわけじゃ――」

どこかぎこちない声を遮るように、基は口早に言った。

「那智さんにはなんだか、あの、緊張して」

「緊張？　いまさら？」

当然の問いに、胃の奥に重いものを感じながら、基は言葉を探した。

「みっともないところを見られすぎたし、これ以上失敗したくなくて」

「……ああ」

ぼかした言葉の意味は、那智には理解できたのだろう。いま思いあたった、というようにうなずかれ、基はすくなからずショックだった。

基にとっては、いくら薬物のせいとはいえ、同性に抱きついて射精したという事実は、やはり一大事だった。ましてあの錯乱を誘発したのが那智の存在であり――本人は気づくことはないだろうが――それをつぶさに知られているのが耐えがたい。

だが那智にしてみると、ただの薬物の発作だ。あっさり流してしまえる程度のことなのだと思い知らされ、なんだか傷ついたような気分になった。

(当然だって)

大人の那智にとっては、些細なことなのだろう。もうあれからだいぶ経つのに、少女のように神経をひりつかせ、意識しているほうがどうかしているのだ。

基の気まずさを察したのだろう、那智は苦笑して話を流そうとした。

「悪かった、変なことを言って。もともと基は大人の男が苦手なんだし、それはわかってた。だから、無理はしなくていい」

「えっ」

那智がさらりと言った言葉に、基は驚いた。

「村瀬だとか島田、それから俺にも、一瞬だけ身がまえるんだ。マサルは歳も近いから平気なんだろう」

「べつに、そんなつもりは……」

基は言いよどんだ。大人の男が苦手だとか、そんなそぶりをしたつもりはない——なかったけれど、自分より大柄な男を見ると、身がすくむのは事実だ。マサルのことが平気なのは、じっさいの年齢がどうこうというより、彼の言動が明るく子どもっぽいのと、現在は『家庭教師』の立場でいる基を、立ててくれているからにすぎない。

うまく説明できる言葉が探せず、基が唇を嚙みしめていると「自覚がないなら、無意識かもしれないな」と那智は勝手に結論づけてしまった。

「とにかく、これからはなるべく気をつけるから、あまり身がまえないでくれ」

「気をつける、って」

いったいなにをだ。もう近寄らない、触らないということだろうか。

いままでさんざん避けていたくせに、身勝手にも基は、いやだと思った。きらわれるのはいやだ。あきれられるのも、見捨てられるのもいやだ。考えただけでみぞおちのあたりが痛くなり、無意識に基は腹をかばった。

(だめだ、このまんまじゃ。言わないと、ちゃんと、なんか言わないと)

おしまいにはされたくないと強く感じる。誤解されたくなかった。

なにより基は、那智のことが苦手でもなければ、きらってもいない。むしろ逆だ。それだけはどうしても知っていてほしかった。

「あの、那智さんのこと、俺、好きです！」

頭がいっぱいになった基はなにも考えられず、ただ直球の言葉を投げた。

那智は目を瞠ったまま無言になった。しんと静まった車内で、自分の口走った言葉の意味を悟り、基はどっと汗をかき、真っ赤になった。

「……基？」

「あ、いや、変な意味じゃなくってっ。那智さんのこと、すごく尊敬してるってことでっ」

うわずった声で叫び、あわてて両手を振る。これ以上を言い募るのは危険だと感じながらも、基は疼くみぞおちをこらえて告げた。

「助けてもらって感謝してます。ほんとに、よくしてもらって、ありがたいし、それで」

言い訳じみたことをつけくわえながら、自分は嘘つきだと思った。那智を好きなのはきっと、『変な意味』でのことだ。

みずからの発した言葉に打ちのめされながら、必死になって言葉を探した。

「ただ、俺はなにも、なんにもできないのに、め、迷惑ばっかかけて。面倒ばっかかけてるのに、ふつうに相手してもらって」

語尾がかすれた。きっと那智にとっては不愉快だろう感情を、痛む胃の奥に押しこめたまま、様子をうかがう。そんなみじめな自分が、ひどく汚れている気がした。

「何度も助けてもらって嬉しかったです。態度が変なのは、その、病院でも変なとこ見られたし。だからなんか恥ずかしくて、ふつうにできなくて」

言葉を紡ぐほどに胃の痛みはひどくなり、基はぎゅっと自分のシャツを摑んだ。なにをどう言いつくろったところで、那智に対しての気持ちがごまかせそうになく、けっきょくまた唇を嚙むしかできない。

ぐらぐらと情緒が揺れる。心臓が苦しくて痛くて、殴られている最中にも覚えなかった不安感があるから、どうしていいのか本当にわからない。

――きみが、したいようにすればいい。なにか、希望はあるのか。

この瞬間、あの問いかけをなされたら、そばにいさせてくれときっと叫ぶ。けれど自分で拒んだから、もう基には言えない。いや、もとからそんな資格はなかった。

「ほんとに失礼ですみません。なんかほんと、申しわけ、な、い……」

声が震え、鼻の奥がつんとした。なぜ泣きそうになっているのか、この混乱がどこからくるのか、まるでわからない。ひとりでべらべら、わけのわからないことを言ってしまって、あきれられたに違いないと思うと、消えてしまいたくなる。

(なんでこんな、気にしてばっかりなんだ)

いままで他人の目など、どうでもよかった。なのに那智のひとこと、一瞥《いちべつ》で、基は毎回ぼろぼろだ。

基は押し黙り、制服のボトムのうえで拳を作って身をかためた。車窓に視線を逃がし、運転中の那智の整った横顔がガラスに映るのを、じっと見つめる。

赤く染まった那智の横顔も、映画のようにきれいで、胸が苦しい。

「申し訳ないのは、こっちだろう。避けてるのかだなんて、子どもじみたことを言ったな。悪かった。変なことを、訊《き》いた」

「い、いえ。こっちこそ、変な態度とってすみません」

変で、すみません。基は心の声を喉奥でひねりつぶす。

なだめるような那智の声にも、顔があげられない。ふるふるとかぶりを振ると、那智の声が終わりを宣言した。

「もう、つくぞ」

なんの感情も見えない冷静な声が、苦しいひとときに終わりを告げる。同じように「はい」と無感情な声で答えながら、基は胸が痛かった。

住宅街の狭い道にはいりこむと、あたりは薄紫の闇に包まれはじめていた。

自宅の手前で、静かに車が停まった。だが基は、なかなかおりられなかった。シートベルトはとうにはずした。いとまを告げれば、それでおしまいだ。

(なに、ぐずぐずしてんだ)

礼を言い、さっさとドアを開けて去らなければいけない。わかっているのに、沈黙が重たすぎて指一本動かせない。

そして那智もまた、帰宅をうながすこともしない。ただ、煙草のパッケージを胸ポケットから取りだし、基に『吸っていいか』と目顔で問う。無言でうなずくと、ライターを手で囲うようにして、煙草に火をつける。

薄闇のなか、目を伏せた那智の睫毛《まつげ》がライターの火に照らされ、金色にひかる。うっかり見惚れそうになり、基はあわてて目を逸らした。

那智は、エンジンの止まった車のハンドルに片手をかけ、なにごとかを考えるように前方を見据えながら、静かに紫煙をくゆらせている。

なぜ黙っているのか、この緊迫感はなんなのか。わからないまま基はなにも言えず、ほの白く浮かぶ煙草を挟んだ指先だけを凝視する。

青紫の闇は次第に濃さを増し、すこしずつ那智の姿がぼやけてきた。逢魔が時と言われる、なにもかもの境目があやふやになる時間。

近くにあるのに遠い横顔をせめて目に焼きつけたいと、基は顔をあげ、息を呑んだ。

(なんで)

まえを向いていたはずの那智が、じっと基を見つめていた。闇のなか、かすかな残映を拾いあげるように那智の目だけが輝いていて、薄い虹彩のなかに吸いこまれそうになる。

湿気まじりの空気を、車内のエアコンがかきまわす。どろりとした、質量すら感じるほどの緊迫した気配を破ったのは、那智のほうだった。

「基」

ハンドルを握っていた大きな手のひらが、耳元から後頭部を包むようにして触れてくる。そっと髪を梳かれ、基はもうまばたきもできない。

(……なんで?)

気をつける、つまり触らないと言ったのではなかったのか。なぜこんなにやさしく頭を撫でたりするのだろう。わからない。なにもわからない。

「病院でのことで、おまえが恥ずかしがってるのもわかってた。俺も正直、気まずかった。ただ、あれはあくまで異常事態の反応だったし、知らないふりをしたほうがお互いにとっていいと思った」

はじめて那智の口からあの夜のことを告げられ、基は頬に血がのぼる。目を伏せて唇を噛むと、気にするなというように、すこし乱暴に頭を撫でられた。

「でも、違ったみたいだな。言わなかったからよけい、あれこれ考えたんだろう」

つむじのあたりを梳いて、なめらかな髪の感触を指でたしかめるように、何度も撫でられる。毒のようなあまさが触れられた場所から染みいってくる。

頬が熱かった。顔をあげられない。このままもっと、触れていてとその指を握りしめてしまいたいのに、できない。

煙草をもみ消した那智は、深々とため息をついた。なにかをあきらめたような、吹っ切ったような、そんな雰囲気に戸惑っていると、とんでもないことを彼は言った。

「頼むから、そう意識するな。あんまりすごくて、こっちに感染《うつ》る」

基はぎょっとして身体を引こうとした。だが那智に見つめられたとたん、魔法にかかったかのように動けなくなる。

「い、意識なんかしてません」

那智はちいさく笑い、「その状態でか」と指摘した。

「だったらなんでそう、びくつくんだ」

「びくついてなんかっ」

「いないか？」

反論したとたん、那智の指がそろりと頬を撫でる。心臓が飛び跳ねているのは、きゅっと首筋の脈を見るだけでわかるだろう。すべてを那智に見透かされていると知り、ぐっと唇を噛みしめた。

「殴られても平然としてたくせに、どうしてそんな顔をする。頼むから、平気だというなら平気な顔でいてくれ。ああして避けられたら、護ってやれるものもむずかしい」

残酷なことを言いながら、基に触れる手だけがやさしい。複雑そうな顔をする那智に、基は唇を開閉し、あえぐような呼吸をした。

「……もう、いきます」

震える声でそれだけを告げると、那智がはっきりと顔をしかめる。逃げようとドアに手をかけたところで、腕を摑まれた。その細さに、那智はため息をつく。

「基、いいか？　病院でおまえの身体が反応したのは、薬のせいで感覚が狂っていたからだ。おまえのせいじゃないし、なにも恥に思うことじゃない」

言われたくて、言われたくなかった言葉。冷静な那智の顔を見たくはなくて、基は必死に顔を背けた。

「離してください」

「納得してくれないと困るんだ。そうじゃなければ、いつまでも逃げるだろう」

「納得なんかできません！」

叫んで、那智の手を振り払う。激しい反応に那智は目を瞠り、基は肩で息をした。

「意識するなって言ったって、無理だ。俺は、俺の身体は、那智さんにしか反応しない」

「それは――」

「誤解でも勘違いでもない、あんなことになるまえからそうだったっ！」

絶句した那智の顔を、見なければよかった。信じられないというように、彼はかたまっている。だから放っておいてほしかったのにと、基は唇をわななかせた。

「自分でも、どうしてかわからない。セックスなんか気持ち悪いし、勃起《ぼっき》だっていちどもしたことなかった。でもあなたが触るとだめなんだ。あなただけが、俺をだめにするんだ」

破裂しそうなほど、内圧があがっている。涙をこらえて見開いた目をきらめかせた基の顔には、痛々しい笑みが浮かぶ。

那智と出会ってからずっと胸のなかにうずまいていた混乱。ひとたび決壊を迎えたそれは、止めどない告白となってあふれだしていく。

「さっき、変な意味じゃないって言ったけど、変な意味です。でもこんなの、俺だっていやだ。俺は、俺は、誰も好きになりたくない。男も女も好きじゃない。大事なものなんかいらない。気持ちを弱くしたくない」

「……基」

「なんで俺のこと、拾ったりしたんですか。ほっといてくれればよかった。あのまま死なせてくれればよかった。やさしくされたくない。希望なんかいらない」

あと数時間後には、また銃をかまえて眠れない夜がやってくる。夕刻、那智の部屋ですごす安寧との差が、日に日に耐えがたくなっていく。

最初からないものであったなら、これほど失うのが怖ろしくはなかった。

「同情とか義務感で、もうこれ以上、俺のなかにはいってくるな！」

絶望の叫びをあげたとたん、抱きしめられた。こういうのをやめてほしいと訴えているのに、那智はすこしも聞いてくれない。

「いま、自分が残酷なことしてるって、わかってますか」

かすれた声で噛うと、那智が静かな声で訊いた。

「俺に、どうしてほしいんだ」

「……殺してほしい」

傷つけない、と言ってくれた那智にとって、侮辱でしかないだろう願いを口にしながら、基はもう終わりにしたいと目を閉じる。

「それだけはできない。俺はおまえに生きていてほしいし、幸せになってほしいから」

本当に那智はひどい。基は痺れたような身体を預けたまま、閉じた瞼《まぶた》からひと粒だけ、涙を落とした。

「ほかに、なにかないのか」

ありません、と基はかぶりを振った。那智はなおも追いつめるような言葉を放つ。

「愛してやると言ってもだめか」

「できないことを言うのは、やめてください」

基は乾いた噛いを漏らした。基がほしいのは、保護者の愛情ではない。那智にどうしてほしいとも思っていない。

「基、おまえのそれは、本当に思いこみじゃないのか」

「……そうだったら、いっそよかった」

そんなこと、死ぬほど自問した。必死に基自身が打ち消そうとして、けれど理屈ではごまかしきれないと、もはやあきらめたのだ。

「吊り橋理論だとか危機的状況の感情転移？　いろいろ説はありますね。でも、だったらなんで、マサルくんじゃないんですか。村瀬先生だっていいじゃないですか」

本やネットで調べ、どれも基の例にあてはまるとは思った。けれど、のぼせあがっているどころか嫌悪しているのに惹かれるのは、どういうわけか、どこにも答えはなかった。

「俺は、女の子はきっとだめです。男だって気持ちが悪い。言ったじゃないですか。誰かを好きでいること自体、俺には負担なんだ。なのに、必死になって否定しても、自分に言い聞かせても、ど、どうしようもなかった」

基にとっての那智は、男だとか女だとかいうくくりではない。本当に、神と同じくらいに絶対の存在だった。

「はじめて——じゃない。二度目に会ったとき、首を絞められて、もう終わりだって思ったときに、このひとならいいって思ったんです。このひとなら正しいって」

汚れきった世界のなか、那智はただひとりうつくしかった。断罪をくれる絶対者への崇拝、それを刷りこみだと言われたら否定する言葉はなにもない。だが恋などよりよほど強い感情を知ったあとでは、ほかのなにもかもが色あせた。

「そんなひとに、身体が反応するなんて許されない。自分が気持ち悪い」

「基、それは」

「なにも求めてません。忘れてください。俺も、努力します。忘れるように」

嘘をついた。忘れるなど無理だ。けれど忘れるふりをすることならできる。感情を押し殺すことは、基がいちばん得意なことだ。

広い胸を押し、抱擁から逃れようとしたとたん、さらに抱きしめる力が強まった。すでに涙は乾き、疲れたため息だけがこぼれる。

「もう、こういうのは——」

やめてくれ、と言うはずの声を、那智の独白に遮られた。

「あきらめきった顔をするのが、昔の自分とだぶって見えた。あのころ、助けを求めるさきは、俺にはなにもなかった。だから救ってやりたかった」

懺悔のように那智は言う。薄々感じていたことでもあったので、基は驚かなかった。

「同情はいらないと言われたが、同情せずにいられなかった。ただ、それだけならマサルも同じだ。若くて、苦しんでた。だから助けた。代償行為と言われてもしかたない」

苦い声に、那智の複雑な自己嫌悪が滲んでいた。

基は、それでも救われたのだと言いたかった。那智自身の過去を、自身が求めた救済を投影してのことだったとしても、基もマサルも助けられたのだ。

「結果が悪くなければ、動機はなんだっていいんじゃないですか」

「そう悟ったようなことばかり言うな。ただでさえ、俺も混乱してるのに」

「混乱？」

どこかだ、と思いながら意外な言葉に目をしばたたかせると、那智は思いもよらないことを言った。

「おまえがひと晩入院した、あの日の夜、眠れなかった」

「それは、迷惑を――」

「男を抱きしめているのに、なんだか妙な気になったからだ。まさかと思って、深く考えないようにはしたが」

唖然と基は口を開いた。しばらく思考回路が停止していたが、それこそまさかとすぐに打ち消した。冷静になろうとする端から、那智はまた予想外の発言をする。

「正直に言う。おまえがあんまり意識するから、あてられたのは否めない」

めずらしくも、困惑したように揺れる那智の声に、基は目を瞠った。

「そんな目で見るのは勘弁してくれ。これでも本当に、相当、混乱してる。いろいろと見ないふりをしていたぶんだけ、覚悟がついてない」

「覚悟って、どういう」

「基を抱けと言われたら、たぶんできる」

ぎょっとして基は硬直した。過敏な反応に、「いますぐ手出しをする気はない」と那智は疲れたようにため息をついた。

「考えるから、時間をくれ」

「なにを、考えるんですか」

拘束するようだった腕の力がゆるんだ。基の両肩を握り、身を起こさせた那智は、逃げないようにしっかりと目をあわせてくる。

「俺にとっても、基は、理由はわからないが特別だと思う」

脳が痺れて、眩暈がした。ぐらりと揺れる身体を、那智の手がしっかりと支えてくれる。

「ただ、それがどういう意味か、よくわからん。だがほかの誰かとは違う。それだけはたしかだ。だから、見極める時間をくれ」

あまりのことに、基はどう答えればいいかわからなかった。沈黙に焦れたのか、那智が軽く揺さぶってくる。

「わかるか？　殺すか捨てるかの二択じゃなく、ほかの道をおまえも考えてほしい」

「ほかの、道って」

かすれきった声でようやくそれだけをつぶやくと、那智はさらに、基の息の根を止めるようなことを言う。

「俺と恋愛するとか。そういう選択肢もあるんじゃないのか」

「無理です！」

反射で叫んだ基に、那智は「やってみなきゃわからんだろう」と憮然とした。そしてようやく腕を離す。基はドアにへばりつくようにして距離を取り、かぶりを振った。怯えたようなその態度に、那智は疲労の滲んだため息をついて、シートにどさりと身体を預ける。

「脊髄《せきずい》反射で否定するな。これでも必死なんだ」

「必死って……」

「二十一歳も年下の男の子なんか口説いたことがない。想定外の事態なんだから、すこし大目に見てくれ」

ようやく基も、那智が混乱していると言った意味がわかった。くしゃくしゃと白分の手で前髪を乱し、手の甲で目元を覆う姿は、たしかに言葉のとおり混乱しきったような男の仕種だ。

「おまえの経験がゼロだというなら、こっちだって色恋沙汰《ざた》なんかろくに経験がないんだ。多少あったにしても、昔すぎて覚えてない」

「そ、んな、ばかな。ありえないでしょう」

那智の言葉が信じがたく、基が呆然とつぶやくと、開きなおった彼は言った。

「誰も、セックスしてないとは言ってない。それは恋愛とは関係ない」

冷静な声で、だから妙になまなましかった。かっと頬が熱くなり、変化に気づいた那智がくすりと笑う。

「俺は、まあ多少生い立ちは変わっているが、ふつうの男だ。基が思いいれるほど、たいしたものじゃない。絶対だとか、許されないだとか、そんなことは思う必要がないんだ」

ふつう。高潔な那智にもっとも似合わない言葉だ。意味もなくかぶりを振ると、「だから反射で否定するな」と苦笑いした那智が、目元を覆っていた手をずらし、視線を流してくる。見たこともないあまいような目つきに、ざわりとうなじが逆立った。基の緊張に気づいた那智が、上体を近づけ、ドアに手をつく。長い腕の囲いに閉じこめられ、息ができない。

「な、なんですか」

「すこし、試していいか」

なにを、と問う暇もなく唇が重なる。

(うそ)

ほんのかすかに触れた感触は、いままでに基の知らないものだった。薄くやわらかく、さらさらと乾いていて、全身がその瞬間にはざあっと総毛立つ。不快からではなく、あまりの心地よさにも鳥肌はたつのだと、目のまわるような感覚のなかで基は知った。

角度を変えると、高い鼻梁《びりょう》に眼鏡があたった。顔をしかめた那智はいったん顔を離し、「邪魔だな」とつぶやくなりさっとそれを奪う。

基は放心していた。心臓が壊れそうだった。ほんの軽く唇同士が触れただけで、なぜこんなふうに身体中の感覚が振りまわされるのかわからない。

じっと様子をうかがわれ、ようやく我に返った基は、きかない視界にはっとなった。

「あの、眼鏡を」

「目は閉じなさい」

「だ、だめです」

「だめ、じゃなくて」

ひりつくほどに意識した唇に、ふわりとあたたかく湿った呼気が触れる。全身がずきずきと痛んで、もうなにが痛みなのか、基にはわからなくなる。

「いやなら、いやだと言え」

呆然と目を瞠り、あえぐように呼吸していると、那智は困ったようにかすかに笑う。

「言わないのか？」

そして口づけが、ふたたびはじまった。今度はもうすこし長く唇が重なる。吸うような動きをする那智の唇がなまなましく、体温がさらにあがっていく。

（なに、どうして、なにこれ）

許容量を超えた事態に、抵抗することすら思いつかなかった。放心する基をいいことに、那智は何度も角度を変えてやわらかいそこをこすりあわせる。

「んっ」

那智の唇に押されて開いた赤い肉が、ざらりとしたものに撫でられた。

（し、舌……っ）

舐められたと気づいた基は、さすがに身をよじろうとした。だが手首と首筋を同時に捕らわれ、逃げられなくなる。やめてほしいと告げるつもりで唇を開いたとたん、噛むように深い口づけを与えられた。

那智の舌は、口腔の奥まで踏みこんでくることはなかった。だがそのぶん、じっくりと表面を味わうようにされた。はじめての唇を尖らせた舌でたわめ、乾いたそこを湿らせ、しっとりと濡れた部分を重ねてこする。

「ん、んんん、……んっ」

息が苦しい。すがるものを欲してもがいた手が、那智の肩に触れた。ぎゅっと掴むと、触れたままの唇で那智が笑った。

脆い唇を幾度もついばみ、那智が余韻を残してキスを終わらせた。放心したような基の頬を撫で、軽くたたく。

「これでもう、息があがるのか」

「け、経験値、が、ちが……っ。ていうか、な、なんか、なんか」

ものすごくいやらしかった気がする。顔だけでなく首筋まで赤くしながら基が息を切らしていると、「だから、ふつうの男だと言っただろう」と那智はしらっと言った。

「この程度の男だぞ、基。好かれた相手を試すみたいに、キスくらいできる」

まるで、わざと傷つけようとするかのような那智の言葉に、基は怯まなかった。

「そういうことで試されても、変わりません」

「うん？」

「わかってないんですか。俺、あなたに殺してほしいって言ったんです。最低のことをさせようとしてるんです。そして、本当にあなたがひとを殺してたって、やくざだったって、たぶん、そんなことはどうでもいい」

腰に重い熱がたまっている。震える身体をまるめ、息を整えながら基は言った。

「好きです。もうごまかしません。那智さんだけです」

言いきったら、どこか吹っ切れたような気分になった。開きなおったのかもしれない。むしろ那智のほうが困った顔をするから、おかしくなった。

「いま、勃《た》ってます」

くすくすと笑いながら告げると、「……おい」と那智が眉をひそめた。それでも基の笑いは止まらない。

「俺、いままで、なにも反応したことなかった。ていうか、第二次性徴、きてないようなもんだったから」

突然の暴露に、那智は動じなかった。そういえば治療中、村瀬に身体を診られている。基の身体の異状には、なにかしら、気づかれていたのかもしれなかった。

「二択はやめろって言われたけど、こっちの二択は変わりません。俺は、那智さんとセックスするか、一生誰ともセックスしないか、そのどっちかしかない」

はあ、と長い息をつく。さばけたように言っても、がくがくと指が震えていた。期待するのは怖い。那智に、なにか無理をさせたのかと思えば、恐怖も感じた。

それでも口づけられたとき、ただあまいばかりの感情が基を満たしていたことは否定できなかった。

「許されないだとか、そんなことは思う必要ないって、言いましたよね」

「ああ、言った」

「それでも、許してくれますか？」

じっと那智を見つめると、彼も目をあわせてくれた。基の火照った頬に長い指を添えた那智は「それでおまえが楽になるなら」とつぶやいた。

「許すから、基。迷ってる俺のことも、許してくれるか」

「……っ」

「そうしたらちゃんと、幸せになってくれるか」

胸の奥深くに、その言葉がまっすぐ突き刺さった。よしんば同じ熱でないとしても、もう充分すぎると思った。

「努力、します」

ぐっと喉をつまらせて、基は何度もうなずいた。涙腺が疼いたけれど、涙はこらえた。那智は基の頭を抱え、そっと後頭部をたたいてくれる。

「おまえのそういう我慢強いところは、感心するが、心配だ」

「だいじょうぶ、です」

「なにかつらくなったら、すぐに言え」

那智の声音が変わった。ふと顔をあげると、明かりのない家をじっと見つめている。

「言えないことも、まだあるだろうが、信じて、打ち明けてくれ」

無言で基はうなずいた。家の事情については、さすがにおいそれとは口に出せない。それこそ勇気のいることで、まだ時間がほしかった。

黙りこみはしたが、素直にうなずいた基に、いまはこれでよしとすべきと思ったのだろう。那智は軽く息をついて、そっと身体を離した。

「遅くなったな。帰りなさい」

「はい」

くらくらしたまま、基はうなずいた。ドアを開け、車外に出る間も全身が小刻みに震えていた。離れてしまった那智の腕が残した熱に、まだ肌が痺れている。

立ち去りがたく、運転席から顔を出した那智の端整な顔をぼんやりと眺めていると、「あしたも、うちにきなさい」と念を押された。

「はい」

「夕飯はいっしょに食べていけ」

苦笑してうなずくと、那智が手を差しだしてくる。反射的に自分の指を添えると、強く引き寄せられて驚いた。

「ん……っ」

窓ごしに、痛いくらいに唇を吸われて、基はきつく目を閉じた。那智に吸われた場所から、思考もなにもかもが奪われて、どうにかなってしまいそうだ。

「これもお試しですか」

「いまのは、なんとなくだ」

考えての行動ではなかったらしい。那智のほうが気まずそうで、基は笑ってしまった。

「……おやすみ」

唇の触れたままささやかれ、ぞくぞくしながら答える。

「おやすみなさい。ありがとうございました」

顔を離すと、ちいさく笑んだ那智の顔が、パワーウインドーの向こうに消えた。

流れるように走り去る車が見えなくなるまで、基はその場に立ちすくんでいた。

急展開に頭が真っ白で、どこか現実感がなかった。

無意識に、指が何度も唇をなぞっていた。那智の感触を忘れまいとするような仕種に気づき、我に返った基は、赤くなった顔をこする。そしてようやく、視界がきかないのは日が暮れたせいだけではないと思いあたった。

「眼鏡、返してもらうの忘れた」

那智に取りあげられたまま、持って帰られてしまった。忘れていたあたり、那智もまた本当に、自己申告どおり混乱していたのだろう。

その場を一歩も動けないまま、ひりつく唇を手のひらで覆う。胸に抱えた鞄をきつく、抱きなおした。

――そうしたらちゃんと、幸せになってくれるか。

夢でも見ているかのようだった。

ただ、どうしようもないほど幸福で、怖いくらいに幸福で。

こんなに幸せだと感じたことはなかった。染みついたペシミズムが、この幸福には代償を払わなければいけないのではないかと、いやな考えをもたらした。

(まさか)

那智と車のなかですごした時間は、ひどく長くも、そして短くも感じられた。だが自宅に明かりはともっていないし、まだ竣が帰宅するほどに遅くはないはずだ。

(早く部屋にあがって、鍵、閉めよう)

きょうだけは父に怯えたくない。幸福なまま眠ってみたい。ただそれだけを願って玄関に向かった基は、その瞬間、立ちすくんだ。

「――おかえり」

地の底から這うような父親の声がした。

いったいいつから、そこにいたのかはわからない。だらだらと汗をかいた竣の不気味な表情は、那智と基がふたりで重ねた、あまい秘密のすべてを見ていたのだと物語っていた。

一瞬で、夏の宵が凍りつく。全身を硬直させ、基は目を見開いた。

「おかえり、基」

「ひ……」

悲鳴をあげるよりもさきに、口をふさがれる。もがいた身体を抱きかかえられ、基は家のなかへと引きずりこまれた。

無情なドアが、ばたりと閉まった。

＊　＊　＊

宵闇に、赤い炎が点る。点滅のあとに深く息を吐きだせば、うっすらとした煙草の明かりに照らしだされる紫煙はゆるゆると闇のなかに流れていく。

深く染みいるような煙を肺から吐きだして、シートにもたれた。

「……なにをやってんだか」

握った拳で額を軽くたたくと、苦さが舌を刺した。煙の味ではなく、自己嫌悪にどっぷりと浸かっているせいだ。

このところ基に避けられている件を、軽く問いただすつもりだった。それが彼を追いつめ、あんなことまで言わせてしまったのは、本当に大失態だ。

あげくには腹も決まらないのに、十七歳の少年に手を出した。キスだけとはいえ、条例違反という言葉が頭をめぐる。

だが、なにより那智が戸惑うのは、けっして悪い気分ではないからだ。

基に言ったとおり、意識されすぎて気まずかったのは事実だ。思春期の過剰な羞恥心からかと思っていたが、それにしてはあまりに挙動が不審で、どうにも気になった。

(肝心の話も、訊きだし損ねて)

小鹿の一件があって以来、学校で殴られることはなくなったようで、むろん怪我もなくなったし表情は明るくなった。

けれど、基はどんどん痩せていった。避けられていたため長時間話すことは不可能だったが、見かけるたびにやつれていくのが気になって、きょうは強引にさらったのだが——結果はこれだ。

那智の手には、基の眼鏡が握られている。強引に奪って、返し忘れているあたりに自分の動揺のひどさを思い知らされ、うんざりした。

——愛してやると言ってもだめか。

——できないことを言うのは、やめてください。

皮肉に嗤った基に、それこそ同情心からの言葉だと見透かされているのが情けなかった。拒まれた瞬間に感じたのは、自分の傲りにも似た『してやる』という態度のまずさを悔いる気持ちと、感嘆だ。

施しの感情ならいらないと切って捨てる、基のプライドの高さはすがすがしかった。そして、あんなに複雑で、吐き捨てるような告白など、那智は聞いたことがなかった。

——誰かを好きでいること自体、俺には負担なんだ。

そこまで思いつめるには、いったいなにがあったのか、日に日に痩せ細る身体でなにを耐えているのか。わからないまま抱きしめた。男も女も気持ち悪い、そう告げる基が哀れで、彼が幸福になれるのなら、どういうものであれ与えてやりたいと思った。

なんの力もない男を、崇めるようにして求めてくれるなら、なんでもしてやりたいと感じて、けれどもらったのは那智だった。

——好きです。もうごまかしません。那智さんだけです。

真摯な目をして、なにもいらないと心を捧げる基に、那智は敗北感すら覚えた。いまだ彼への感情を決めかねている那智よりも、基はよほど潔かった。

口づけたのは、試したからだと言ったけれど、半分は本当で半分は嘘だ。すくなくとも、ちいさな唇に触れた瞬間、それはただの言い訳になった。基の唇を吸う間、那智は理性的にものを考えていたわけではない。返し忘れた眼鏡が、いい証拠だ。

「……考えるもなにも、ないだろう」

那智は煙草を吸いつけ、深々と吐きだす。ニコチンの作用でも、妙な感じに高ぶった感情を鎮められず、けっきょくは舌打ちしてもみ消した。

基を車から降ろしたあと、しばらく適当に流していた。胸ポケットの眼鏡に気づいたのは、それから三十分も経つころだ。他人のことでここまで混乱したことがいちどもないので、正直に言えば那智はいまも、途方に暮れている。

(返してやらないと)

手のなかのきゃしゃなフレームが、那智の熱を移してぬるくなった。

早く引き返さなければと思うのに、動けない。まるでふたたび会う口実をわざと作ったかのように思えてみっともない。そんな考えの浮かぶ自分にも気が滅入った。

残念ながら、顔を見たいと思っているのが事実だからだ。いつも不安がらせる基の顔を見て、安心したかった。それに気づいたとき、那智は大変めずらしくも、落ちこんだ。

(なにをこんなに不安がってるんだ、俺は)

ふだんはすっきりと整理されている思考回路が乱れている。また、この妙な不安感が、個人的な感情からのものか、それとも——なにか、不穏な気配を感じているからなのか、判断がつかないのが不快だった。

　基の家を見たのははじめてだが、なにかがよどんだように、周辺の住宅に較べてひときわ薄暗い印象があった。妙な悪寒さえ覚えるあんな場所に毎日帰っていたのかと思えばぞっとして、だからなかなか、車から降りるように言えなかった。

（だが、あれが妙な下心じゃないと言えたか？）

　もはや那智にはわからない。あからさまに欲情するとかそういうわけではないけれど、基自身に告げたように「あてられた」自覚はさすがにあった。

　結果、適当な路肩を見つけて、無意味な物思いにふけっている。

　思いのほか重傷だと苦笑いがこぼれた。なにが、抱けると思う、だ。状況を思いださなければ、あのままどこまでやったことか。帰れと告げたのは、気持ちも定まらないのに、あれ以上基とともにいると、流されかねない自分を危険に感じたからだ。

「ばからしい」

　いいかげん、うだうだと考えこむのはやめるべきだ。顔を見たいのも、これを返さなければ基が困るのも、歴然とした事実であるのだから、思い悩むまえに動くしかない。

　そう思ったとき、携帯が鳴った。はっとして取りだそうとした那智は、第六感とでもいうものが胸をざわつかせるのを感じた。

　基のことを考えるときの、かすかにあまい困惑ではない、はっきりとした悪寒。

事件に関わるたび、こうした勘のようなものが働いたことはままある。だが、いつもの比ではない重苦しい感じに顔をしかめながらディスプレイを見ると、島田の名前があった。

ざっと首筋に鳥肌が立つ。携帯のフリップを開き、耳にあてた。「那智だ、どうした」という声はいつものとおりの冷静なものだったが、心臓はいやなふうにざわついている。

『深津基くん、そこにいますか。さっきマサルに連絡いれたら、那智さんが送っていったと聞いたんですが』

島田の声も、落ちついてみせているが緊迫感を孕《はら》んでいた。なぜここで基の名が出るのか、それにすら心拍数をあげながら那智は答えた。

「さきほど家に届けて、いまは帰りだ」

『引き返してください。そうでなければ、近隣の警察に保護を要請します』

島田の言葉に、耳の奥で鼓動が膨れあがった。

「どういうことだ」

『ようやく小鹿がゲロ吐きました。〝JOY〟を横流ししていたのは、やはり田川組の準構成員でした』

口早に事情を説明する島田の声が、那智の耳に痛みすら覚えさせた。きんと耳鳴りがして、那智は電話に向かい「詳しく話せ」と怒鳴った。

『小鹿と接触してたのは、田渕和重《たぶちかずしげ》。篠田《しのだ》の使ってた下っ端です』

「……まさか、それはあの、カズって呼ばれてる男か」

　そのとおりだと島田は言った。

『もともと篠田のいきつけの店のバーテンだったようで、正式に組の名前は背負ってない。だからこそのスタンドプレーだったようです』

　顎で使われることにいやけのさしていた田渕は、田川組が保管する覚醒剤の管理人を抱きこみ、横流しを計画した。あからさまな裏ルートではかちあう可能性があり、自分なりの『市場』を確保することに決めていたという。

　まずは軽度な脱法ドラッグで常連客を作り、常習者にさせる。さらに依存性の高い覚醒剤や麻薬を売りつける、という計画だったらしい。

　すでに一部の裏風俗店、違法デリヘルなどで商売をはじめていたが、成人男性だけではなく学生に目をつけたのは小鹿の入れ知恵だった。

　小鹿は小鹿で、ひと儲けしたいと田渕の話に噛んだ。〝ＪＯＹ〟を田渕のルートでさばく代わりに、こちらで常連予備軍を育てておくと取り決めた。

『それと、那智さんが最初に基くんを保護したとき、田淵は彼の制服が、小鹿がターゲットにしてる高校のものだと気づいた。けれど、那智さんと関わりがある。もしかしたら囮《おとり》捜査かなにかじゃないかと、そう考えたそうです』

　小鹿にだまされたと訴えている依頼人の件は、田渕の耳にもはいっていた。基を拉致させたのは、単に顧客にする目的ではなく、薬漬けにして那智がどこまで知っているのかをさぐるためでもあったらしいと教えられ、ぞっとした。

「そいつはいまは、どうしてる」

ますますいやな予感を覚えて問いかけると、小鹿が捕まった直後に行方をくらましたという答えがあった。

『篠田はヤクは盗られるわ、面子《メンツ》つぶされるわで逆上してますから、俺らとどっちがさきに見つけるかってとこですね』

「保護しろというのは、そういうことか？　田渕が基に、危害をくわえると？」

那智が眉間《みけん》に皺《しわ》を寄せてつぶやくと、島田は一瞬の間を置いて「いえ」と重苦しい声を発した。

『田渕はいま、基くんにどうこうする余裕はないはずです。残念ながら警察の捜査より、田川組の報復のほうが執拗だ。逃げまわるのに必死で、ひとにかまっている暇はない』

「じゃあなにが言いたい？」

いらだった声を出す那智に、島田は『落ちついて聞いてください』と言った。

『基くんの父親、深津竣は、おそらく重度の覚醒剤中毒になっています』

那智は絶句し、携帯を取り落としそうになった。見開いた目で闇を凝視していると、島田は陰鬱《いんうつ》な声で続ける。

『田渕の扱っていたセックスドラッグは、〝JOY〟のような軽いものじゃない。MDMAをはじめとする、強い中毒性のあるものばかりです。そして小鹿の証言から速攻でガサ入れした風俗店の顧客リストに、深津竣の名前があった』

居合わせた風俗嬢にも事情聴取をすると、竣は常連客だったという。それもかなりの頻度で訪れるため、店にしてみると上客扱いだったらしい。

『その風俗嬢が言ってたんです。金まわりはいいけど、やばい客だと』

——あいつ、いっつも子どもみたいな嬢ばっか相手にすんの。デリのほうだと、まあ……ぶっちゃけほんとに、未成年？　そっちも買ってたみたい。

色白できゃしゃ、黒髪のミドルショートの、未発達な感じの相手を竣は好んだそうだ。そしておそらく、性別は関係なかっただろうと。

——アナル好きだったしね。変態でいやになる。

『深津竣がお気に入りだった子の写真も見ました。ひどいプレイでいまは入院中だが、店のリストにデータは残ってた。……基くんに、どこか、似てました。口走るのは、エツコという名前で、おそらく逃げた奥さんだろうと。多少まともな頭のとき、息子は妻にそっくりだと繰り返し言っていたらしい』

そして小鹿は、基に似た少年少女ばかりを犯す竣をすでに知っていた。基の素性について、調べがついていた理由は、なんのことはない父親から聞きだしていたからだ。

『基くんが拉致されていたとき、脱がされていたでしょう。あれは本来、強姦ではなく裸の写真を撮って、父親に送りつけるだけの予定だったそうです』

それについては基自身の口からも証言されていた。基はあのとき撮られそうになった写真を、父への恐喝《きょうかつ》の材料にする気だと解釈していたし、那智もそう思っていた。

『じっさいには、小鹿は写真を脅しに使うのではなく、上客へのサービスとして渡すつもりだったそうです』

「なにがサービスだっ」

那智の激昂《げっこう》した声に、島田は『まだあります』とため息まじりに言った。

『学校内でも秋山の手で盗み撮りされて、各種の写真が父親の手に渡っていたそうです』

それらの事実を、小鹿は笑いながら語ったという。

――だってあのオヤジ、基くんの隠し撮り見て勃起してんだもん。今度、犯されてる写真撮ってやろうかっつったら、ハアハアしてさ。

小鹿を殴りたいというマサルを、あのとき止めなければよかった。那智は拳を握りしめたあと、はっと息を呑む。

「まずい。基は、いま家にひとりでいる。父親が帰宅するかもしれない」

『急いでください、那智さん。こちらからもすぐ、向かわせます』

「こなくていい！」

怒鳴って電話を切り、那智は唇をぎりぎりと噛みしめた。苦い血の味が広がる。

どん、と鳴ったのは那智の心臓の音か、憤りのあまりに殴りつけたハンドルの軋む音か。

那智はその拳を握りしめ、エンジンをかけると、猛スピードで車を発進させた。

「俺は、ばかかっ……」

柄にもない困惑に、いったいどれだけのものを見落としたのだ。基の態度の端々に、サインはいくつも転がっていた。虐待《ぎゃくたい》されているのではないかと予想していたくせに、なぜあそこまで性的なものを拒む基の態度から、考えつかなかったのか。

那智自身が、目を背けていたからだ。理由もなく気にかかる、子どものような身体をした基に、あの濡れた目の蠱惑《こわく》に気づきたくなかったからだ。

基は危ういと、誰よりもわかっていたくせに。

(なんで、さらって帰らなかった!)

のんびりと気持ちを分析し、考える時間など、那智にも基にもなかったというのに。

間にあってくれと祈る那智の手は、小刻みに震えていた。

＊　＊　＊

基は昔、犬の交尾を見たことがある。

ふんふんと息を切らし、雌犬にのしかかって腰を振る姿が滑稽《こっけい》であると同時に不気味だった。幼かった基は、ふだんはかわいらしい犬の獣じみた姿に、気分が悪くなったものだ。のちに保健体育の性教育で、人間もあれと同じようなことをするのだと学んだとき、あれらの行為を経て生まれた、自分という存在に泣きたくなった。

だがセックスは、種の保存のために必要な行為なのは間違いない。

生殖目的ではなく、ただ純粋に触れたい、触れられたいと思う気持ちがあるということを、ほんの数十分まえに知ったばかりだ。

けれど、求めあう情もなく、生殖の必要もなく、ただ一方的になされる行為について、基はどう定義づければいいのかわからない。

（なんだ、これ）

尻にあたる生ぬるい肉塊がなんであるのか、考えることを基の脳は拒んだ。べちべちと、粘ったものがぶつかる音がするのも、尻の奥がなにかひきつれるような感触がすることも、そのなかを血まみれの棒のようなものが行き来していることも、なにも考えたくなかった。

「ああ……基ぃ……もときいいい」

しゃがれた呻きは、誰のものなのかわからない。痛いと叫ぶことはもうとうにやめた。基の嗄《か》れた喉からは、ひゅうひゅうと、風の鳴くような音が漏れるばかりだった。

「恵津子《えつこ》、えつこ、いいよ、恵津子」

目がよく見えない。眼鏡がないからだ。呆然と見開いた目に、無惨に引きちぎられたカーテンの隙間から、闇を透かすガラス窓が映った。

白っぽいなにかが、あの日の犬のように絡まりあって奇妙に揺れている。

「ああ、うお、うおおっ、出る、でるぞっ」

勝手に出せば、と脳の奥で声がした。なんだか身体と頭が完全に分離してしまった気がする。揺さぶられるたび身を裂かれるような激痛が走るのに、基はひどく冷静だった。

(ああ。もうずいぶん掃除をしてなかったな。汚いなあ)

頬を押しつけられたフローリングの床にはほこりがたまっていた。部屋の隅には綿ぼこりが転がっている。長年にわたって竣が汚し続けたせいで、何度掃除してもこの部屋には、饐《す》えた悪臭ばかりが漂っていた。

ひとの中身が腐っていくにおいだ。その悪臭を振りまく男は、息子の尻を使って、さっきからいったい何度精液を吐きだしたのだろう。

基の細い足には、血と精液のいりまじったものがあふれ、ぼたぼたと床に垂れていた。

「どうして、どうして、逃げたりするんだ？」

おかえり、と言ったあと、玄関に引きずりこまれた基は、とっさにドアへと飛びついた。逃げようとして、けれど果たせず、手にしていた鞄を闇雲に振りまわすと髪を掴んで床にたたきつけられ、足首を持って引きずられて、このリビングへと連れこまれた。

叫んだし、抵抗もした。ものも投げた。だが長年にわたっての竣の奇行は近隣住民にも知れ渡っていて、誰も助けようとも、通報しようともしない。もともとこのあたりは地域住民同士のつながりが希薄だというのもあって、基の叫びは誰にも届かなかった。

暴発するようにして壊れた男を目《ま》のあたりにしたときに、いかに自分の考えがあまかったのか思い知らされたけれども、すべては遅かった。

「あの男は誰だ？　基はもときは、えつこ、恵津子、なんで男なんか作った」

那智との口づけを見られたことが、竣の狂気に拍車をかけたようだった。

どうしておまえたちは俺から逃げるとか、裏切り者とか、いろんなことをわめき散らしていたけれども、竣の言葉は文脈もめちゃくちゃなうえにろれつもあやしく、基には意味がわからなかった。

殴られ、倒され、服を剝かれた。

硬くすぼまったそこに無理矢理ねじこまれたとき、身体がふたつに裂けるかと思った。

こんな日がいつかくると怯えていた。それでも逃げださずにいたのは、父の更生を期待してのことではなく、基自身がこの暗い狂気になじみすぎ、抵抗力を奪われていたからだ。

なにより、殴る蹴るの暴力と、内臓から痛めつけられるこの激痛は違いすぎた。耐性のない痛みに気力を根こそぎ奪われ、なにもかもの感覚が摩滅した基は、犯され続けるまま、床のうえで壊れた人形のように揺れていた。

「許さないぞ……ユルサナイからなぁ……あんな、男に、うう、うっ」

竣の言葉のはしばしで、やはり母が男と逃げたのだと確信した。五年経ってようやく、父の口から真実を知ったけれど、いまさらなことだった。

竣は逃げようとした基を、その尋常ではない力で部屋に閉じこめ、母と同じように尻をたたき、母と同じようにして犯した。この男は、非道をする対象などもう誰でもいいのだろう。汚れきった狭いテリトリーのなかで、自分が屈服させられる相手ならば、誰でも。

「ああ、ああ、ああ」

呻いた竣がびくびくと震えた。しばらく基のうえではあはあと息を切らしていたが、数分ほど経つとまた挑まれた。腹の奥に詰めこまれたものが、内臓を破るようにして、さらに押しはいってくる。

「う、ぶ……っ」

ぐらりと、強く突きあげられた瞬間に眩暈がした。すうっと視界が暗くなり、貧血を起こしていることがわかった。これだけ血が流れていれば当然だ。

薄れていく意識のなか、基は思った。

死ぬのだろうか。このまま本当に壊されてしまうのか。とたん、このところ頻発していた胃痛がした。痙攣するような不快感は、裂けた尻の痛みと同等か、それ以上に強い。

（いやだ）

痛烈な胃の痛みが、基のなかの最後の正気を——あるいは狂気かもしれないけれども——呼び起こした。

（いやだ、ぜったいに、いやだ！）

かすむ目を凝らして、鞄を探した。揉みあううちに手から奪われたあの鞄のなかに、基の最後のよりどころは残っている。はっきりしない視界を探すと、斜めまえ、腕をめいっぱい伸ばせばとどくあたりに、目的のものとおぼしき黒い鞄があった。

「どこにいくんだ、基」

床を掻きむしり、前のめりに逃れようとすれば、脂じみた手が腰を押さえてきた。強く後頭部を摑まれ、床にたたきつけられる。それでももがいた手に、求めるものが触れた。

（あったっ）

かき寄せるようにして鞄を摑んだ。背後のケダモノは、自分の射精感を満たすことばかりに夢中で、なにも気づいていない。たまに背中に感じる、濡れた感触は涎《よだれ》だろう。嫌悪に肌は粟立つけれど、もうかまってなどいられなかった。

「基は、基は、お父さんが好きだろう？　なあぁ、えつこぉ、すきだろぉお？」

もはや妻と息子すら判別のつかない男の、奇妙にうわずった声を聞きながら、基は鞄を震える指で開けようとした。

革のベルトをはずして、ロックを開く。安堵に吐息が漏れた瞬間、びりびりとした裂かれる痛みに悲鳴をあげた。竣が、また激しく腰を使ったからだ。

「……うぐあああう！」

こめかみが痙攣して、目がかすんだ。それでもあきらめなかった。幸い、肉の快楽に没入している竣は、基がなにをしていようと気にも留めていない。

蓋《ふた》の開いた鞄を揺すると、保管用の箱が飛びでた。包みを取りだし、油紙を乱雑にむしる。現れたのはお守りのように手放せずにいたシグ・ザウエル。物言わぬ銃の冷ややかな手触りに、やはり基はどうしても、あのうつくしい男のことを連想してしまう。

血の気がさがり、もはやろくに見えない目を閉じると、那智の姿が浮かんだ。

ひやりと冷たい硬質さ。死へと直結するイメージを持たれていることに、那智はひどく不本意だと思うだろうけれど、それこそが基の希望で、救いだった。

（那智さん）

あのひとの家に逃げこんで、すこしだけ仲間にいれてもらった。楽しかった。きれいな涼しい香りのする彼に触れてもらえたことが、基にどれほどの歓喜を呼んだか、那智はわかってくれただろうか。

逃げて、拒んで、反発してばかりだった。せめて態度の悪かったことを許してくれたらいいと思う。それでも最後に、好きだと言えた。絶望とあきらめと狂喜のまじった告白を、受けとめてもらえた幸福は、神様からの最後の贈り物のような気がした。

痛みにも、吐き気を催すような行為への嫌悪感にも濡れることのなかった目に、あたたかな涙が浮かぶ。

涙だけは、那智のものだと思う。彼のほかに誰も、基を泣かせることはできない。

犯されても、汚されても、それだけは絶対に変わらない。

瞑目《めいもく》したまま、銃口を頭にあてた。竣は鼻を鳴らしながら腰を動かしている。爆《は》ぜた西瓜《すいか》のように息子の頭が壊れても、きっとこの男は腰を振り続けるのだろう。

想像するとおかしくなった。茶番だ。すべてが。人生そのものが。

やっと訪れる終焉《しゅうえん》に安堵の笑みを浮かべ、基がトリガーを引こうとした瞬間だった。

激しい音と、叫びとともにガラスが割れた。破れたカーテンの向こう、ひび割れから、傷つくのもかまわずに白い手がはいりこんでくる。

ガラスサッシのロックを開け、乱暴にそれは開かれた。

「基っ!!」

聞くはずのない声を耳にした瞬間、基の目は見開かれる。風に乗って、あの香りがした。

視力の弱い目でも、間違いようはない。

闇の向こうから現れたのは、さきほど別れたばかりの――もう二度と会えないはずのひとだった。

「……うそ」

呆然とした基は、うそ、と繰り返した。

那智がいる。手首の怪我はおそらく、ガラスを破ったときのものだろう。険しい顔で室内を睨《ね》めつけた彼の視線は、基の姿を認めたとたん凍りついた。

「なんで、こんなことに」

那智の絶望的な呻きに、基の頬が痙攣した。あまりのことに停止したままの思考は、そこにある那智の姿を認めきれず、がたがたと指のさきばかりを震わせた。

「は、あは……うそ、ハハハハハ」

ひどく長く感じられる沈黙と空白。だがじっさいにはものの数秒しか経ってはいなかったのだろう。顔を歪めた那智はそのまま飛びこんでくる。

どん、と乱暴な衝撃を受け、基をいたぶり続けた男が、悲鳴をあげながら倒れた。いまのいままで突き刺さっていた杭が抜け、基は床にへたりこむ。

背後で、鈍い音がした。抵抗し、暴れる竣が鬼のような形相の那智に殴られている。

なぜだか基の嗤いは止まらなかった。

「はは、あ——はははははは！」

自分の顔が、割れたガラスに万華鏡のように幾重にも歪んで映る。いっそ見えなければよかったのに、涙の膜が張った目は、ほんの一瞬だけその像に焦点をあわせてしまった。

ガラスに映った自分の表情は、五年まえの母のそれと酷似していた。ああはなりたくない、あれだけはいやだと願い続けた。そしてあれほどに祈ったすべてが無駄であったことを、その瞬間基は知った。

「壊れた……」

「基？」

笑い続ける基に気づき、暴れる竣を押さえこんでいた那智が振り返る。殴られた衝撃でぐったりとした竣を放り投げ、腕から血をしたたらせた那智が、蒼白な顔で肩を摑んでくる。

「どうした。もう終わったんだ、安心して――」

「あは、なんで……？　那智さん、なんでえ？」

「基、しっかりしろっ。もう傷つかなくていいんだ」

叫ぶ那智のほうこそ、ひどく傷ついて見えた。ぼたぼたと顎からしたたっていく自分の涙が、血と精液にまみれた腿に落ちるのを、基は他人事のように感じていた。

こわばりきった指は、それでも銃を離さなかった。そのときになってようやく、那智は基の握りしめているものがなんなのか気づいたようだった。

「なんでそんなものを持ってる」

青ざめた顔で問われ、基はまばたきもせず泣きながら、抑揚《よくよう》のない声を発した。

「俺が作ったから」

その言葉に、ただのモデルガンではないことを察したのだろう。

「基、そんなものは捨てろ」

叱責する那智に、基はかぶりを振った。そして両手にしっかりと銃を握りしめ、額に正面から押しあてる。びくりと那智は身体をこわばらせ、その隙に彼の腕から離れた。へたりこんだままの基は、尻でいざって部屋の隅に逃げる。血の痕が長く床を汚した。

「やめなさい、基」

傷ついた那智の拳に、また涙が浮かんだ。

「那智さん、だめだ。きれいな手なんだから、だめだよ」

「……基、俺の言ってること、わかるか？」

「俺にさわると、汚くなる」

那智がゆっくりと近づいてくる。数メートル離れると、表情は基には見えない。けれども彼のいつも冷静な声が、ひどく震えていた。そんな声は、那智には似合わない。

「汚いから、くるな。……こっちにくるな！」

必死になって言い募っても、那智は聞けないと首を振った。

「すまなかった、基」

「なんで謝るんだ。俺、汚されたから？　間に合わなくてごめんって？　変態の父親に強姦されたから、可哀想ってわけかよ！」

「違う」

ぐらっと眩暈がした。貧血に、近づいてくる那智の姿が黒くかすんでいく。

「知らなくて、悪かった。ためらわなければよかった。おまえを帰さなければよかった」

後悔の滲んだ声に、胃の痛みはさらに激しくなった。かぶりを振って、もう聞きたくないと基は耳をふさぎたくなるけれど、両手で銃をかまえているから、それはできない。

「時間をくれなんて言わなきゃよかった。迷ってる暇なんかなかったんだ。俺が鈍くて、だから間違えた。だから、すまないと言ってる」

「なに、言ってんだかわかりませんよ、那智さん」

心がざわりと乱れた。もうやっと終わりにできるのに、那智は基を引き戻そうとしている。ごくりと息を吞んで、基は自分に対してかまえていた銃口を、那智に向けた。

「それ以上近づいたら、撃ちます」

「やってみろ」

「手作りですけど、実弾ですよ。ぜんぶのパーツを実物と同じになるよう、火薬の量も、重心も、強度も計算して、発射口も調節した。ぜんぶ、自分で作った」

がたがたと手が震えている。試射はしたことがないけれど、計算通りにいけば充分に殺傷能力があるはずのものだ。

「基は頭がいいな。だがそれだけだ」

「どういう意味ですか」

「銃を撃つのが可能なことと、じっさいに撃てることとの間には、想像以上の違いがある」

ずしりとした重さのある言葉に、基は一瞬固まった。

「そのくらいで怯むと思うか、俺が。残念ながら、その手のものを向けられたのは、いちどじゃきかないんだ」

「そんな、ばかな」

「俺がどこで育ったと思ってる。日本有数の暴力団の、組長の妾腹が邪魔な人間は、基が思う以上に多い」

那智は嗤った。凄艶《せいえん》な笑みに、基はぞくりと全身が痺れた。

「弁護士になってからだって、逆恨みする人間はいくらでもいた。敗訴した依頼人に刺されそうになったこともある。いまさらおまえの、撃つ気もない銃なんか怖くもない」

指先をがたがたと震わせながら、基は「……黙れ」と呻いた。

「黙らない。いやだったら撃ってみろ」

「黙れよ……！」

叫んだ基に、那智が素早く飛びかかる。その手が銃を奪おうとした瞬間、とっさに基は自分の顔に銃口を向けた。

「いいかげんにしろ！」

トリガーに指をかけた瞬間、力強い腕が基の手からそれを奪おうとする。揉みあい、痛みも忘れて飛びつき、互いの目をぎりぎりと睨《にら》みあった。

「終わりたいんだよ。終わらせてくれよ！」

「誰が終わらせるか！」

「いつも、いつもそうやって……っ」

那智の指と基の指が、トリガーを挟んで攻防戦を繰り返す。力では負けるのは当然で、しなる腕と指の痛みをこらえながら、基は涙声で叫んだ。

「なんであんたそうなんだ。どうして俺に、いっつも、ずかずかはいりこんでくるんだ。ほっといてほしいのに、したいことをさせてやるって言ったのに、どうして止めるんだ！」

「止めるに決まってるだろうが」

「だからなんでだよっ」

「愛してやると言っただろうが！」

叫ぶような声に、全身の力が抜けた。那智が銃口を天井に向けた瞬間、一発の銃弾が放たれる。

ぱん、と響いた音は、ドラマや映画の効果音のようにドラマチックではなかった。驚くくらいに軽く聞こえた。かつての級友が言ったとおり、ＢＢ弾の発射音と大差はない。

かくりと肩が落ちて、銃口がゆっくりとさがる。放心した様子の基の手から、那智があらためて銃を奪った。

「おまえは、俺のことが好きなんだろう。好きならたまには言うことを聞け」

むちゃくちゃだ、と基は嗤った。あきらめきった顔でへたりこむ細い肩を、那智の腕が包みこんでくる。

「お互い言質《げんち》は取ったんだ。勝手にリタイヤするな」

「なんのリタイヤですか」

「恋愛してみることにしたんだろう」

仮定の話だったのに、まるで決定事項のように告げる那智がおかしかった。ひく、と喉が鳴って、基は泣き笑いを浮かべる。

「いま、そんな話する場面ですか。もう、ほんと、わかんね……」

はは、と力ない声をあげる基を、那智が強く抱きしめる。なんだかもう、脱力してしまって、抵抗する気にもならない。

無意識にそっと腕をあげ、那智の背中を抱き返そうとした瞬間だった。

基の視界に、ゆらりと蠢《うごめ》くものがあった。

「もときぃい……」

那智に殴られ、折れた鼻から血を流した竣が、のろのろと濁った目で立ちあがっていた。おぞましいその姿にもぞっとしたが、彼が手にしたものに気づいて、基はすくみあがった。

竣の手に、割れたガラスの破片が握られている。

「なんだ、その男は、なんだ……私を、いきなり殴って……もときを……っ」

振りかぶった破片は、那智の背中をめがけていた。基は反射的に那智を突き飛ばそうとしたが、覆いかぶさる彼に阻《はば》まれた。

「那智さんっ、離せよ！」

「もとーきーをー離せぇええぇ‼」

スーツの背中に、鮮血が散るのが見えた。那智の広い胸に覆われたまま、基は絶叫をほとばしらせる。ぐらりと重い身体にのしかかられ、歪む那智の顔が青白くなっていくのが、スローモーションのように見えた。

（なんで）

どうしていつもいつも、最悪のことが起きるのだろうか。

浅い息をつく那智を抱きとめていた基は、一瞬だけ目をつぶる。そしてうずくまる男の身体を、いちどだけぎゅっと強く抱いた。

「基……？」

「ありがと、那智さん」

力の抜けた指から、銃を奪いとった。やめろ、というように那智が手を伸ばしたけれど、一瞬遅かった。低い姿勢から立ちあがった基は、薄笑いを浮かべた竣に向けて走りだす。

「基！」

叫んだのは、那智と竣の同時だった。両腕を広げ、壊れた歓喜の笑みを見せる男のまえで、基もまた嗤ってみせた。

「やめろ、基っ」

那智の放った制止の声は、一瞬遅かった。体当たりした父親の腹に、基の手にした破片がごく浅く突き刺さっている。

「……え？」

ぽかんとした竣の顔に向けて、基は毒づいた。

「あんたなんかに、これは使わない」

破片が大きすぎたのか、基の力が弱かったのか、脂肪のついた腹にはたいしたダメージがなかったらしい。竣はなにが起きたのかわからない様子で、「え？　え？」とつぶやいている。舌打ちして腕を引くと、腹を抱えて父はうずくまった。いたい、とうつろな声で繰り返す竣に、基はもういちどそれを振りかぶった。今度は首を狙うつもりだった。

「もう終わろう、父さん」

「……基？」

驚いたように、父が息子を見あげた。

「おまえ、大きくなったなあ」

どうしてかそのとき、竣が正気づいたように見えた。ほんの一瞬、十年もまえの、まだ穏やかに時間をすごすことのできたころの――あのころにしてもめったに見ることのなかった、竣の表情がだぶった。

腕が動かなかった。どうして、と思いながら、基はわなわなと手を震わせる。ぎゅっと破片を握りしめると、手のひらに血が滲んだ。

「だから、できないと言っただろう」

いつの間にか、那智がそばにいた。基の腕を摑み、握りしめた手を開かせて、破片を投げ捨てる。

「基、もう、とっくに終わった」

那智の身体から、はたはたと赤いものが落ちていく。平気なわけがないのに、かすかに青ざめた那智は表情をすこしも変えない。ただ浅く切れる呼吸だけが彼の苦しさを物語る。

基は自分の受けた傷よりも、そのかすかな吐息が痛かった。

(もう、いやだ)

ずるりと、基はその場に崩れ落ちた。目のまえにいる竣は、股間だけをさらし、ぼんやりとした目で基が刺した傷を眺めている。

「……基、いいからおいで」

差し伸べられた手のひらは、出会いの日とは違って血まみれていた。それでも、那智の手はうつくしかった。だからこそ、基にその手を取る資格はなかった。

「なんなんですか、ほんとにこれ」

「基」

「ほんとに……ごめんなさい。すみませんでした」

ごめんなさいと泣きながら、もういちどしっかりと銃を握りなおした。震える手で、ふたたび安全装置をはずす。がちりと、オートマティックの金属音が響いた瞬間、那智はまた銃を取りあげようとしたが、基がこめかみにそれを押しあてるほうが速かった。

さっと那智が身がまえる。

「キスしてくれて、ありがとう」

「礼なんかいらない。俺がしたくてしただけだ」

本当なら嬉しい。けれど最後まで那智はやさしすぎると、信じきれないまま基は笑った。

晴れやかにさえ映る笑顔に、那智の顔が凍りつく。

「もっと、那智さんとしたかった。セックスもしてみたかったな。無理だけど」

「ばかを言うな。なにが無理なんだっ」

歯がみをする那智は、目を見開いたまま青ざめている。基の視力ではぎりぎり見えるかどうかの距離に、青く澄んだ目があった。

深く基は息を吸った。那智の香りがして、肺の奥を浄化するような彼のにおいを感じられただけで、幸福だと思った。

さよなら、と言いかけてやめた。なんだかありきたりで陳腐だ。無言のまま、基は目を閉じる。

「やめろっ！」

那智の悲鳴と同時に、トリガーを引いた。

だが、なにも起こらなかった。

からからと、不安定な感触のそれはいくら引いても、基の待ち望んだ銃弾を発することがなく、基は絶望にその顔を歪めた。

「なんで？」

どうして動かない。ただこれだけが基の支えだったのに。さきほどはたしかに、この銃口から、あの軽い発砲音が聞こえたのに。

「壊れたな」

「え……」

「一発撃てるぶんだけしか、もたなかったんだろう」

冷静に告げた那智の言葉に、基は今度こそ崩れ落ちた。

強度の計算が失敗したのか。それとも、ハンダづけがあまかった？　火薬の量が間違っていた？　ありとあらゆる可能性が一気に駆けめぐり、頭がまっしろになる。

（なんだこれ）

ひとつだけわかっていることは、けっきょくなにひとつ、思いどおりにならなかったということだけだ。

基は犯され、弾丸は無駄に天井を撃ち抜き、那智は怪我をして、汚れた。

「なんでだよ、なんで撃てないんだ、なんで！　さっきはできたのに、さっきならやれたのに、どうしてっ」

うわずった声で叫び、振りまわしたそれは那智の手に取りあげられた。

「基、もういい」

手首を摑んだ那智が、強く身体を捕まえてくる。ごとりと重い音をたてて、基の銃は床に落ちた。いまとなっては、ただの金属の塊でしかないそれに、基は必死に手を伸ばす。

「これしかないんだ。もう、これしかなかったのに」

「そんなことを言うな」

長い腕に抱きしめられて、基はもがいた。どうしてと思うのに那智はそれを返してくれない。強くきつく身体を縛めて、離してくれない。

「これしかない、なんて言うな。俺がいるから、基。壊れるな、頼むからっ！」

那智の声も、もう聞こえなかった。喉が裂けそうな叫びをあげながら、基はもはや死ねないのだと悟った。

（嘘だろ）

絶望に、全身の血の気が引いた。胃の奥が激しく痙攣する。異様な反応に、那智がはっと息を呑んだ。

「基？」

基は激しく咳きこんだ。ごぼりと音がして、口から黒くよどんだ体液が飛びだす。

酸の強い、血まじりの胃液が喉を焼き、それは痛みより熱が勝っていた。

「……ナンダコレ」

体内からあふれてくるその汚らしいものに、基は呆然と目を瞠る。

自分の身体にはこんな汚いものがつまっているのか。

（これじゃあもう、誰に汚されたもないじゃないか。汚いのは自分じゃないか）

自嘲の笑みを浮かべると、またごぶりと吐いた。那智の胸元が、醜悪なにおいを振りまくそれに染まっていく。これ以上彼を汚したくないと、基は那智の胸を精一杯の力で押した。

反動に、床へと倒れこむ。内臓ごと口から飛び出るような嘔吐感に駆られるまま、基は吐き続けた。

那智のあまいにおいも、吐瀉《としゃ》物から立ちのぼるそれに消されていく。

手足が痙攣していた。床のうえでのたうちまわりながら、自分のなかからあふれてくるいやなものにまみれながら、意識が遠くなっていく。

「基……しっかりしろっ、基……っ！」

那智の叫びはノイズがまじったように不鮮明で、うまく聞きとれなかった。遠くで、サイレンの鳴るような音が聞こえたけれど、幻聴だったかもしれない。

なにも見たくないし、なにも聞きたくはなかった。

ただこのまま、ぜんぶ忘れて静かに眠ってしまいたかった。

＊　＊　＊

基が目を開くと、目のまえはまっしろだった。しばしぼんやりしたあと、ベッドに横たわり天井を見あげているのだと気づいた。

独特のにおいは消毒液のものだろう。身体が重かった。横になっていてもずぶずぶと布団に埋まっていくようだ。疲労感がすさまじく、まばたきひとつするのも億劫《おっくう》だ。

（どこだ、ここ）

目だけで部屋を見まわす。眼鏡がないのですべてはぼやけていたが、どこかの病室に自分がいるのだと理解した。ぽたぽたとなにかが落ちてくる音に首をかたむけると、点滴の管が痩せこけた腕につながっているのを知る。また、もう片方の腕にはなにやら、機械のコードのようなものがくっついていた。バイタルサインを調べるナントカいうやつか、と、テレビドラマで仕入れた浅い知識で考えた。

深く吐息した基はかすかに顔をしかめた。

あれほど痛かったのに、死ねなかったらしい。絶望的な事実がのしかかってきた。それ以上考えるのもいやで、もういちど目をつぶろうとした基の耳に、声が聞こえた。

「深津さーん。深津基さん。お目覚めですか？　聞こえますか？」

知らない女性の声がして、ぴくりと瞼が震えた。ふたたびのろりと目を開くと、四十代くらいの看護師が、基の顔を覗きこんでいた。

ぱくりと口を動かすと、薄い皮膚が切れそうになった。乾ききった唇に脱脂綿を押しあてられ、すこし吸うように告げられた。口腔に水があまく染みて、基はほっと息をつく。

「食べたり飲んだりは、しばらく我慢してくださいね。胃に穴が空いていて、かなりひどい状態だったので」

穏やかに言った彼女はベッドの横のブザーを押した。なにか話しているようだったが、まだ覚醒しきれない基の耳には意味をなさない音が流れていくだけだ。

ナースコールのあと、白衣を着た男性が現れた。医師は基の顔を触ったり、血圧や体温、そのほか、基にはよくわからないことを器具や機械を使って確認したあとに「話せますか」と問いかけてきた。うなずいて、基は状況説明を求めようとしたが、粘ついた口腔がうまく開かない。口が渇いてつらいというと、氷をひとかけら含まされた。

「ここは？　俺、どうなったんですか」

自分のものとは思えないほど、声はかすれきっていた。それでも声が出るだけましだ。氷を舐めながらどうにか口を動かすと、医師は苦い顔で説明をはじめた。

「五日前に、胃穿孔《いせんこう》の緊急手術をおこないました。術後の経過については、これから様子を見ることになります」

救急車で運ばれ手術となったのだが、吐瀉時に大量の血液がまじっていたことでわかるように、一時期は腹腔内の大量出血で危なかったらしく、今朝ようやく、集中治療室から移ったばかりなのだそうだ。

「それから栄養失調で、体力も弱ってました。目が覚めなかったのは出血だけじゃなく、怪我と過労も原因です。我慢強すぎますよ。肋骨にヒビが入っていたのはご存じでしたか」

「なんとなく……」

我慢強い――それはすこしも美徳でないという雰囲気で、叱られたのがわかった。

「……粘膜の裂傷については、縫うほどではありませんでしたから、薬をつけてあります。安静にしていれば問題はありませんから」

遠まわしな言葉は、こちらのショックをやわらげようというものだろう。基がうなずいて目を伏せると、ため息をついて医師はちらりと病室のドアを振り返る。

「事情を聞きたいというかたが見えています。だいじょうぶですか」

記憶をたぐり、おそらく警察の人間だろうと基は判断した。「だいじょうぶです」とうなずくと、あまり基を信じていないらしい医師にじろりと睨まれたが、ため息をついた彼は病室の外にいる人間の入室を許した。

「深津くん、だいじょうぶか」

入ってきたのは島田だと、声でわかった。まさか彼が現れるとは思っていなかったので、基は軽く目を瞠った。

「ありがとうございます。だいじょうぶです」

「疲れているだろうけど、どうしても訊きたいことがある。苦しければうなずくとか、それだけでいい」

穏やかに笑みを浮かべてはいるが、目が笑っていない。おそらく、自分を逮捕しにきたのだろうと基は諦念の笑みを見せた。だが、島田は基の笑みにどこか痛々しい顔をした。

「そのまえに、これ。預かってる」

そっと眼鏡をかけられる。その瞬間、クリアになった視界と同時に、一気に疑問がわき起こる。この眼鏡はたしか、那智にはずされたままだった。それがなぜ島田の手にあるのか。そして、なぜあのひとはこの場にいないのか。

「那智さんは？」

その問いに答えるまえに、島田は医師に、目顔で退室をうながした。

「ちょっと、島田さん。彼はいま、長く話せる状態じゃ」

「わかってるが、頼む」

異を唱えた医師を、島田は強く制する。口調こそ平静を装っていたが、島田の様子には、どこか苦い焦りが滲んでいる。「すぐそこにいますから、興奮させないように」と釘を刺して医師は首を振りながら出ていった。

「さきに訊きたいことがある。那智正吾が持っていた改造銃は誰のものだ？」

なぜ呼び捨てているのだろうか。一度、那智と島田が会話していたとき、彼は敬称をつけて先輩にあたる弁護士を呼んでいた。いやな予感が強まり、基の冷えた身体から汗が滲む。

「那智さんはどうしたんですか」

「基くん、答えてくれ」

「あのひとはいま、どこにいるんですか」

強情に問いを繰り返す基に、島田は渋面《じゅうめん》を作った。しばし無言の駆け引きをしたのち、降参したのは島田のほうだった。

「いま現在、被疑者は拘置所にいる。何度か取り調べも受けてるはずだ」

基はその言葉に血相を変え、跳ね起きようとした。だがのろりと上体を起こすのが精一杯で、枕元にあった機械だけが、パソコンのエラー音に似た音をたてる。血圧があがったらしい、と基は皮肉に考えた。

「なんの容疑が、かかってるんですか」

「器物損壊、住居侵入、銃刀法違反、暴行、傷害。そんなとこだ」

島田は苦々しげに吐き捨てた。血の気《け》の引いた唇を震わせ、基も同じように言ってやる。

「警察は、ばかなんですか」

「返す言葉もないな」

「さっさと、俺の家を家宅捜索でもなんでもしてください。二階の俺の部屋に、改造銃を作った証拠がぜんぶ残ってます」

それだけ話すのにも息が切れて、基は上がけを握りしめた。島田は冷静な顔を保ちながらも、一瞬だけ眉を寄せる。

「きみの怪我については？」

「やったのは那智さんじゃありません。あのひとはむしろ被害者だ。怪我の状態はどうなんですか」

「寝こむほどじゃない」

島田はそれ以上答えなかった。けっしてよくはないのに、拘置所にいるということだ。

「深津竣は、どこにいるんですか」

父親をフルネームで呼び捨てる基に島田は眉をひそめ、「べつの病院にいる」と答えた。

「精神病院ですか？」

嘲笑するような声で問うと、島田は「それもあるが」とかぶりを振った。

「まずは怪我の治療だ。そのあと、薬物依存の治療を受けることになる」

「……え？」

「彼は、重度の薬物中毒だ。五年ほどまえから使用していたらしい。いまも錯乱状態がひどくて、取り調べができるどころじゃないんだ」

意外な事実に、基は目を瞠った。そして五年まえという言葉に、すべてのことが氷解していき、長い息を吐きだした。

「そういうことですか」

「冷静だな。ショックも受けた様子がない」

「驚いてます。でも、そうですね……すこしだけ納得できたかな」

人間として壊れているのはたしかだが、要因が薬物によるものだと言われたほうが、基としてはマシだと思えた。

――おまえ、大きくなったなあ。

あのひとことで、基はあれ以上、父になにもできなくなった。そして驚くことに、それでよかったといま、思っている。

犯されたことについてはたしかにつらい。感情的な部分では、とても許せそうにはない。だが混濁した意識のなか、息子を犯しながら逃げた妻の名前を口走った父は、人生に負けたひどく哀れな男なのだと感じた。

いびつな形ではあったかもしれないが、伴侶とした相手に逃げられた痛みは想像できる気がした。おそらく基自身が、欲する誰かを得たからわかるのだろう。

「那智さんは、なんて言ってるんですか」

「なにも言わない。ただ、きみが血を吐いて意識を失ったあと、俺が手配していた近隣区域の警察官が現場に踏みこんだ。ガラスはたたき割られ、那智正吾は銃を握っていて、現場は血の海、意識不明の重傷者が二名、あきらかに刺したとわかる傷があるのも二名」

「それで黙って逮捕されたんですか」

「銃の出所は実家だと決めつけられてる。深津竣を刺したのも、誰だか言わない。それから黙秘だ。ずっと。五日間」

助けにきて怪我をして、それでも基を庇っているのか。基は力なく笑った。

「警察もばかだけど、あのひともばかだ」

ぎゅっと目をつぶり、苦しい息を吐きだしたあと、ふたたび瞼を開く。

「あのひとの怪我は、どうなんですか」

「かすった程度だ。背中の絵に、糸が一本はいったくらいだ」

嘘つきだ、と基は笑った。その目から、透明な雫が頬へと伝っていき、島田は目を逸らす。

ひくりと喉が鳴ったけれども、必死にこらえた。泣いている場合ではないのだ。

愛してやると、あんな場面で言いきって、いまだに基を護ろうとする男のために。すべてを打ち明けなければならない。

「ぜんぶ話します。そうしたら那智さんに会わせてくれますか」

「約束する」

「それから、俺が逮捕されたら、あのひとに弁護は頼めますか」

たぶん、どうにかなるだろうと島田は言った。基は深く息をついて、五日まえに起きた事件のすべてを語りはじめた。

＊　＊　＊

こわばる頬にやさしい手が触れて、基の意識がゆっくり浮上していく。眠りながら流した涙に濡れた頬。そっと撫でられて、基は瞼を震わせた。

目を開けなくてもわかる。これは那智の手だ。安堵の息が漏れ、基はそっと目を開いた。

「起きたのか」

部屋のなかは淡いオレンジに染まっていた。ひかりを背にした那智の身体は金色に縁取られ、とてもきれいだった。ほう、と息をつき、基は問いかけた。

「マサルくんは？」

「さっきまでいたが、帰した。心配してたが、よろしく言ってくれと」

そうですか、と基はうなずいた。しばしの沈黙が流れ、じっと見つめあう。そのうちに目が潤んできた。まばたきをして涙を払ったつもりだったが、あふれたそれは止められなかった。

ぱたぱたと枕に落ちるそれを、那智は何度も拭い、問いかけてくる。

「痛むのか」

「誰のせい、ですか」

内圧があがり、ぐう、と喉が鳴った。覆いかぶさるようにして近づいてきた那智の顔には、無精髭が生えている。身につけているシャツもずいぶんとよれていた。身だしなみに隙のない彼が、上着もないままここにいる事実に、基は涙が止まらなくなる。

島田はあのあとすぐに彼を解放してくれたのだろう。そしてきっと、家に帰りもせず、基のもとへとまっすぐきたのだ。

「なにを黙って五日も拘留されてるんですか。弁護士ならもうちょっと知恵使って、とっさと出てくればいいじゃないですか。お金持ちなんだから保釈金くらい出せるでしょう」

かすれた声で文句を言う基に、那智は苦笑した。

「いきなり怒るか。手術後なのに、元気だな」

「俺なんか、庇ってどうするんですか。自分の立場考えてくださいよ。ただでさえ、めんどくさいおうちの出で、警察には睨まれてるんでしょうっ」

怒鳴ると身体中に痛みが走った。けれどそれ以上の怒りが身体を渦巻いていて、基は腕を伸ばす。点滴はもうはずされたようで、力ないけれど自由に動く腕が、そっと肩に触れる。シャツのしたには幾重にも巻かれた包帯が見えて、基はやるせなさに声をうわずらせた。

「那智さんには、俺の弁護してもらわないといけないんです。マサルくんだって、雇い主がいなくなったら困るでしょう」

「そうだな」

「那智さんは、ばかだ。本当にばかだ」

なにしろ、やってもいない犯罪を、基を庇うためだけに受けいれようとしたのだ。これがばかと言わずして、なんと言えばいい。言いたい放題の基に、なぜか那智は笑っていた。見たこともないほど穏やかなそれに、基は怒鳴った。

「なにを笑ってるんですかっ」

「おまえが生きてるから」

包みこむようなまなざしと声に、基は唇を震わせた。ぎゅっと握ったシャツの主は、ゆっくりと顔を近づけ、額をあわせた。唇が重なりそうになって、基はふいっと顔を背ける。一瞬那智は顔をしかめたが、すぐに苦笑いして頰に触れた。

かすめただけの唇。それなのに全身にあまい疼痛が走り、基はかぶりを振った。

「那智さん、離してください」

「いやだ」

まるで子どものように拒まれて、虚を衝かれた基は目をまるくする。那智は抱きしめる腕を強くし、耳に口づけるようにしてささやいた。

「離さない。離したら、どこにいくかわからないだろう」

熱の高い言葉を告げる那智は、なにかに怯えているようにも思えた。

「基は、目を離せばすぐに逃げようとする。俺が、絶対にいけないところまで、いこうとするだろう。だからどこにもいくな」

那智の指がきつく背に食いこむ。痛みさえも嬉しく思う自分をごまかせず、基の体温は上昇した。

見つめられるだけでもう、どこにもいけなくなる。那智の手に堕ちたまま、動けなくなって、ただぐずぐずとこの腕に巻かれていたくなる。

だがそれを素直に口にするには、ばかな真似をした那智に対しての怒りがおさまっていなかった。

「そんなに、必死に言わなくたって。あなたがあんまりばかだから、俺はおちおち寝てることもできませんよ」

憧れて、尊敬して、神様みたいに崇拝して——そんな男を相手に叱りつけている自分にも驚くけれど、止められなかった。

血液まじりの胃液といっしょに、身体の奥にあったよどみが流れていったのかもしれない。

那智をはじめて、彼が言うように『ふつうの男』として知ったのかもしれない。

「ばかすぎて、これじゃもう、心配で死ねやしない！」

「それはいい。せいぜい心配してくれ」

軽口をたたくような場面かと、基はさらに目をつりあげた。

「冗談じゃないですよ！　ほんとに那智さんは、ほ、……っ」

ひゅっと息が切れ、しがみつくより速く抱きしめられた。首筋に顔を埋めると、汗のにおいがした。いつものあの涼やかなフレグランスは香らない。それでも那智の体臭は、基にとってはただあまいばかりだ。

「基、悪かった」

「なにがっ」

「遅くなって、悪かった」

含みの多すぎる言葉に、基は身をこわばらせた。基の身体を胸のなかに閉じこめて、那智は額をこすりあわせる。

「護ってやれなかった。駆けつけるのが遅れた。自分の気持ちに向きあうのも遅かった。基に関して俺は、ぜんぶが遅い。マサルですら、ちゃんと気をつけたのに」

那智の腕は震えている。彼の憤りが広い肩に漲《みなぎ》っていて、抱きしめてくる腕は痛いほどだった。

「雨の日、最初に見つけたとき、危ういと気づいていたのに見逃した。その後もどこまで関わっていいのかわからなくて、様子を見ていたら小鹿に拉致された。避けられて、戸惑って、基の気持ちに混乱して、あげくの果てに最悪の場所へと送り返した」

「そんなの、那智さんのせいじゃ——」

「護ってやると言ったくせに、できなかった自分に腹が立つ」

吐き捨てるような語気に、基はどうしていいかわからない。それこそ神様でもあるまいし、すべてを予測するなど不可能だろう。なのに那智は自分を責めて、基をぎゅうぎゅうと抱きしめながら身体を震わせるのだ。

「助けてくれたじゃないですか、いつも」

「どこがだ。ぜんぶ後手にまわった」

そこまで自分を責めなくてもいい。広い背中をそっと撫でると、那智はとんでもないことを言った。

「あのとき、変な配慮なんかしないで、連れ帰って抱けばよかった」

「な、……は、はい？」

「最初に会ったときもそうだ。さらって、持って帰ればよかった。さっさと俺のものにすればよかった。そうしたらおまえは傷つかなかった！」

めちゃくちゃだ、と基は眩暈を覚えた。

「……好きでもない子どもに、そんなことしたら犯罪でしょう」

あくまでこちらがさきに惚れて、無理押しで選択を迫って、ほだされてくれたのだ。

「いまはともかく、最初はただ同情してただけなのに」

なんで自分がなだめているのかと思いながら、そう告げる。那智はなぜか、答えなかった。

「那智さん？」と名前を呼び、顔を覗きこむと、真剣な目で見つめられてたじろぐ。

「いまはともかく、って言ったか」

「……はい、まあ」

「じゃあ、俺の言うことをやっと信じたのか」

血まみれになりながら、愛してやると叫ばれた瞬間から、基は那智の気持ちを疑ってない。さすがにここまでされてしまうと、卑屈な猜疑心すら吹き飛ばされてしまった。

「すくなくとも、愛されてるのは本当だってわかります。……どういう種類かはちょっと、わからないところはありますけど」

恋愛という選択肢もあると言ったけれど、那智の愛情はあまりに大きすぎる。基にしても、彼をふつうの男だと認識しているが、それで那智への崇拝する気持ちが目減りするようなことはいっさいなかった。

相手への執着だとか、付随する過去のトラウマだとか――そういうのがすべて積みあがったうえに、関係が成り立っている。極限状態だからこそ那智の手を取った。那智もまた、そういう基だから手を差し伸べた。

　だからたぶん、いわゆるふつうの恋愛は、自分たちにはできないだろう。そう思っての言葉だったのだが、那智は不機嫌に顔を歪めた。

「どういう種類って、なんだ。まだ同情だと思ってるとか言わないだろうな」

「それはさすがにないです。というか、同情から代わりに逮捕されるようなひとは、さすがにいないと思います」

　どうしてこう、素直な言葉が出てこないのだろうかと基は内心頭を抱えた。しゃべる回数と語彙は増えたが、どんどん那智との会話はねじれていくように感じた。

「とにかく、ええと……俺は、俺が、那智さんを好きなので、それでいいんです」

「すこしもよくない」

　しかめ面できっぱりと言われて、言葉はむずかしい、と基も眉間に皺をよせた。困り果て、じっと上目遣いに見つめていると、ふう、と息をついた那智が顔を寄せてきた。

「ん」

「基が納得してくれないと、さきに進むに進めない」

　一瞬で離れた唇が、そんな言葉を紡いだ。茹であがった基の頬をおかしそうに笑った那智が撫でる。

「基は悟りきってるのか、うぶなのか、よくわからないな」

「そんなの、知りませ」

語尾を奪うようにして、もういちど口づけられた。今度のそれは長く濃くて、乾いた口腔を癒すように舌が滑りこんできたとき、首筋の毛が逆立った。なだめるように、鳥肌の立ったうなじを那智が撫で、やさしい指に身体中の力が抜ける。

「基が好きだ」

光に透ける睫毛を伏せて、那智が言った。愛してやるでも、選択肢があるでもなく、ストレートなそれが胸の奥にまっすぐ届く。

「たぶん、最初に会ったときから、特別だった」

「……あんな小汚い子どもがですか」

「汚れて、でも、きれいだと思った」

あまい言葉がむずがゆかった。基は恥ずかしくて笑ってしまい、それなのにまた涙がこぼれていく。

「俺、男ですよ」

「知ってる」

「ラリった父親に強姦されました」

「俺はやくざの父親に彫り物いれられた」

最悪の過去を、くすくすと笑いながらお互い口にした。こんな根深い痛みを、共鳴できるのはこのひとだけだと基は思った。そして那智も同じように思ってくれているのだと、信じることができた。

「……退院したら、いろいろ大変だと思う」

「はい」

改造銃についてと、父親を刺したことについて、基は罪に問われる覚悟はできていた。

「あの、俺が、鑑別所とかにいくことになったら、会いにきてくれますか？」

まっすぐに見つめると、那智は怒ったような真剣な顔で見おろしてくる。

「会いにいかない」

きっぱりと言われ、基は「え？」と目をまるくした。驚いた顔にも気分を害したのか、那智はさらに言った。

「起訴猶予処分にどうでも持っていく。父親を刺したのは正当防衛だし、銃を作ったのも、長年の虐待に抵抗するためだろう」

「でも……」

ここまでことが大きくなって、それは可能なのか。むずかしいのではないかと基が顔を曇らせると、揺らぐ心を吸い取るように那智が唇をあわせてきた。

「どこにもいかせない。今度こそ護りきる。俺の使えるものはぜんぶ使う。誰にも、基をやらない」

「那智、さん」

目尻の涙を吸って、きつく抱きしめられる。基も今度はためらわずに抱き返した。お互いの存在をしっかりつなごうというように力をこめた。

とたん身体に痛みが走り、ちいさく呻く。

「だいじょうぶか。悪い、痛むのか」

「ちょっと……切れたところが。那智さんこそ平気ですか」

「俺はなんともない」

平気で嘘をつく那智に、基は眉をさげて微笑んだ。ふだん、ひんやりとしている那智の身体が熱い。熱が出ているに違いないのに、平気な顔をみせるのだ。

すこしだけとがめるように見つめると、那智も微笑んだ。

「基」

「はい」

「身体が治って、ぜんぶ終わったら、抱いてもいいか」

「……はい」

本当にいまさらの問いにうなずくと、那智は基の首筋に顔を埋め、深く息をついた。高い鼻でやわらかい皮膚をくすぐられる。じわりとあまい痛みが走るけれど、弱りきった身体はそれ以上を感じることができなかった。

消毒くさいんじゃないだろうかと恥ずかしくなったが、那智はじっと基のにおいや体温をたしかめている。しばし無言になった彼は、ぽつりとつぶやいた。

「十七か」

彼の複雑そうな声に、条例違反というまさらのことを思いだした。

「……まずいですか。那智さん、困りますか」

「まずくないわけがない」

本気で心配したのに、那智はおかしそうに喉を震わせて笑った。機嫌のよさそうな笑い声、こんな声を聞くのははじめてで、胸の奥がきゅうっと痛くなる。

「誰にも言うなよ」

那智に覗きこまれ、頬が熱くなった。見たこともない男の顔で、夜の時間を思わせるそれに羞恥が一気にこみあげてくる。

「言いませんよ」

目を逸らしたけれど、この手のことについて基が那智にかなうわけがない。

「ならいい。知られたら一発逮捕だ」

啞然として基が那智を見つめると、「もう開きなおった」と彼は笑う。

「おまえが大事だ。ほしいものなら、なんでもやる。なんでもする、本当になんでも」

やさしく、穏やかに笑いながら、那智は言った。

「だからもう二度と、俺を疑うな。死にたがるな。こっちの身が持たない」

「……ごめんなさい」

魂まで震えて、基は何度もうなずいた。喉をつまらせ、息を切らしながらやっと、この言葉を口にした。

「那智さん、ごめんなさい」

包みこむようなこの腕を疑うことは、那智に対しての侮辱でしかない。

ひとりで隠して作りあげた不完全な銃のように、長く身のうちに巣くった痛みは捨ててしまってもいいのかもしれない。

過去に引きずられて腐っていくより、那智の隣にいてすこしでも、彼のくれるものを大事にしたいと強く思う。

「……っ、ひ、うぐ」

しゃくりあげ、濡れた目元を彼の肩にこすりつける。那智は苦笑した。

「もういい。もう泣くな。身体に障る」

「誰が、泣かせてるんですかっ」

「俺か？」

「ほかに誰ですか。俺、泣いたことなんかなかったのに、那智さんが、なか、泣かせるから、

那智さんが……っ」

声をあげて泣きはじめた基の頭を、那智は何度も撫でた。ときどき、なだめるように瞼や目尻へと唇が押しあてられ、慰められているのがわかった。

「すきです」

「ああ」

「那智さんが、ぜんぶです。那智さんだけです」

繰り返しながら、基は自分に言い聞かせていた。

おそらく、すべての傷は癒えきっていない。求める気持ちを自分に許すのに、まだもうすこしは苦しむだろう。触れあって、怯えてしまうこともあるかもしれない。

それでも、きっと那智がすくんだ基の手を引いてくれる。動けない基を、あの日のように抱きあげて、連れていってくれる。

「疲れたのか、基」

抱きついて泣いているうちに、うとうとと意識があいまいになってきた。しゃべるだけで気力を使い果たした基は、髪を撫でる手にうっとりした。

「……おやすみ」

なにもかもを委ねてもいいと信じられる腕のなか、眠りに落ちる。

こんなに幸福なのは、生まれてはじめてのことだった。

基の退院には二カ月を要した。胃穿孔の症状が予想以上に重かったためと、長い間痛めつけられていた身体の衰弱も相当なものがあったからだ。

その間、父親である竣の覚醒剤使用についての立件と、その後の処分についてが決定された。罪状は覚醒剤取締法違反ならびに、未成年の買春と児童虐待。

虐待については、基は立件を望まなかったが、被害者である竣が行ったことをつまびらかにしない限り、改造銃の作製や父親を刺したことについて実刑がくだされる可能性があった。

――情状酌量と正当防衛の線で押すには、それしかない。ほかにもいくつか手は考えるが、それがいちばん、相手を納得させられる。

言いきった那智の判断を、基は受けいれた。学校で繰り返しおこなわれた暴行についても、銃を作るまでに追いつめられたのだとして、那智の指導を受けて詳細な事情を書面にした。

証拠となる怪我をしていた場所の写真は、最初に那智のところへ身を寄せた際に、念のためと村瀬が撮っておいてくれたものと、放置したあと自然治癒した肋骨のレントゲン写真を提出した。

家庭裁判所送致の後、少年審判を経た結果、基には反社会性はなく、五年にわたる虐待と二年間の暴行を伴ういじめからの自衛手段だったという情状《じょうじょう》酌量《しゃくりょう》が与えられ、保護観察処分となった。

　そして基が退院するころには、季節はすでに秋になっていた。

「お疲れさん。終わったな」

　基が退院した日、ねぎらいの言葉をかけたのは島田だった。病院に迎えにきてくれて、わざわざ花束まで用意してくれた刑事に、基は深く頭をさげる。

「お世話になりました。ありがとうございました」

「おめっとさーん」

　明るく笑ったマサルは突然クラッカーを鳴らし「ばかっ」と村瀬と島田に頭をはたかれた。

　快気祝いと不起訴処分祝いとして、この日は那智のマンションに、島田と村瀬が訪れていた。村瀬などはわざわざ、パティシエに『祝・退院』と書かせたプレートを載せたオリジナルケーキまで注文し、持ってきてくれた。

　基の不処分がすみやかに決定した裏には、むろん、島田らの口添えがあったのは言うまでもないだろう。だが彼はそれらのことについて、いっさい基に打ち明けなかった。

「ふんばったのは那智さんなんだから、礼ならあっちに言えよ」

「……そうですね」

話題に出た本人は、まだ帰宅していなかった。

竣は薬物依存の治療ののち、症状の改善が見られたあと服役することとなったが、現在はまだ錯乱も激しく、治療には時間がかかるだろうと言われていた。

そして那智は竣の弁護のため、あれこれと手をつくしていた。基にとって最悪の父親ではあるが、それでも身内であるのは間違いない。竣が裁判にかけられる折りには弁護を引き受けてもくれるらしかった。

「とにかく、那智さん帰ってこないけど、さきに食おうぜ。せっかくの料理、冷めちゃうし」

「せっかくって、病みあがりの病人捕まえて作らせたのは誰だよ」

あきれた顔の村瀬が言ったとおり、目のまえに並んだのは、鶏の唐揚げにグラタン、クラムチャウダーなど、ほとんどマサルのリクエストで基が作ったものばかりだった。

基自身は治ったばかりの胃のことを考えて、クラムチャウダーを流用したリゾットをべつに作った。

「基くんも、こいつあんまりあまやかさなくていいんだぞ？」

「いいえ、ひさしぶりで楽しかったですから」

かまわない、と村瀬に笑ってみせると、島田が並んだ料理をしげしげと眺め、唐揚げに手を伸ばしながら言った。

「基くんの手料理か。那智さんから聞いて、いっぺん食いたかったんだよな。うまいの？」

「失礼なこと言うなよ、島田。もっくんの飯はうまいよ。疑うなら食うんじゃねえよ」

悪気なく発せられた問いかけにマサルが嚙みつき、島田の手をはたいて唐揚げを奪う。

「おまえね、だから、刑事に暴行くわえんなって」

大口をあけて唐揚げにかぶりつきながら、マサルは「蚊に刺された程度だろ」と笑った。

「最悪だおまえ…」

はたかれた手をわざとらしく振ったあと、島田は唐揚げを口に放りこむ。さきほど揚げたばかりで、まだあたたかいそれをはふはふとやったあと、「つうかうまいなこれ！」と絶賛の声をあげてくれた。

「だろ、ほらあ」

「だからなんで木村《きむら》がいばるんだよっ」

漫才のようなやりとりを、村瀬は声をあげて笑い、基も苦笑いするしかなかった。

いまは明るくして見せているが、入院してからはじめて顔をあわせたマサルは、泣きに泣いて怒り、基を困らせた。

——死にたいとかなんだそれ!?　そんなとこにいっちゃうまえに、なんで俺とかに言ってくんねえんだよ！

傷ついたように叫ばれて、基は自分の冷酷さを見せつけられた気分だった。自分ひとり、この世から消えればすべて終わるなどと簡単に考えていたけれど、もはや基はひとりではなかった。自分になにかあれば、こうして傷つく人間は、那智以外にもちゃんといたのだ。

村瀬や島田にしても、それぞれ忙しいだろうに手みやげまで持ってきて、なんの縁もゆかりもない少年の回復と解放を、こうして祝ってくれる。

小島も、いつのまにかマサルとメールアドレスを交換していたらしく、【長期間休んでいるが、だいじょうぶなのか】と心配してくれていたそうだ。

ひとりきりだと殻にこもり、悲劇の主人公ぶっていた自分が恥ずかしくてならない。

（もっと現実をきちんと見ないとな）

すこしずつリゾットを口に運びながら、基はしみじみとした思いを嚙みしめる。そして自分の考えた、現実、という言葉に肩が重くなるのを感じた。

「どうした、基くん」

ため息に気づいたのは、めざとい村瀬だった。なんでも、とかぶりを振ったけれど「まだ本調子じゃないのか？」と逆に心配されてしまい、基は眉をさげてしまう。

「じつは、ちょっと心配なことがあって」

「なに、どうした？」

島田も身を乗り出してきた。心配そうなおとなふたりを交互に見つめた基は、祝いの場に持ち出す話題ではないけれど、那智のいないいまがチャンスかもしれないと意を決して、口を開いた。

「あの。弁護料とか、そういうのっていくらくらいかかるんでしょうか」

真剣な顔で問いかけると、村瀬は「……は？」と口をあんぐり開けた。

「入院費とかも、俺いま、那智さんに立て替えてもらってる状態なので、いくら用意すればいいのかなあと。働こうと思ってるんですけど、返すのに何年かかるのかなと」

「はあああ!?」

つぎに声を裏返して叫んだのは、マサル、村瀬のふたり同時だった。思いもよらないことを聞いた、という反応に、基はますます困り果てた。

島田だけは多少冷静に「働くって、高校はどうするんだ」と問いかけてくる。

「やめるつもりです」

もともといきたくていった高校でもないし、未練はなかった。うやむやのまま休校状態になっているが、やっと退院したことだし、あとは退学届けを出せばいいだろう。

さらりと言ってのけると、マサルは目を剝いたまま絶句し、島田は頭を抱えている。そんなに無茶なことを言っているだろうか、と眉を寄せた基は、誰も具体的な提案をしてくれないことに困っていた。

「とりあえず、就職情報誌買ってきて、アルバイトからはじめるつもりなんですけど、経験もないので、どうしたらいいかと――」

懸命に考えこむ基に「待て待て待て」と手を振って身を乗りだしたのは村瀬だった。

「それ、那智に言ったか？」

「言ったんですが……」

基はため息をついた。

入院中、個室に移された基は、何度も大部屋にしてくれと言った。こんなにしてもらっては、あとで入院費を払いきれないと告げると、那智は苦い顔をするばかりだった。

――おまえはそんなことはなにも、考えなくていい。

きっぱりと言ってのける那智に、でも、と基は食いさがった。

――こんないい部屋に二カ月も入院って、返せる額じゃないと思いますけど。

――誰が返せなんて言ってる。

本気で言った基に、那智はうなるような声を発した。あげく、父と基の弁護料はと尋ねると、彼はすっかり気分を害したように顔をしかめ、ひとことも口をきいてくれなかった。

その後も同じような話を口にするたび、那智はむっと黙りこむ。おかげでとても切りだせる状態になく、基と那智の間に微妙なわだかまりをもたらしてしまった。

「金はいらない、持ってきても受けとらないの一点張りなんです」

村瀬は「まあ、そりゃそうだろうな」とため息をついたが、島田は意見がべつだった。

「いや、そこは基くんが正しいんじゃないか。じっさい、彼は今後どうするのか、まだよくわかってないんだろ？　気にしてあたりまえだろ」

こくりと基はうなずいた。

入院期間は、とにかく身体を治すことと、竣の件、自分の銃刀法違反の件などをどう始末するのかでいっぱいだったが、すべてがかたづいてしまったいま、さきのことがなにも見えない事実にあらためて気づいたのだ。

借家だった家は、じつのところ竣が逮捕されるよりずっとまえから家賃を滞納していたらしく、問題を起こしたこともあって、契約違反で出ていかざるを得なくなっていた。

引き渡しはすでにすんでいる。入院中、マサルと那智が業者を手配し、荷物の引きあげをしておいてくれた。古い家具類は使えないものも多く、住む家のない基にしてみると、一家全員ぶんは必要ないので、大半を処分してもらった。

「住むところだけはとりあえず、那智さんのところって言ってもらえたので、マサルくんの部屋もこことといっしょで広いし、端っこでも貸してもらえるんだと思うんですが」

身の振りかたを考えないと――と続けるつもりの基は、三度の「はあ!?」に言葉をつまらせた。

「ごめん。仰天していたのはマサルで、あれ、と首をかしげる。

「ごめん。違ったのか？　マサルくん、なにも聞いてないとか？　俺、なにか勘違いしたのかも。図々しかったな」

「いやいやいや、そうでなくて」

村瀬とマサルは「ねえ」と顔を見あわせた。事情の呑みこめない島田は、なにやらうなずきあっているふたりに訝しげに目を細める。

「おい、どうなってんだ？　那智さんと基くん、コンセンサスぜんぜん取れてねえじゃん。村瀬さん、なんか知ってんのか？」

「うーん、どうも行き違ってる気はする。ていうか基くん。那智と話、してないのか？」

基は気まずくて顔を逸らした。金銭問題から発生した、さらに面倒な事態に、ここしばらく那智とは口をきいてもいないありさまだ。それというのも、さんざん平行線の会話に焦れて、売り言葉に買い言葉の基がこんなことを言ってしまったからだ。

――だって、俺本当になにもないんですよ。できるのって身体で返すくらいしか！

すうっと那智の表情が変わったのはそのときだ。完全に地雷を踏んだと知ったけれど、放った言葉は戻らなかった。

――言っておくが、義理で抱かれるつもりなら、そんなものはいらない。

あれほど怒った那智というのは、見たことがない気がした。そして自分の考えなしな言葉が、彼を侮辱したのだと気づいたころには、フォローすることすらできなかった。

あげくには、腹を立てた那智はこんなことまで言ってのけたのだ。

――おまえが俺をほしいというまで、ぜったいに、なにもしない。

そして宣言どおり、本当にキスどころか指一本触れてはこない。事務的な用件ではいくらでも話してくれるけれども、プライベートな話はまったくといっていいほど口をつぐんだ。言い争ったのが入院して一カ月経ったくらいの時期で、残りの一カ月、基はひどく情けない気持ちを抱えてきた。この日、退院だというのに島田をよこしたのも、その怒りのアピールなのかもしれない。

（あれっきり、まともに話せてないなんて、言えない……）

無言の基に、村瀬は口を割らせるのをあきらめたらしい。

「とにかく、那智が帰ってきたら話しなさい。それから、働くって件だけど、早急に結論をだすのはよくない。いまの学校をやめるにしても、べつのところに編入するほうを俺は勧める」

「でも、俺そんな余裕ないっていうか、家もないのに、どうすれば」

「そりゃ、那智に金貸してもらえばいいだろ」

村瀬の提案に、基は「そんなわけにいかないです！」とかぶりを振る。かたくなに思いつめた基の様子に、村瀬は肩をすくめ、マサルの肩をたたいた。

「前例、なんか言ってやれ」

基は前例とは、と首をかしげる。グラタンを咀嚼《そしゃく》しながら、マサルがしらっと言った。

「家なし金なし、職なしの学校中退。こっちは中学だから、もっくんよかハイレベルだな」

そういえばそうだった。基は「あ」とつぶやき目をまるくする。

「で、でもマサルくんは、アシスタントやってるじゃないか」

「そりゃ、いまだから車の運転くらいできっけど。俺、最初ここんち押しかけたときって十五だぜ。ただの無駄飯食いだよ。学校も、そのころからいけって言われてたけど、俺が勉強する気なくてやだっつってただけだし」

そう言うマサルはこの二カ月、基の病室に訪ねては勉強していたが、あまりに周囲がばたばたしていたため、秋季入学は断念せざるを得なかった。春季受け入れの定時制高校を狙う、と笑った彼に、基は申し訳なくてしかたなかったのだが。

「ちなみに俺の高校の学費、那智さんが出してくれるよ。で、出世払いで返す」

「そ、そうなんだ」

「よくさあ、苦労は買ってでもしろって言うだろ。でも世の中には、しなきゃいかん苦労と、しなくていい苦労ってのがあるってのが那智さんの持論。んで無駄に意地張って、勝手に苦労するのは、ばかのやることだってさ」

その言葉はぐさっと基に突き刺さった。島田はマサルの頭をはたき、村瀬は苦笑いする。

「あー、このばかは、当時自分に言われたこと、まんま言っただけだから」

嫌味じゃないと思うよ、とフォローする村瀬に、基は「わかってます」と力なく笑った。

「でも、理解しました。できない無理はしても無意味ですね」

「そうそう。助けてくれる相手がいるときは、頼っていいし」

「まあ、そうあっさり頼ってくれるくらいなら、俺らも苦労しねえんだけど」

今度ははっきり嫌味とわかることをマサルが言ったけれど、島田は頭をたたくことはなく、無言で肩をすくめる。村瀬は苦笑いするだけで、基は身を縮めた。

「……あの、いまさらですが、ご迷惑とご心配をおかけして、すみませんでした」

深々と頭をさげると、マサルが「うむ」と大仰《おおぎょう》にうなずいてみせ、今度は村瀬と島田が同時に彼の頭を思いきりはたいた。

＊　＊　＊

その夜、那智はなかなか帰宅しなかった。基は今夜、どこに泊まればいいものかすらわからなかったが、マサルが「とりあえず那智さんの部屋で待ってなよ」と言ったので、所在なく広いリビングで時間をすごした。

ようやく那智が戻ってきたのは深夜近くになってのことで、玄関の開く音と同時に走っていくと、三つ揃いのスーツを着た彼が靴を脱いでいた。

「おかえりなさい。あの、お疲れのところ悪いんですけど」

気が急いていた基は、那智が靴を脱いだとたんにそう切りだした。いきなりで失礼だとは思ったが、寝る場所すら確保できていないし、話が長引けば那智もまた疲れるはずだ。

「ちょっとお話したいんですが」

「ああ。村瀬と島田とマサルから電話があった」

ネクタイをゆるめながら言い捨てて、那智は足早に寝室のほうへと向かう。小走りに追いかける形になった基は、無視するつもりだろうか、と眉をひそめた。

「あの、那智さん。話を」

「いいから、こっちだ」

基は不安げに背の高い男を何度も見あげた。笑う彼はさほど不機嫌そうではないけれど、言葉で答える気はないらしい。ため息をつきながらたどりついたのは、那智の寝室の隣。

以前、マサルの掃除を手伝ったとき、十二畳はあるこの部屋は完全に物置状態で、資料の入った段ボールなどが適当に放りこまれていた。広い部屋なのに無駄でもったいない、と思ったものだったけれど——いったいここがなんだというのだろう。

「開けてみろ」

首をかしげていると、那智が顎をしゃくってうながす。なにがなんだかわからないままドアを開けたとたん、基は目を瞠った。

「これって……」

「とりあえず、この程度あれば足りると思う。ほかにほしいものがあったら言ってくれ」

そこには、新しい家具が揃えられていた。真新しい机にノートパソコン。これも那智にうながされ壁際のクローゼットを開くと、那智やマサルでは着られそうにないサイズの、若者向けのブランドで有名な店の服がひと揃い、ずらりとかかっていた。

「な、なに、那智さん、なんですか、これ」

「気にいらないか。まあ、素直に喜ぶとは思わなかったが」

「気にいるとかなんとかじゃなく……」

あまりのことに声も出ないままでいた基は、その場にへたりこんでしまう。

「どういう服が好みなのかわからなかったが、これだけあればしばらく着まわせるだろう」

そういえばいま着ている服も、退院時に島田が、那智に預かったと持ってきたものだった。

ソフトジーンズとカットソー、なんの変哲もないデザインだけれど、ふだん基が着ているものとは確実に値段が桁ひとつ違う。これ一式でも気後れしたのに、と基は泣きそうだった。

いままで竣の渡すすくない生活費で遣り繰りしてきたせいで、基の金銭感覚は一般的な主婦と大差ない。いったいいくらかかったのだろう。なにより想定外すぎてどうしていいのかわからない。呆然と那智を見あげると、彼は当然のように言ってのけた。

「これから、ここに住めばいい」

ぱくぱくと口を開閉させていれば、那智はなにがおかしいのか喉奥で笑いはじめる。

「那智さん！　なんで笑うんですか！」

「マサルがこれを見たら基は貧血起こすと言ってたが、予想どおりの反応すぎてな」

「眩暈がします……」

やはり庶民感覚のマサルにも、いくらなんでもとたしなめられたのだそうだ。

（ていうか、知ってて黙ってたのか！）

裏切られた気分の基は、床にぺたりと腰をつけて放心していた。那智は笑いながらその腕をとり、立ちあがらせる。

「まあ、ちょっとやりすぎか？」

「ちょっとじゃないですよ。どうするんですかこれ、返せないです！」

那智が基の生活を引き受けるつもりだろうと、予想はしていた。じっさいほかに頼るあてもなく、島田や村瀬、マサルにまで諭されたこともあり、片意地を張るのはやめて、助力を請おうと待ちかまえていたのだ。

いずれ社会人になったら、世話になったぶんを返済していこうと考えていた。だがまさか、ここまで派手にやらかされるとは思っていなかった。弁護費用と入院費だけでもとんでもない額だと不安だったのに、これでは本当にどうすればいいのかと頭が痛くなってきた。

「べつに返せとは言ってない。この間も言っただろう」

「そういうわけにはいかないですよっ、してもらういわれがないでしょう！」

気持ちを通わせたとはいえ、けっきょく那智は他人だ。なんの責任もないのにさんざん迷惑をかけ、あげくこんな負担まで負わせては、基がやりきれない。

「これじゃ、俺、ほしいって言えないじゃないですか」

「……ん？」

「こんなにされたら、本当に身体で返すみたいじゃないですか。そんなのいやです」

言いながら、思いのほか先日の発言を気にしていた自分を知った。那智にそう思わせてしまう自分の弱い立場が情けなかった。悔しさにじわりと涙が浮かび、基は拳で目をこする。

「義理でとか、そんなふうに那智さんに思われるのだけは絶対に、いやだ。ちょっとでも気持ちを疑われるのは、本当に俺は、つらい、……っ」

基ははっとなり、那智を見あげる。勢いで口にした言葉が、かつての自分に跳ね返る。那智にこんな思いをさせていたのかと、いまさら気づいて青ざめた。

「あ、俺……」

何度も那智の心を疑い続けたことを、彼はどれくらいもどかしく感じただろう。那智はなにも言わなかったけれど、わかったのか、というように苦笑していた。

「すみませんでした」

涙をこらえ、赤い目で洟《はな》をすすると、那智の手が伸びてくる。くしゃくしゃと髪をかきまぜられる。ひさしぶりにやさしく触れられ、基は顔を歪めてしまった。

「触ってくれるんですか」

「なんで、そんなことを訊く？」

「き、きらわれたかと思ったし。だから、そういうの、ちゃんとしなきゃって」

拗ねたようなことを言う自分が信じられなかった。認めたくはないが、一カ月も冷たくされて、はっきりと基は傷ついていた。

那智に飢えている。彼の感触に、言葉にやさしさに、渇いて焦れて限界まできている。

「強情を張るからだ。とりあえず、言って聞かないから態度でわからせた」

「態度って、なにを」

「なんでもしてやると言ったのは、こういうのもぜんぶひっくるめてだ。素直に受けとらないから引っこめた。で、俺は、半端はしない」

那智は中途半端に区切りをつけ、ここからは頼る、ここからはいらない、などということはさせないと言った。いらないなら引っこめる。すこしも渡さない。

容赦がなさすぎて、それも那智らしくて笑ってしまった。那智に預けるというのはそういうことだ。そして基にも、覚悟が必要だ。

「俺がぜんぶだと言ったんだから、素直に手を取れ」

「那智さんは、極端なんですよっ」

顔を歪めた基は、ぶつかるように那智に抱きつく。背中に手をまわされて、ほっと息が漏れた。お互いもう、包帯も怪我もなにもない。力いっぱい抱きしめあっていいのだと思うと嬉しくて、また涙が出そうになった。

「俺、無条件になにかしてもらったこととか、ないんです」

「……ああ」

「だから、失礼に思うかもしれないけど、こういうとき本当に、どうすればいいんだか、わからないんです。わかんなくて、だから、……怖いです」

いままで、どれほど痛めつけられても素直に認めたことのなかった言葉がこぼれた。これだから怖い。那智がいると、どんどん弱くなりそうで、自分が変わりそうで怖い。

「おまえは、あまやかされることもすこし覚えろ。そこはマサルを見習ってもいい」

基を抱きしめたまま、那智はやわらかい声でささやく。

「俺も他人を頼るのはむずかしかったから、気持ちはわかる。でも振り返ると、知らないうちに助けられてた。だったら最初から、感謝して受けいれたほうがお互い気持ちがいい」

基は「努力してみます」とときまじめに言った。簡単に方向転換するには、殻にこもった時間が長すぎて、反射的にひとの手を拒むこともあるだろう。けれど、ほかならぬ那智の言うことだったら、きちんと聞きたかった。

「そうだな……どうしても無条件がいやだというなら、いくつか条件をつけるか」

「なんですか、なんでもします」

勢いこんで顔をあげると、那智は思いもよらないことを言った。

「マサルに聞いたが、高専の教科書を見ていたらしいな。学校を変えろ。高専でも、高校でもなんでもいい。それだけの頭があるなら、もったいないだろう」

「でも、高校の転校はできないって聞いたことが――」

「枠がなければ転入はむずかしいかもしれないな。その気があるなら来年でも、受験しなおすといい。好きなことをちゃんと学んでいいんだ。大学も、いきたければいきなさい」

基は戸惑った。どれほど強がってみせても、しょせん自分が子どもでしかないと痛感するのはこんな瞬間だ。いきなり目のまえに、あきらめきっていた未来が拡がっていて、しかもどう選ぶのも自由と言われた瞬間立ちすくみそうになる。

「まだ十七だ。やりなおせる。逃げるな、基」

「逃げません」

肩を摑んだ那智の言葉に反射で言い返したとたん、にやりと笑われて悔しくなった。まんまと乗せられたことに腹を立てながらも、那智の手のひらで転がされるのが心地よかった。

さらさらと髪を撫でられ、「条件その二」と那智が喉を震わせる。

「髪を染めるな。ピアスは禁止。マサルに乗せられるなよ」

二カ月の療養で、以前より艶の出た髪を指でつまんでこよられた。これが気にいっていると言わんばかりの、那智のあまい仕種に顔が赤くなる。

広い胸に顔を隠そうとすると、鼻先にかたいものがぶつかった。

「眼鏡は、似合ってるが邪魔だな。コンタクトにはしないのか」

長い指に顎を掬《すく》いあげられ、ひょいと眼鏡をはずされる。ぼやけた視界に那智の顔だけが鮮明なのは、距離がほとんどないからだ。

「お金なかったから、したことないだけです」

「じゃあ、しろ。条件その三だな」

長い睫毛を伏せた那智が、額をあわせて、軽くこすりつけてくる。そんなことあるわけがないのに、頭の中身を読みとられているようでひどく恥ずかしい。けれどこの触れかたが那智は好きなようだった。

頬を包まれて、されるのかな、と思った瞬間唇が重なった。やさしく吸って、すぐに離れる。こすりつけたあと下唇を噛む。慣れたやりかたに翻弄されながら、広い肩にしがみつくのが精一杯で、基はもぞもぞと足先をこすりあわせた。

「……条件、四」

とろりとした声が唇に直接触れる。

「基を抱きたいが、ほしがってくれないとなにもできない。許可をくれ」

崩れ落ちそうになりながら、それはずるいと思った。こういうときこそ強引に運んでもらわねば、なにをどうすればいいのかわからないのに。

赤い目で睨みつけると、那智が目だけで笑った。じっと待つ彼はきっと、基がいやだと言えばいつでも引く気だと知れる。余裕が悔しくて、基は高い位置にある肩に手を置き、ぐいと引き寄せて唇にあまく嚙みついた。

「俺と寝てください。セックス、ぜんぜんわかんないけど、教えてください」

「ストレートにきたな」

「それから……いやじゃなかったら、俺にいれてほしい」

真似ごとはいやだった。つながりたい。ぜんぶほしがれというなら、そこまでほしい。

「教えてくれたら、なんでもします」

きっぱりと言いきって挑む目を向けると、那智の余裕顔が崩れた。掬いあげるようにぐっと腰を抱かれ、上半身がしなるくらいきつく、口づけられる。

「んん……！」

顎があがり、強引に開かされた唇に舌が忍んだ。口腔で激しく暴れられ、目がまわる。大きな手が基の尻をぎゅっと摑んで揉むように蠢く。脚を割り開かれ、腰を押しつけあう。

口のなかで濡れた音がした。口を犯されていると思った。いやらしくて、卑猥《ひわい》で、いままでの基なら音だけでも悲鳴をあげただろうけれど、夢中になって舌を吸われた。

「ここ、で、しますか」

「いや。準備がないから」

息を切らして問いかけると、力の抜けた身体を抱きあげられる。毎度ながらあっさりと抱えられるのは複雑だが、歩いていくのは無理そうだった。

「あの、準備ってなんですか」

不思議に思って問いかけると、那智は一瞬、歩みを止めた。深々と息をつくところを見ると、なにか変なことを訊いたらしい。

「これから教える。だからあんまり、罪悪感を刺激するようなことを言うな」

「？　はい……」

よくわからないまま那智のベッドに押し倒され、またキスをされた。さきほどと同じように舌を入れられると、基はすぐにちいさな疑問は忘れてしまい、夢中になった。

膝を立て、那智の身体を挟んだのは無意識か、誘導されてのことかはわからないけれども、耳たぶを噛まれ頬を舐められるだけでもびくびく震えて、那智に身体をこすりつけていた。

「たいして教えることは、なさそうだ。相変わらず、感度がいい」

「え……？」

朦朧としていた基は、那智のつぶやきの意味がわからなかった。ただ濡れた唇をほどかれ、無意識に不満そうな顔を向けると、那智がゆっくり起きあがった。

「自分で脱げるか？」

意思確認のつもりだろうか。こくりとうなずき基がカットソーを脱ぐと、那智も上着を肩から払う。着ているものは彼のほうが多いので、自然、基のほうがさきに裸になった。

ベッドに座ったままじっと見ているのはマナーとしてどうなのかと思ったが、あらわになっていく那智の裸から、目が離せなかった。

顔立ちも充分にうつくしかったが、その身体も、骨格までもが完璧なバランスを持っていた。長い腕や広い胸にはしなやかな筋肉がつき、細身に見えるのはあくまで身長が高いからなのだと、厚い胸板に教えられる。

（……すごい。きれいだ）

女性的ではけっしてないのに、どこまでも優美な那智の身体にぼうっと見惚れていた基は、シャツを脱ぎ、半身をよじった彼の背中に、ひゅっと息を呑んだ。

広い背中の、青いうつくしいしだれ桜。その絵が微妙に崩れていた。

斜めにひっかいたような太く赤い筋は、おそらくは竣がつけたものだろう。そして、肩と肩胛骨《けんこうこつ》のあたりにも、ひきつった傷痕が残っている。いずれも細いけれど深そうで、いったいいつのものだと思った。

ここまでひどい傷だったとは知らなかった。基の視線に気づいた那智が、苦く笑う。

「見た目ほどひどくない。といっても、自分じゃ見えないが」

青ざめる基を気遣ったのか、那智は手近にあったシャツをすぐに羽織ろうとした。とっさにその腕を摑んだ基は、かぶりを振って「見せてください」と言った。

那智はすべてを脱ぎ去り、背中を向けた。立ちあがり、そっとその背中に手を這わせる。刺青のせいか、ほかの場所に比べて体温が低かった。なまなましい傷痕に唇が震えた。泣き伏して謝りたかったけれど、那智が困るだけだからそれはしない。代わりに、古い傷痕のほうへと話題を向けた。

「こっちは、いつの傷ですか。……どうしたんですか」

「十七のときに、自分でやった」

ぎょっとして基は指をこわばらせた。那智が「こうして」と自分の長い腕を背中にまわす。

「肌を切って、むしろうと思った。そうしたら手元が狂って、刺したんだ」

壮絶な過去をあっさりと打ち明けられた基は、無言で那智の身体に腕をまわし、背中の疵《きず》に唇を押しあてる。桜を斜めに裂いた傷跡は、基の唇にはかすかに盛りあがって感じられた。何度も口づけると、那智が「くすぐったい」と笑う。

「それを触らせたのは、医者以外では基だけだ」

「そうなんですか？」

「ひとまえで服をぜんぶ脱いだことは、いちどもない」

言葉にはされなかったが、かつて抱いた相手のまえでも、という意味だとわかった。嫉妬は、なぜかまったくわきあがらなかった。ただ、とてつもない特別扱いを喜べるかと言われると、それも複雑だった。

（俺の神様。俺の好きなひと）

不思議に敬虔な気持ちになって、額を背中に押しあてる。祈るように目を閉じていると、那智が身体を反転させ、基を抱きしめてきた。そして、腹部に残る基の手術痕に触れる。

「これ以上、おまえに傷は作らせない」

慰撫するように撫でられ、基も那智の背中を撫でた。さきほど見たいくつもの傷は、まるで桜の枝を誰かが無理やり手折ったかのようだった。桜は折ると、そこから腐っていくという。だから那智こそ、もう傷ついてはいけないのだ。

「あ……」

腹をやわらかく撫でられていただけなのに、基のそれはゆるやかに立ちあがった。らいさく声をあげると、那智がそれを吸い取るように口づけてくる。長い指が腹からさがり、そっと股間に触れたあと、やわらかい産毛をくすぐられるような感触に震えた。

くすりと笑われて、頬が熱くなった。これでも、那智と出会ってからの数カ月で、成長したほうなのだ。子どものようなそれが恥ずかしくてたまらなかったが、じっと見つめる那智の目に気づくと、思考のすべてがまっしろになる。

「もう濡れた」

卑猥にささやく口元は笑っているのに、目が怖いくらいに真剣だった。すべて暴かれるような視線に怯み、よろめいたところでベッドに倒される。反射的に脚を閉じようとするけれど、そのまえに力強い腕がそこを大きく開かせた。

（見られてる）

息があがって苦しかった。那智に較べて未成熟すぎる身体に劣等感を覚える。視線を遮るものがほしくて自分の腕で顔を覆うけれど、それも許さないと那智の手が阻む。

「ぜんぶだ、基」

のしかかってきた彼が、額をあわせて目を覗きこんだ。わななく唇を噛み、じっと見返す目には羞恥の涙が浮かぶけれど、那智になんでもすると言ったのは自分だ。

「う……」

目尻を舐められながら、大きな手のひらで薄い胸を撫でられた。子どものような色をしたちいさな突起を指がかすする。そのあと、指の腹で撫でるようにされ、つままれた。とたんに腰が跳ね、那智はゆっくりと乳首をつまむと、指をこすりあわせるように揉んでくる。

「あ、あ、うあ」

なにかされるたび、基はびくびく震えた。まだ皮膚感覚で快楽を拾えるほど熟れた身体ではないはずなのに、興奮しすぎているせいか、自分でも引くくらいに全身が感じた。

なにより、那智の手つきが卑猥すぎた。セックスのときにしかしないとわかる、奇妙な執拗な触れかた。これがたぶん愛撫と呼ばれるものだと気づくと、どっと汗が噴きでた。

「あ！」

指でさんざんいじられた突起に唇が触れ、固く尖った乳首を舌が撫でる。感じたことのない、ぬめりとあたたかさ。くすぐったいのに痛い不思議な感触に身をよじると、立てた膝が那智の股間をかすめ、基は目を瞠った。

「……うそ」

「なにが嘘だ」

さきほどは恥ずかしくてちらりとしか見られなかったが、固く勃起した那智のそれは自分の性器とは較べものにならなかった。いれてほしい、などとよく言えたものだ。かすかに頬をひきつらせると、那智は静かな声で「どうする？」と問う。

基はごくりと息を呑んだ。身体はまだ、父親に犯されたときの痛みを覚えている。そして那智のものは、あのときの比ではない大きさだと思った。

けれど、怯える頬を撫でる手も、口づけてくる唇も、抱きしめる腕も、なにもかも違う。やめないでほしいと訴えるように、背中に腕をまわし、自分から唇を寄せた。

「ぜんぶ……」

かすれた声で、それだけ言うのが精一杯だった。那智は困ったように眉をひそめ、長い腕を伸ばしてベッドサイドからボトルとなにか小さな包みを摑んだ。

シーツにぱさりと落ちた、アルミ包装の中身は、さすがに言われずともわかる。実物を見たのもはじめてではない。基の高校の教室では、平然と飛び交っていたものだ。

だが、避妊具をここでどうして出してくるのかがよくわからなかった。

「あの、俺、男ですけど。なんで使うんですか」

那智はさすがに絶句したあと、ぼやくように言った。

「ネットで違法改造のサイトを見たくらいだ。すこしは性知識も仕入れなかったのか？」

ごもっともだが、基としてみると無理難題だ。想像だけでかすかに青ざめる。

「そういうの、気持ち悪いから見たくなかったんで……。知らなくて、すみません」

那智が失敗したというように顔をしかめた。すくみかけた身体をゆっくりと抱きしめ、萎えかけた基の性器をそっと握ってくる。現金なことに、那智の手に触れられるとすぐにそれは反応して、あまく熱い息が唇を乾かした。「本当に、俺だけ平気なんだな」となぜか苦笑され、こくこくとうなずく。那智は背中に手をまわさせてくれて、こめかみに口づけながら言った。

「俺も、おまえだけだ」

傷つき折れたしだれ桜に触れながら、基は肩口に目元を押しあてる。ゆっくりと那智の唇が肩をすべり、胸に触れ、下腹部へとおりていっても、もう怖くなかった。

「恥ずかしいだけなら、我慢しろ。気持ち悪かったら殴っていい」

「は、い……っ」

唾液の絡んだ那智の舌が、基の性器の先端をそっと洗うように撫でた。びくっと腰が浮きあがり、舐められて、吸われて、声が漏れそうになる。枕を噛んでこらえていると、それも取りあげられて大きな声が出た。

「あっ！　あ、や、あっあっ」

身体中が那智に食べられたような気がした。シーツから跳ねあがった尻を摑まれ、さらに脚を開かされ、なにがなんだかわからないうちに狭間《はざま》がぬるりと濡れていた。

「な、なに？　なに、してるんですか」

「慣らすだけだ、痛くしない」

平然と言われて、基は目をまわす。那智のほどこすそれは、竣にされたこととあまりに違いすぎて、だから混乱した。ぬるぬると粘膜の際を撫でられると、くすぐったくて痒い。ひくつき、収縮するのは呼吸とタイミングが同じで、見計らうように指先をいれられた基は腕を突っ張って身体を反らした。

「ゆ、指とか、汚いから、触らなくていいです。いやです、いれてください」

「言ってることが矛盾してるぞ。自分でわかってるか」

もはや基の無知さにはとりあわないことにしたのだろう。那智は勝手に自分のペースでものごとを進めていく。

抱かれるセックスは、痛いだけだと信じこんでいた。それでも彼とつながるために——あの記憶を塗り替えるために、痛みをこらえようと思っていた。

けれどいま、「なんで、なんで」、とうわごとのように繰り返す基は、自分の声が濡れたものになり、朦朧とするますますべてをさらして腰を振っていることに気づけなかった。

「なんで、なに、ああっ、あっ、あっ」

たしかに那智には、教えてくれとはたしかに言ったけれども――。

「ほら。言ったとおり、ちゃんと慣らせば、拡がるだろう」

「うー……っ、ん、んっ」

「基は、こっちもまだ子どもだから、濡らしてやれば痛くないはずだ。……いいんだろう？」

「ん、いっ……いいです、いいっ」

指にゴムをつけ、奥深くをいじりながら、冷静な声を出さないでほしかった。

どうしてそんなものを使うのか、などと訊かなければよかった。

実地で体験させられながら事細かに説明されるのはものすごく恥ずかしくて、その羞恥がものすごい快感を呼んだ。

（意地悪い……っ）

いきそうになると焦らされ、こらえたあげくにやっと一度だけ、射精を許された。そのときに引き延ばされた快楽がつらすぎて、鸚鵡返しに言葉を返すのを覚えた。

きもちいい。もっとしたい。もっともっと、してほしい。

長い指が二本、奥に埋まっている。触られると全身が痺れるようななにかが内側にあって、さっきから那智はしつこくそこをいじっていた。痛いくらいになった性器はふたたび那智にくわえられ、快楽に全身を丸飲みされた基は、「ふああ」と惚けたような声をあげる。

「基、気持ち悪くは？」

「ない、ああ、ないっ、」

「じゃあ、気持ちいいんだな」

「き、気持ちいい、んっ、んっ」

あとで正気に戻ったら、耐えられないくらいのあまえた声が出た。いじられる性器は、さきほど放った精液と、垂らされたローションにぬるついている。

「どうしたい？」

「いじ、って、も、もっと、ぎゅっと……あ、うんっ、それっ、あっ」

尖りきった胸を嚙まれ、内腿を那智のかたい脚でこすられながら、全身を絡めて求めあう。抱きしめあって、快楽をわかちあうのが、最高の多幸感を運んでくる。

最終的な行為を模すように腰を重ねて揺さぶられると、くらくらした。ぬるぬるとすべり、那智のそれに押しつぶされるような感触がたまらなかった。その間じゅう、那智の指は基の奥でずっと動いていて、どこで感じているのかも、なにもわからなくなる。

「それ、すき。それ好きです。気持ちいい」

「いやじゃないな？」

「やじゃないです、もっと、那智さん……那智さんが、もっと」

誘導され、言葉を繰り返させられて、心までもどろどろに愛撫される。

そして基はたしかに、徹底的に執拗に、教えこまれた。

抱きあうことは不快を耐えるのではなく溶けあって溺れる毒なのだ。

身をよじり、腰をくねらせてあえぎながら、基は濡れた目で必死にせがんだ。

「も、いれ、いれてください、いれて」

「ほしい？」

「ほし……ほしいです、ほしいからっ」

震える手を伸ばして、那智の顔に触れた。そのときはじめて、彼の顔が汗に濡れ、髪が乱れているのに気づく。

「俺も、ほしい」

手を取られ、手のひらに唇を押しあてられた。言葉が直接皮膚にあたって、基はそれにさえ感じ、那智の腰を挟んだ腿がきゅっとあがる。

つながるための準備をして、腰のしたに枕をいれられた。うしろからとどっちがいいのか、それも基に選ばせてもらえた。顔を見ながらがいいと告げたのは、あの記憶を呼び覚ますのがいやだっただけではない。那智の顔が見ていたかった。

「基……」

さきほど、自分のそれと重なっていた彼の性器は、もう怖くなかった。名前を呼ばれただけでぞくぞくして、待ちきれないように背中に腕をまわした。

「あ……、あ、ああ、あ」

なめらかでまるい先端が押しつけられ、太いなにかが、自分のなかをゆっくりと開いていく。指とはまるで違う感触にぞくりとしたけれど、不快感はなかった。

ゆらゆらと揺らされながら、徐々に進んでくる合間那智は何度もキスをした。髪を撫で、頬をついばみ、基の目を見つめながら「だいじょうぶか」とたしかめる。もどかしいくらいのそれに何度もうなずきながら、基もまた応えるようにぎこちなく腰をあげた。

「すご……きもちい……」

「ああ。気持ちいい」

「那智、さんも？」

目をしばたたかせると、那智は困ったように笑った。

「おかげで、きつい……っ」

かすかに語尾が揺れて、はあ、と那智は息をついた。力んだような肩のラインがひどく色っぽく感じられ、基は手を伸ばして汗を拭う。したたるそれを舌で受けとめ、那智の喉まで這わせると、ぐっと奥まで踏みこまれて声があがった。

「うあっ、あ、大き……っあ、はあっ、んんんん！　あ、無理です、むりっ」

「無理じゃない。痛くしてないだろう」

「な、ないです、けどっ、それ、なんか、な、んか、あ、あ」

抜き差しする動きに、粘った音がたつ。あの日、似たようなそれを耳にしたときはただおぞましく、しらけて無感動に聞き流していたのに、那智が腰を振るせいだと思うと血が燃えるように沸き立った。

どこに逃げていいかわからず、シーツを摑んで背を反らす。首をよじり、枕に嚙みついていると浮きあがった首の筋に那智が嚙みついた。悲鳴をあげ、臑《すね》がつりそうなくらいに爪先がまるまって、那智を含んだ場所がぎゅううとすぼまる。

「い……っやだ、やだってば那智さん、それいやだぁっ」

しゃくりあげて拒んでいるのに、濡れた声が言葉を裏切る。だから那智は「なにが」と笑って、もっと基を揺さぶった。質のいいベッドのスプリングは軋みを立てない。けれどその弾力は、じっさいに那智が動く以上の揺動を基に与え、腰がすっかりだめになった。

「あっ、熱い、あつ……っ」

「こすれる？」

「それも、だけど、那智さん、那智さんが」

獰猛《どうもう》な笑みに、これが那智の本質なのだろうと思った。涼しげで冷たいのは表面だけで、

内側にはマグマのような溶熱がたぎっている。

凍りついていたのはむしろ、基だ。凍って、寒くて、だからこの熱を求めていた。

那智のひかりで灼《や》きつくされたくて、ふらりと炎に飛びこむ虫のように惹かれた。

「いきたいか。もう無理そうだな」

「だめ、です。も、俺……死ぬっ。那智さん、しん、死んじゃう、からっ」

「はは。そうか」

笑う声は、やさしいけれどどこかサディスティックで、けれど那智の足下にいたい基には、すさまじい官能の糧になる。

いつか使われたセックスドラッグなどよりも、那智のほうがよほどきつい媚薬だ。

「そうだな。これでなら、死んでもいい」

「ひは、あ、あ……っ！」

「何度でも殺してやる」

言葉どおりの殺し文句で耳を噛まれたとたん、頭のなかが爆発したと思った。身体がばらばらに跳ねて、もう本当に戻れないくらい、壊れた。

身体中に鳥肌が立って、どんな声をあげたかも、覚えていない。ただ、那智の背中の傷痕を、基の指が何度もたどり、終わってもまだ許されない快楽のなかで、ひたすらに揺れた。

「悪い。もうすこし、いけるか？」

「や……も……っ、終わんな、い、です」

射精しても、那智が動く限り絶頂がとぎれない。力なく泣いて、あやされる。気が遠くなりかけたときに、那智のかすれた声が聞こえた。

「は、もと、き……っ」

朦朧としていたのに、そのときの那智の顔だけは基の記憶にしっかりと焼きついた。目をつぶり、長い睫毛を震わせ、顎から汗をしたたらせる官能の瞬間は、ふたたびの爆発を基の身体に引き起こした。

骨が軋むくらいに抱きしめられる。那智の広い背中が痙攣するように波打ち、体内にあるものが小刻みに跳ねていた。

（いった、んだ）

那智がこの身体のなかで射精した。それだけで胸が震え、基は指先まで走る雷流を感じた。

ふたりぶんの荒い息がおさまると、那智の重みがすっと遠のいた。全身が脱力していたけれど、起きあがる那智を追いかけるようにして基は抱きつく。

「……べつに、どこにもいかない」

後始末があるんだと小声で教えられ、渋々腕を離した。ゆっくり引き抜かれたあと、那智は起きあがって背中を向ける。なにかしているようだけれども、手早すぎてよくわからない。

「すぐ戻るから、すこし待ってろ」

全裸のまま、那智は部屋を出ていった。頭を撫でて命じられたので、基はじっと横たわったまま待っていた。本当にものの数分で戻ってきた那智は、手に濡れたタオルとバスタオルを持っていた。

「自分で……」

「動けるならな」

言われたとおり、腕を動かすのも億劫だった。あちこち汚れたところをあたたかく濡れたタオルに拭き取られ、むろん脚の間も拭われた。抵抗しようにもできず、眉をさげた基の表情は頼りなく幼く歪み、拗ねた表情に那智は苦笑しながら頬を指の背で撫でる。

「こういうときだけ、いきなり子ども返りするんだな」

「だめ、ですか」

全身であまえていい相手を、はじめて得た。那智はぜんぶと言うけれど、かげんがわからないのは基も同じで――いや、もっと際限はないかもしれない。どこまで感情を出せばいいのかわからず、だから那智が困るかどうかだけが判断基準になってしまう。

そして、困るどころか、おかしそうに嬉しそうに笑うから、基はますます眉を寄せた。

「もっとふだんもそうして、あまえろ」

それはそれでむずかしい。基としてはべつに使いわけているわけではないからだ。

バスタオルをかぶせられ、包むようにして全身をもういちど拭かれる。心地よさにとろりと瞼が落ちかけると、タオルごと那智が抱き寄せてくれた。

「眠いなら、寝ていい。起きたら風呂にいれてやる」

「だから、じ……」

「自力で立てたら、ひとりではいればいい」

また言葉をさらわれて、基は口をつぐむしかなかった。

タオルで拭っただけなので、身体の奥にはジェルが残って、すこしぬめっている。けれど避妊具をつけてくれたので、あの瞬間、体内に濡れた感触が拡がることはなかった。

基はどこかで、それをすこし残念に思っている自分を知った。

(気持ちが女みたいになるのかな)

抱かれる側になったから、そんなふうに感じるのだろうか。ふと考えたあと、それでもいいかと思った。那智にこうして愛してもらえるなら、自分の身体も性別も、なんでもかまわない。那智に好まれる姿になれれば、それでいい。それがいい。

「どうした?」

抱きしめられたまま横たわっているから、那智の顔がはっきり見える。眠気にとろれつがあやしくなりながら、基は問いかけた。

「俺、ちゃんとできましたか」

那智は笑った。言葉では答えてくれなかったけれど、ぽんぽんと抱きしめた背中をたたいてくれたので、たぶん、褒められたと思っていいのだろう。

だが、ただ翻弄されただけの時間には、やはりまだ自信が持てない。

「あの、今度」

「ん？」

「俺も、那智さんの舐めていいですか」

虚を衝かれたように、那智が固まった。じっと見つめていると、彼は顔を手のひらで覆い、長々と息を吐きだした。

「そういうのはだめですか」

「……まあ、おいおいな」

もう寝ろ、と抱きこまれて、基はうなずいた。包みこむ腕があたたかい。なにも怖くない。

鈍色《にびいろ》の闇に降る、冷たい雨のなかで拾われて、あまい金色の蜜のなかに浸された。

目覚めるさきにあるものは、強くひかりさす、青いまなざしだと信じて、基はゆっくりとやすらかな夢に漂った。

＊　＊　＊

基の穏やかな寝息が、那智の胸をくすぐっている。

那智は深く長い息をつき、自分と基の身体に上がけを引きあげた。寝ろと言ったとたん、うなずいた基はすとんと落ちた。

「やっぱり、子どもか」

寝付きのよさに苦笑して、ストレートな問いに疼かされた罪悪感と——たちの悪いことに、いささか再燃しそうだった欲情をどうにか振り払った。

（しかし、こいつの寝顔ばかり見てるな）

基に関しては、起きているときより寝ているときのほうが、顔を見ている時間が長かったかもしれない。だが、怪我もなく、やつれてもおらず、健康そうな顔で穏やかに眠る基を見るのはこれがはじめてだった。

出会ったばかりのころは、痩せてぎらついた目ばかり目立つ子どもだったが、二カ月の加療でだいぶ頬に肉がついた。とはいえ、標準からすればまだ痩せているほうだろう。

胃穿孔自体は一カ月の入院でいいと言われていたが、徹底的に身体を治すよう、引き延ばしたのは那智だった。また、不幸な事件のあらゆることに片がつくまで、基をなるべく世間に触れさせたくないという意図もあった。

個室に押しこんでおいたのも、他人との接触を断ち、いらぬ話を耳にいれさせないためだ。

小鹿の引き起こした〝ＪＯＹ〟絡みの一連の事件はマスコミの格好のネタとなっていた。田川組の末端にいた準構成員が絡んでいたとなれば、取りあげられないわけがない。

深津家のことはその祭りにまぎれ、報道されることはなかった。というより――那智が絡んだ事件が、世間に出てくるわけがない。

(工藤が手をまわしたか)

おそらく、実質上のトップである大幹部が、それなりの圧力をかけたのだろう。

書類のうえでは、那智と鳥飼組をつなぐ証拠はない。戸籍も父親の名前は空欄となっているし、家を出て以来、いっさいの関係を断っている。それでもまつわりつく血のしがらみを長年、重苦しく感じていたが、今回ばかりは僥倖《ぎょうこう》だったと言わざるを得ない。

おそらくいままでの那智ならば、冗談じゃないと歯嚙みをしただろうけれども、いまは不思議なくらいに吹っ切れている。

(あとは、あの申請が通るのを待つばかりだな)

この日遅かったのは、基の未成年後見人としての手続きを申請してきたからだ。おそらくは通るだろう。もしもむずかしいようであれば、そのときは――それこそ、どんな手でも使うつもりはある。

そしていずれは、基に那智の姓を与えて、まるごと抱きこんでやる。

那智だけだと言った基のこれからを、那智のすべてで護り、慈しみ、愛すると決めた。

「ぜんぶ、おまえに渡すから。受けとめろ」

背中の疵がかすかに軋んだ。だが、いまこの胸にある充足感に較べれば、些細な話だ。

すう、すう、とあまいリズムの寝息につられ、那智も目を閉じる。

窓の外で、夜空にゆっくりと重い雲が垂れこめる。

よりそい眠るふたりのうえに、しめやかに慈雨は降りそそぐ。

さらりとした雨音は、夏の激しさが嘘のように、やさしく風に流れた。

# あとがき

今作『鈍色の空、ひかりさす青』をお読みいただきありがとうございます。

表紙の雰囲気から、「あれ、なんかいつもと違う?」と思った方もいらっしゃるかも。

ふだん、心理的に痛いシーンは書いても暴力シーンそのものはさほど書かないのですが、今回はけっこうバイオレンスな感じです。というか、ここまで受けがぼこぼこにされている話というのは、自著でもめずらしいです。

設定の一部が同じになっている『甘い融点』の主人公もけっこうな目にあってますが、あっちはキャラの能天気さで多少カバーはされてた感があるんですけど、こちらの主人公、基は真っ向シリアスな性格なので、痛々しさは倍増かなと。

じつはこれ、八年ほどまえに趣味で書いた話をベースにした新作となっております。かつて、個人サイトでも発表したことがあるので、もしかしたら古い読者さんはご存じかもしれないのですが、展開の一部やキャラクターもかなり違っておりますので、ある意味別物として見ていただけたら嬉しいです。

毎度、過去作の改稿や、それベースの新作を書きあげるときに思うことですが、今作でも八年という時間の流れを思いました。

まだうっすら昭和の記憶が残っていたあのころといまの違い、法律の違い、時代性の違い。なにより自分自身の感覚、考え方の違いが、こういう形で出るのか、としみじみ。

那智正吾というある意味トンデモ設定のキャラクターを、なんで思いついたのか、自分ではまったく覚えていません。大枠のノリとしては遠山の金さん（笑）な設定かなあ、とかいまになって思うんですが、それにしちゃ重たいキャラですね。

ただ、すごく思い入れのあるキャラクターなのはたしかで、「こんなの思いついたんだけど」と、当時もいっしょに色々やっていた冬乃とべつの友人相手に、マシンガンのように話をまくし立て、一週間くらいでベースになった作品を書きあげたのは覚えています。

そして今回、八年ぶりで対面した那智と基、せっかくここまで派手な設定にしたんだから、もっとはじけちまえ、と、改稿では思いっきりやってみました。

結果、昭和の任俠映画や五社秀雄監督作品にものすごい影響を受けまくって、ベースとなる作品を書いたのですが、今作には香港ノワール系も混じり、という感じです。私のなかの各種のリスペクトがこんな形で出た感じ。でも銃は撃っても鳩は飛びませんが（ネタわかんないひとごめんなさい）。

ともあれ、あのころ書ききれなかった、表現しきれずにいた部分を、ちょっとでも補完できるかなあ、と思いながらの執筆作業は、大変でしたがとても楽しかったです。

ストーリーに引っぱられるようにして最後まで走れて、久々に爽快感を味わっております。

お話を書いていると、たまーになにかにとりつかれたように書ききることがありますが、この話もまた、そういう一本となりました。

この話は設定上、東京都心どこか、となっていますが、じつのところ基と那智が出会った裏町のモデルは、私がかつて住んでいた地方都市であります。そのため、出てくる学校や地理関係そのほか、むろんのことですが、完全フィクションです。

冒頭にあった「通学路の弾痕」は自分の中学時代の実話です。まだ暴対法施行以前で、学生時代に記憶している数年の間に市街地での発砲事件は複数回、そのうち自分の住んでいた近所のマンションへの誤射事件もありました。「BB弾かと思った」というのも、そのとき後輩男子が「先輩、聞いてー！」と興奮気味に私に教えてくれたことでした。

同じころ住んでいた家の裏手には、その手の組織の大幹部の方がいて、毎朝ベンツで送り迎えされる横を制服の私が歩いて通ったんですが、ダブルのスーツを着たおっさんに、ものすごくほがらかに「よっ、おはよう！」と声をかけられました。私もふつうに「おはよーございます」と会釈してました。

本当に昔、玄人は素人に絶対手を出さない、というのが徹底していた時代の話です。制服を着た学生とやくざの大幹部は世界のあっちとこっちにいて、決して交わる位置にいないとお互いがわかっていたからこそ脅威ではなく、ふつうにご近所さんだったのです。

ただそれから数年も経たないうちに世界の不文律は崩れ、この話で書いたような「素人なんだか玄人なんだか」という時代がやってきちゃいましたけれど。あのころはよかった、と安易に言うことはできませんが、なかなかに世界は複雑になっていくな、と思います。

そんなこんな、珍妙な思い出も多少混ぜこんだ一作。話の思いつきからずっと、那智と基をいっしょに作ってきたような冬乃郁也さんに挿画をお願いし、文庫という形で刊行できたのは、本当に幸いでした。冬乃さん、お疲れさま、ありがとう。やっと那智の顔が見れた気がします。あと刺青も、あり得ない図柄を形にしてくれてありがとう（笑）。

また、作品発表当時、ネタがネタだけに「これの商業化は無理」といろんな編集さんに言われたコレを「是非文庫に」と推してくださった、ご担当さま。毎回、納得のいくまでいじり倒すせいで、ご迷惑をてんこ盛りにおかけしておりますが、おかげさまでこの本が出ます。お世話になりました、本当にありがとうございました。それから細かいチェックやフォローをしてくれたRさんにSZKさん、毎度ありがとう。特にRさん、少年法の下調べ助かりました……！

でもって、旧作をご存じの方、完全に新作としてお読みくださった方。読んでくださってありがとうございました。ちょっと毛色の変わったディープな話ですが、なにか心に残るものがあれば、そして感想など頂ければ、幸いに思います。

崎谷の予定としては、今年の初夏は過去作文庫化が続きますが、夏ごろには慈英×臣の新作でお会いできる予定です。どうぞよろしくお願いいたします。

✦初出　鈍色の空、ひかりさす青……………同人誌作品をもとに書き下ろし

崎谷はるひ先生、冬乃郁也先生へのお便り、本作品に関するご意見、ご感想などは
〒151-0051 東京都渋谷区千駄ヶ谷4-9-7
幻冬舎コミックス　ルチル文庫「鈍色の空、ひかりさす青」係まで。

幻冬舎ルチル文庫

鈍色《にびいろ》の空、ひかりさす青

2010年4月20日　第1刷発行

| | |
|---|---|
| ✦著者 | 崎谷はるひ　さきや はるひ |
| ✦発行人 | 伊藤嘉彦 |
| ✦発行元 | 株式会社 幻冬舎コミックス<br>〒151-0051 東京都渋谷区千駄ヶ谷4-9-7<br>電話 03(5411)6432[編集] |
| ✦発売元 | 株式会社 幻冬舎<br>〒151-0051 東京都渋谷区千駄ヶ谷4-9-7<br>電話 03(5411)6222[営業]<br>振替 00120-8-767643 |
| ✦印刷・製本所 | 中央精版印刷株式会社 |

✦検印廃止


ISBN978-4-344-81945-0　C0193　Printed in Japan

## 「幻冬舎ルチル文庫」
大好評発売中

# 『不謹慎で甘い残像』
崎谷はるひ

イラスト
小椋ムク
580円（本体価格552円）

大手時計宝飾会社勤務の羽室謙也とデザイナー・三橋颯生は、恋人同士として甘い日々を送っている。同棲を決めたふたりは引っ越し準備で謙也の部屋を整理していてモトカノ・祥子のピアスを見つけた。颯生に言われ連絡をとった謙也はなぜか祥子を家に泊めるはめに。謙也は颯生の部屋で過ごすことになり、仮同棲が始まるが……!?　全編書き下ろし。

発行●幻冬舎コミックス　発売●幻冬舎